Emmas Lade

Für Stefan

Annika Hennebach

Emmas Laden

Roman

ANAIS

Prolog

Es verging lange Zeit kaum eine Woche, in der Emma Wilmers sich nicht irgendwo umschaute, um sich inspirieren zu lassen. Gleich bei ihr um die Ecke im Görlitzer Park, wo sich Kopftuchschönheiten, blonde Rastalockenträgerinnen und Frauen mit kurzen Jungshaarschnitten oder hohen Pferdeschwänzen vergnügten. Auf der Kastanienallee, wo stilsichere Tourimädchen aus Skandinavien mit engen Jeans und Vokuhila-Frisuren auf und ab liefen und stets sehr attraktive Mittefrauen ihre neuesten Errungenschaften präsentierten – Klamotten, Handtaschen, Männer, Kinder.

Oder Emma setzte sich in die Cafés am Stutti in Charlottenburg, wo ganz andere Frauentypen zu sehen waren. Sie trugen kantige Brillen in Schwarz oder Bunt, dunkle Leinengewänder in Ökochic, dicke Holz- oder teure Perlen an den Ohren und Hälsen und gelegentlich führten sie auch eine neue Nase oder sogar einen jüngeren Liebhaber vor. Wenn Emma dann mit einem Buch oder einer Zeitung getarnt ihre Blicke schweifen ließ, bis eine der Anwesenden ihre Aufmerksamkeit erregte, fragte sie sich nicht, wer diese Frau war oder wie sie lebte. Sondern, wie sie liebte. Und welche Wäsche zu ihr passen würde.

Zurück in ihrem kleinen Atelier im Wrangelkiez, das hinter dem Laden unter ihrer Wohnung lag, entwarf und schneiderte sie – meist gleich anschließend, manchmal auch Tage oder Wochen später – das Teil, das sie in ihrer Fantasie an der Frau gesehen hatte. Von dem sie dachte, dass es ihrem Typ am besten entsprach. Dabei spielten die Bewegungen, die Stimme, die Kleidung, die Ausstrahlung der Frau eine Rolle. Und vor allem ihr Sex. Denn der war in Emmas Vorstellung vielfältiger, aufregender und vor allem erfüllender als ihr eigener.

1. Kapitel

Inspiration

»Au!« Emma zuckte zusammen, mehr des Schrecks als des Schmerzes wegen, und starrte auf ihren Zeigefinger. Dort, wo sie sich mit der Nadel tief in die Kuppe gepikst hatte, bildete sich sofort ein kleiner roter Punkt. »Au, au, au!«, fluchte sie weiter und leckte sich das Blut vom Finger, bevor es auf den kostbaren Stoff tropfen würde. Das war ihr aber lange nicht passiert. Wo war sie denn bloß mit ihren Gedanken? Ach ja, hier: Statt sich auf das Nähen zu konzentrieren, war Emmas Blick an dem Foto an ihrer Pinnwand hängen geblieben, auf dem sie in Nahaufnahme am Ostseestrand, ganz braun gebrannt und mit gepunktetem Kopftuch im Haar in die Kamera lachte. Das hatte Tom gemacht, vor etwa vier Jahren.

»Pfff!«, pfiff Emma abschätzig durch ihre Lippen, als sie aufstand, um den immer noch blutenden Finger zu verarzten – irgendwo hatte sie doch ein paar Pflaster gehabt. In der Schublade unter dem Waschbecken fand sie welche mit kleinen bunten Dinosauriern drauf. Damit versorgte sie die verletzte Fingerkuppe. Sie wollte gerade das Foto von der Wand reißen, um es endgültig in einer Kiste im Keller verschwinden zu lassen, als ihr geliebtes, orangefarbenes Wählscheibentelefon klingelte. »Wäsche von Wilmers, hallo?«

»Emma, ich bin's, Julia. Hallo!«

Julia – oder für manche Jule – war Emmas beste Freundin, auch wenn sich die beiden in den letzten Monaten ein wenig aus den Augen verloren hatten. Das lag zum einen an ihren Jobs: Emmas kleiner Wäscheladen boomte und sie kam mit dem Dessousnähen kaum noch hinterher. Julia steckte mit Matthias, ihrem Mann in spe, mitten in den Vorbereitungen für die Eröffnung ihres Restaurants in Neukölln. Es lag aber auch daran, dass Julia kaum noch alleine anzutreffen war. Julia treffen bedeutete für Emma ein Pärchen treffen. Noch dazu ein glückliches. Und das war kaum auszuhalten, vor allem, wenn man selbst kein Pärchen, geschweige denn ein glückliches, war.

»Gehen wir am Wochenende mal wieder aus, tanzen?«, fragte Julia hoffnungsvoll. Schließlich waren die beiden einst Profis gewesen, was das Nachtleben anging. Während ihres Studiums hatten sie viele Jahre feiernd verbracht. Dafür war Berlin in den Neunzigern ja quasi gemacht. Aber seit ihrer beider Selbstständigkeit war kaum noch Zeit dafür da. Emma machte sich nur ganz selten zu Recherchezwecken auf in die Nacht. Und das am liebsten allein. So war es einfacher, sich ganz auf das weibliche Publikum zu konzentrieren, das sich in den Clubs der Stadt herumtrieb. In Clärchens Ballhaus oder in der Panorama Bar.

»Och bütte!«, jaulte Julia. Sie wollte wohl noch mal einen oder eher mehrere richtig draufmachen, bevor sie sich mit Matthias in vier Monaten verheiraten würde. Das ganz große Ding, das eigentlich irgendwo auf einem heruntergekommenen Schloss in Brandenburg hätte stattfinden sollen, war aus finanziellen und organisatorischen Gründen leider auf keinen Fall drin. So blieb den beiden nur übrig, das Restaurant bis dahin fertig zu haben.

»Du musst auch echt mal wieder unter Leute, Emma. Nicht nur unter Kundinnen. Du arbeitest doch nur noch!«

»Ich komme unter Leute. Mach dir keine Sorgen«, erwiderte Emma leicht genervt.

»Ja, ich weiß. Aber ich meine auch mal wieder mit Leuten reden. Nicht nur gucken. Außerdem haben wir uns auch schon ewig nicht mehr getroffen«, sagte Julia. Sie machte sich langsam Sorgen um Emma, die sich seit der Trennung von Tom mehr und mehr in ihrem Wäscheladen eingeigelt hatte. Von Wilmers läuft prima, keine Frage. Ist ja auch ein toller Laden, dachte Julia. Aber mit Emma läuft irgendwas schief. Sie hatte keine Lust auf Treffen in größerer Runde, lebte nur noch für ihre Dessouswelt und schneiderte wie eine Verrückte. Außerdem war sie so viel allein. Und schlimmer noch: Sie stellte sich andere Leute beim Sex vor, wie ihr Emma selbst vor Monaten bei Rocco's mit zu viel Rotwein intus erzählt hatte!

Früher, da hatten sie über ihr Sexleben gesprochen, heute schien es für Emma nur noch das der anderen zu geben. (Julia sah es genau vor sich: *Das Sexleben der anderen*. Ein Film von Emma Wilmers.) Und das lief jetzt schon seit über zwei Jahren so. Diese lange Dürreperiode hatten nur zwei unbedeutende One-Night-Stands kurz unterbrochen, das war's, soweit Julia wusste. Sie fand es viel zu schade um ihre Freundin, die doch großartig war, kreativ und attraktiv – wenn vielleicht auch etwas eigen manchmal. Was Julia jedoch nicht wusste, war, dass Emma tatsächlich unter Leute kam und auch nicht vollkommen vertrocknet war.

»Nein, ich kann am Wochenende nicht. Ich habe einen Termin mit einem Fotografen, der meine Wäsche für eine größere Produktion fotografieren will. Tut mir leid, Jule. Ein anderes Mal, ja?«, sagte Emma aufrichtig zu ihrer Freundin. Wer der Fotograf wirklich war, das verriet sie nicht.

»Schade. Aber dann lass uns doch mal versuchen, dass wir uns die nächste Woche auf einen Kaffee treffen. Alles Gute trotzdem für den Auftrag!«, wünschte ihr Julia.

Nachdem sie das Gespräch beendet hatten, setzte Emma erst mal einen Kaffee auf, steckte sich einen großen Haferkeks in den Mund, dann noch einen, und nahm den grünen Seidenstoff mit den Paradiesvögeln wieder zur Hand. Er war ganz besonders glänzend und farbintensiv. Von hervorragender Qualität.

Sie hatte ihn vor etwa einem Jahr ziemlich günstig auf einem Markt in der Provence von einer alten Frau erstanden, zusammen mit sechs kleinen Pastisgläsern und einer Karaffe. Die Gläser standen jetzt auf dem Regal über ihrem großen Arbeitsbereich. Emma nutzte sie für die Etiketten, die in ihre Entwürfe eingenäht wurden, von denen es jedes Mal nur ein paar für ein Modell gab. Der Exklusivität wegen und auch weil Emma einfach nicht in Massen produzieren konnte. Dafür war ihr Laden zu klein.

Das helle Grün der Seide passt genau zu der rothaarigen Frau, dachte Emma. Um nicht weiter über Julia zu grübeln, deren Anschubsversuche in Richtung Männer ihr schon seit langem gehörig auf die Nerven gingen – am schlimmsten fand sie bisher die Verkupplungsversuche mit dem unfassbaren Langweiler Jens oder der unattraktiven Laberbacke Vito –, setzte sie sich wieder an die Arbeit. Sie konnte das: einfach so umschalten. Ein Geheimnis ihres Erfolgs auf geschäftlicher Ebene war das ganz sicher.

Sie nahm sich eine Tasse Kaffee mit Milch, machte es sich in ihrem riesigen Drehstuhl aus hellbraunem Leder bequem und ließ den Stoff durch ihre Finger gleiten. Dann erinnerte sie sich an die Frau, die ihr vor ein paar Tagen aufgefallen war. An ihre etwas üppigeren Formen, die milchweiße Haut mit den leicht durchschimmernden Sommersprossen. Und an den deutlich älteren Mann an ihrem Tisch, der zärtlich über diese wahnsinnig schönen, langen roten Haare strich, während sie ihre Köpfe zusammensteckten.

Er hätte ihr Vater sein können, war aber trotz des offensichtlichen Altersunterschieds überhaupt nicht unattraktiv. Groß, glatt rasiert, mit gewelltem, vollem und vor allem elegant graumeliertem Haar. Passend zu der silbernen Designerbrille auf seiner Nase, die Emma sofort erkannt hatte – ein paar ihrer ehemaligen Kommilitonen von der Universität der Künste stellten diese Modelle sehr erfolgreich her. Alles in allem war er so ein frisch gebliebener Professor oder Architekt, bei dem man noch deutlich den Jungen im Mann erkannte. Voller Charme.

Der Chinese in Charlottenburg war nur spärlich beleuchtet gewesen, aber Emma saß direkt neben dem Paar, sodass sie, statt in der *Zitty* zu lesen, die vor ihr lag, immer wieder unauffällig zu jenem Tisch hinüberschielte, um die beiden genau zu beobachten. Über die Jahre war sie eine Meisterin auf dem Gebiet der Observation geworden.

Das ungleiche Paar war schon fertig mit dem Essen, als Emma sich hingesetzt hatte, blieb aber weiter auf seinem Platz. Die beiden guckten sich in die Augen, hielten Händchen und redeten kein Wort. Bis der Grauhaarige der Roten etwas ins Ohr flüsterte. Emma meinte sogar ein paar Worte zu verstehen: »… dich … riechen.« – Jedenfalls war es das, was sie heraushörte.

Der Typ winkte die kleine, trippelnde Chinesin zum Tisch heran, orderte die Rechnung und bezahlte – für beide natürlich. Dann ging er Arm in Arm mit der Rothaarigen an Emma vorbei aus dem Restaurant. Emma fiel dabei das selbstsichere und fast triumphale Lächeln der Frau auf, die trotz ihrer jungen Rosenrotschönheit auch etwas Dunkles, Unheimliches an sich hatte. Emma konnte den Blick nicht von ihr abwenden, bis das Paar durch die Tür in den Abend verschwunden war.

Ihre Augen waren hellgrün gewesen. So grün wie der Seidenstoff mit den bunten Paradiesvögeln, die mit einem goldenen Faden durchwirkt waren. Wunderschön. Emma stellte sich vor, wie sich der Stoff von der weißen Haut der Frau abhob, wie der Grauhaarige es kaum erwarten konnte, den BH zu den weichen Brüsten zu lupfen oder das Höschen zu heben – um sie endlich riechen zu können.

Auch wenn Emma nicht wusste, wie und ob Rothaarige wirklich besonders dufteten, stellte sie sich doch vor, wie ein erdig-süßer, überaus betörender Geruch ähnlich wie Opium aus ihrer Muschi strömte, bei dem Männern die Sinne schwanden. Sie stellte sich vor, wie der grauhaarige Typ über ihr lehnte, ihr das Kleid auszog, die hellgrünen, seidigen Träger von ihren weißen, sommersprossengesprenkelten Schultern zog, ihren runden Bauch küsste und sogar da ein paar Sprossen entdeckte.

Bis er schließlich kurz davor war, seine Nase und seinen Mund zwischen ihren Schenkeln zu vergraben und ihren holzig-zuckrigen Saft aufzulecken. »Mmmmmmmhhhhhh«, machte er, und »mmmmmmmmmmmhhhh«, machte sie, und »mmmmmmhhhh«, machte Emma.

Das Leder unter ihrem Po quietschte, als sie ein bisschen tiefer rutschte, um besser in ihren Hosenbund und zwischen ihre Beine greifen zu können. Sie war ganz feucht geworden, merkte sie freudig, als sie sich anfasste. Fühlte sich gut an. So schlüpfrig. Sie hatte die Augen geschlossen und hielt den grünen Stoff noch in der rechten Hand, während sie sich mit ihrer Linken bearbeitete. Die war sanfter und fremder als ihre Gebrauchshand.

Sie sah die beiden ganz genau vor sich, kurze, schnelle Sequenzen, wie er sie leckte, ihre weiße Haut streichelte, seinen Schwanz aus der Hose befreite. Wie gerne wäre sie an ihrer Stelle gewesen. Und so wurde in Emmas Vorstellung ihre Muschi zur Muschi der Rothaarigen und sie war es jetzt, die dem Grauhaarigen die Sinne schwinden ließ. Ihr Finger war seine Zunge, seine rosa Schwanzspitze, sein Schwanz.

Emma stellte sich vor, wie er in sie eindrang und sie nahm, hart und fordernd, kurz und heftig, danach war ihr jetzt. Mit festem Druck machte sie es sich selbst, bewegte ihre Finger an der richtigen Stelle kreisend vor und zurück, bis sie stöhnend kam und den Stoff in ihrer rechten Hand mit aller Kraft umschloss. Sie meinte, den Geruch von Nelken und Vanille zu atmen, als sie die Hand aus ihrer Hose zog und sich wieder aufrichtete.

Es dauerte kurz, bis sie sich wieder gesammelt hatte, angenehm befriedigt und erlöst. Rosa Spitze ist perfekt zu der Seide, ging es Emma durch den Kopf, als sie sich den Paradiesvogelstoff in ihrer Hand noch einmal genauer anguckte. Sie wusch sich die Hände mit der groben Lavendelseife, machte das Dinopflaster ab – sie blutete nicht mehr – und zeichnete einen Entwurf. Dann fand sie tatsächlich in einer kleinen Kiste noch etwas von dieser altrosa Spitze, die sie in Italien bestellt hatte und die sich unglaublich gut verarbeiten ließ.

Und so nähte Emma noch in dieser Nacht ein Ensemble, das fast in das Kitschbecken fiel, aber durch den schlichten Triangelschnitt des Oberteils und das Hipsterhöschen sehr elegant wieder aufgefangen wurde. Nachdem sie für die nächsten Exemplare ein Schnittmuster gemacht hatte, stickte sie mit ihrer Maschine noch in schwungvoller Schrift das Etikett: »Von Wilmers. *Inspiration.*« Gold auf weiß. Fertig.

Die hellblaue Küchenuhr über dem Nähtisch stand bereits auf vier Uhr morgens, draußen dämmerte es. Emma hatte die Zeit vollkommen vergessen, ihr Magen knurrte und sie machte die Ateliertür zum Hof auf. Die Luft war frisch und klar, die ersten Vögel fingen an zu zwitschern, es war Sommer in Berlin.

*

Ausschlafen war nicht drin. Emma legte vorsichtig das neue Wäscheensemble in die oberste, offene Schublade des Retrovitrinenschranks, den sie in ihr Ladenschaufenster gestellt hatte, drapierte es und räumte noch ein bisschen rum, bevor sie um elf Uhr aufmachte. Magdalena, eine ältere Meisterschneiderin, die ihr zwei Mal in der Woche half, hatte einiges aufgearbeitet, was Emma nicht geschafft hatte. Sie hatte sich auch schon bereit erklärt, ihr bei der geplanten Fotoproduktion unter die Arme zu greifen. Wenn ich die nicht hätte, dachte Emma – und meinte Magdalena. Dann musste sie lächeln, denn es bezog sich genauso auf die Fotoproduktion. Sie freute sich nicht nur über den Zusatzverdienst, den sie ihr bringen würde.

Rick, den Fotografen, von dem der Auftrag kam, kannte sie schon seit vielen Jahren. Bevor Emma mit Tom zusammengekommen war, hatten sie ein Techtelmechtel gehabt und von ihm aus hätte es damals auch mehr werden können. Sie wollte aber nicht. Jetzt war es zwar nicht andersherum, aber Emma hatte ihn vielleicht gerade ein bisschen nötiger als er sie. Das wusste sie nur noch nicht.

Als sie sich vor ein paar Wochen an einem Samstag im Kirk wiedergetroffen hatten, war Emma gerade auf Inspirationstour und beobachtete die Kellnerin. Sie dachte, wie gut klassische schwarze Spitze zu ihr passen würde, und grübelte über den nötigen kleinen Kick, als Rick sie an der Bar erblickte und ansprach. Emma kriegte nichts davon mit. Wie immer in solchen Situationen war sie nicht offen für anderes als Ladys und Wäsche, registrierte es nicht mal, wenn sie Männern ins Auge fiel, so wie ihr die anderen Frauen auffielen.

Emma liebte es, Dessous für sie zu machen. Sexuell fühlte sie sich zu Männern hingezogen, studieren wollte sie aber Frauen. Sie bewunderte ihre Schönheit, ihre Wirkung – auch auf Männer. Manchmal wollte Emma so sein wie die Beobachteten. Sie wirkten so leicht und selbstbewusst, so in sich ruhend auf sie. Diese Kellnerin zum Beispiel war keine Schönheit im klassischen Sinne, aber sie trug ihre Nase, ihren Körper, ihre schwarzen Haare mit einem Stolz, der sie wunderschön machte. Und ihre Nase, ihren Körper und ihre Haare auch.

Und so zuckte Emma regelrecht zusammen, als Rick ihren Namen jetzt lauter sagte, zum dritten Mal bereits, und sie dabei auf den Arm tippte, der auf dem Tresen neben dem Rotweinglas lehnte. Emma schmiss fast das Glas um, hielt es gerade noch fest und wandte ihm endlich ihren Kopf zu. Sie erkannte Rick sofort. Er sah genauso aus wie früher. Auch nach über sechs Jahren. Und es war offensichtlich, dass er das Gleiche über sie dachte. Komisch. Woran lag es bloß, dass man annahm, man hätte sich verändert, und dann war alles so wie immer, wenn man vor einem alten Freund stand?

»Rick! Mensch, ich dachte, du bist weg aus Berlin?«, fragte Emma, nachdem sie ihn etwas unbeholfen umarmt hatte. Sie wusste noch nicht genau, wie sie das Wiedersehen finden sollte. Am Ende ihres »Etwas« hatte sie sich einfach nicht mehr bei ihm zurückgemeldet, hatte das Ganze im Sande verlaufen lassen, weil sie sich jedes Mal wieder furchtbar über ihn aufregen musste – um doch wieder mit ihm im Bett zu landen. Und dann kam Tom und sie sah Rick nie wieder. Vor etwa fünf Jahren hatte ein gemeinsamer Bekannter ihr nach einem Volksbühnenstück erzählt, dass er sogar ganz aus Berlin weggezogen sei.

Aber es zeigte sich schon nach dem zweiten Getränk – er trank Bier, Emma weiter Rotwein –, dass er kein Problem mit ihr hatte und sie auch keins mit ihm. Und vielleicht war er auch erwachsener geworden? Rick war die paar Jahre in New York gewesen, hatte ein Kind gezeugt und war dann nach Berlin zurückgekehrt, ohne Kind. »Er heißt Lucius – das war ihre Idee, sag nichts – und ist jetzt fast vier. Drei Mal im Jahr darf ich ihn sehen, irgendwann vielleicht auch mal für länger«, meinte Rick und versuchte so cool wie möglich zu bleiben, doch dann ging er sofort vor die Tür, um eine Zigarette zu rauchen – er wollte lieber an die frische Luft als ins Kaminzimmer. Die Tische draußen waren alle besetzt, es waren die ersten warmen Abende des Spätfrühlings.

Als Emma ihn durch das große Fenster rauchen sah, diesen kräftigen Kerl mit abstehenden Ohren, Tolle und dicken Koteletten, da wusste sie, dass sie sich freute, ihn wiederzusehen. Während er an seiner Kippe zog, ging eine hübsche Blondine aus der Bar zu ihm raus und sprach ihn an. Emma beobachtete, wie er sein Zippo zückte, um ihr Feuer zu geben, sie sah, wie er sie anlächelte und wie die hübsche Blondine mit dem schrägen Pony zurücklächelte, so was von offensichtlich mit ihm flirtete. Und da fiel es ihr wieder ein, und Emma musste schmunzeln: Rick hat noch nie etwas anbrennen lassen. Schon damals nicht. Er war verrückt nach

Frauen gewesen, und die Frauen verrückt nach ihm. Auch da hatte sich nichts geändert.

Rick zündete sich noch eine Zigarette an, winkte kurz durch das Fenster hindurch der faszinierten Emma zu und zeigte mit dem Zeigefinger auf seine Kippe, wahrscheinlich, um ihr zu sagen, dass er danach wieder reinkommen würde. Emma tat extra lässig und winkte ab, von wegen: kein Problem. Dann beobachtete sie, wie Rick sich wieder der Ponyfrau zuwandte, ihr irgendwas erzählte. Sie lachte und warf dabei ihren hübschen Kopf mit den langen blonden Haaren zurück. Wie aus einem Ratgeber fürs Flirten. »Punkt eins: Lächeln Sie. Punkt zwei: Fragen Sie ihn nach Feuer. Punkt drei: Fahren Sie sich durchs Haar. Punkt vier: Geben Sie ihm das Gefühl, wahnsinnig witzig und unterhaltsam zu sein, und werfen Sie Ihren Kopf lachend zurück. Punkt fünf: Geben Sie ihm Ihre Telefonnummer.«

Doch bevor es zum fünften Punkt kommen konnte, ließ Rick die Lady draußen alleine weiterrauchen und kam wieder an die Bar zu Emma. Kurz darauf startete er seine typische Charmeoffensive bei ihr, und Emma konnte und wollte sich dem nicht entziehen. Dezent, aber geschickt fallengelassene Bemerkungen wie »Ich mag es so, wenn du lachst« oder sogar das übliche Blabla wie »hab vergessen, wie schön du bist« – gepaart mit seiner eigentlich kernigen und völlig unromantischen Art, den richtigen Blicken und Gesten und vor allem der ständigen Wiederholung ihres Namens – trafen genau in Emmas hungriges Herz – und Höschen.

Rick und sie fingen an, Whiskey zu trinken und über alte Zeiten zu reden. Als sie die Nächte in Berlin durchgemacht hatten, immer auf der Suche nach dem nächsten Kick, dem nächsten Bild, dem nächsten Berlin-Klischee. Montagsbar,

Dienstagsbar und so weiter, Galerie Berlin-Tokyo, St. Kilda, Ibiza, das erste 103 oder die Sea-U-Site, immer schön breitgefächert, sich bloß nicht festlegen lassen. Was gab es noch? Ach so viel, es waren eben die fetten Jahre. So jung kommen wir nicht wieder zusammen, war das Motto. Damals. So alt kommen wir nicht wieder zusammen, könnte es heute heißen, dachte Emma und giggelte.

Rick brachte sie zum Lachen – er war wirklich witzig – und bald fing er an, dreckige Witze zu reißen. Emma fand ihn trotzdem lustig. Er legte seine Hand auf ihrem Oberschenkel ab und ließ sie länger verweilen. Emma war schon ziemlich betrunken und wollte geküsst werden. Darin war Rick immer gut gewesen, das wusste sie noch genau. Alles andere war ihr jetzt egal.

Und so wenig Initiative sie in der letzten Zeit bei Männern gezeigt hatte, so sehr traute sie sich jetzt zum Ziel zu kommen. Bei Rick hatte sie nichts zu verlieren, dachte sie. Er wirkte auf sie wie ein Ego-Booster. Also legte sie ihm einen Finger auf den Mund, als er von seinem Chef in New York erzählte, der die komische Angewohnheit hatte, ihm am Pissoir ganz deutlich auf den Schwanz zu gucken – in diesem Moment war das völlig uninteressant –, und brachte ihn zum Schweigen.

»Lass uns gehen«, sagte sie und schaute in die kleine Whiskeypfütze in ihrem Glas, um sie in ihrem Mund verschwinden zu lassen. Sie fühlte sich richtig gut, so fordernd und selbstbewusst. Rick übernahm die Rechnung und freute sich über ihren Vorstoß. Er hatte schon in dem Moment Lust auf sie bekommen, als er sie da so verloren an der Bar gesehen hatte. Die Emma. Und so nahm er einfach ihre Hand und zog sie aus der Bar in die Nacht. Sie stand auf Männer, die wussten, was sie wollten, das hatte sie doch eben noch so vorlaut verkündet. Kann sie haben, dachte er. Sie fuhren schweigend und Händchen haltend mit dem Taxi zu ihm in die Körtestraße; schön fühlte sich das an und verheißungsvoll. Sie taumelten die Treppen hoch und piksten einander auf dem Weg nach oben in den Po – je nachdem wer vorne war, wurde zum Opfer.

Ganz oben angekommen, staunte Emma über den riesigen offenen Raum mit einem fantastischen Blick über Berlin. Rick war Werbefotograf und machte einen Haufen Geld zurzeit, was sich auch in seinem aufgemotzten Fabriketageheim niederschlug. Der Fernsehturm blinkte in der Ferne, tausend kleine Lampen blitzten in der Dunkelheit, Emma konnte in die vielen hellen Fenster sehen, hinter jedem eine Geschichte – mindestens, dachte sie angesäuselt und gefiel sich in der Rolle der umworbenen Frau. Rick legte Musik auf – Johnny Cash im Gefängnis – und baute eine Tüte. Früher hätte er sicher noch eine Line gezogen, aber die Zeiten schienen vorbei zu sein.

Sie setzten sich einander gegenüber auf seine alte Cordcouch, das einzige Möbelstück mit einer Geschichte in dem Zimmer. Alles andere schien neu und kalt, teuer und eckig zu sein, dachte Emma. Sie zogen abwechselnd an dem Joint und schwiegen. Und dann wurde Emma ganz plötzlich furchtbar schlecht. Ihr drehte sich alles und da war dieses Gefühl, kalkweiß zu sein. Man spürt das ja. Heute war nicht mehr an Knutschen oder mehr zu denken, Emma wollte sich nur noch hinlegen und frische Luft um ihre Nase haben. Bloß nicht kotzen, nicht hier, nicht in der Fremde.

»Mir ist total übel. Ich vertrag das Zeug nicht mehr – vor allem nicht mit Alkohol. Tut mir leid.«

»Kein Ding«, sagte Rick und brachte ihr eine Decke, öffnete die Fenster, sodass ein Luftzug entstand, und streichelte kurz über ihren Kopf. So was Blödes aber auch, dachte Emma. Sie konzentrierte sich auf die frische Luft, unterdrückte die Übelkeit und die Kotze, bevor sie schwindelnd in einen unruhigen Schlaf fiel.

Sie wachte im Morgengrauen auf. Ihr war ein bisschen übel, der Kopf tat ihr weh und sie musste dringend auf die Toilette. Rick war nirgends zu sehen. Emma guckte auf ihr Mobiltelefon, 5:32 Uhr, und taumelte durch den Raum zur Eingangstür. Irgendwo dort musste doch auch das Klo sein, dachte sie. In der Fabriketage zweigte sich ein weiterer Raum hinter der Küchenzeile ab, da drin stand ein großes Bett, das leer war – wo ist er hin? Daneben ein weiterer Raum, das Bad. Was für ein Wahnsinn, ging es Emma durch den Kopf. So viel Wohnung und so wenig Mensch.

Nachdem sie gepinkelt hatte, sah sie sich im Bad um. Da standen allerlei Mädchensachen um den Spiegel drapiert, teure Chanel-Reinigungsmilch und anderes Luxuszeug. Schmiert er sich so was ins Gesicht? Sie wusch sich mit kaltem Wasser und benutzte die teure Milch, um ihre verschmierte Wimperntusche zu entfernen. Praktisch. Als sie sich gewaschen hatte und sich etwas frischer fühlte, durchwanderte sie noch einmal die beiden großen Räume – nirgends eine Spur von Rick. Nur ein paar Schallplatten, eine große weiße Arbeitsplatte mit fettem Mac, zwei Vergrößerer, Foto-Utensilien. Klamotten auf einer Stange und einem Regalbrett, ein weißes Designerbett, eine Chromdesignerküche, aber keine Bilder an den Wänden. Rick musste erst vor kurzem hier eingezogen sein.

Als sie genug gesehen hatte, zog sich Emma schließlich ihre Schuhe an, warf sich das Tuch über und ließ die Tür hinter sich ins Schloss fallen. Draußen zwitscherten schon wieder die Vögel. Ansonsten waren nur ein paar versprengte Partygestalten unterwegs und eine ältere Frau mit zwei kleinen Pinschern oder etwas Ähnlichem. Es hatte noch kein Kaffeeladen offen, und kühl war es. Emma vergewisserte sich noch mal auf ihrem Handy, ob sie nicht einen Anruf oder eine Mitteilung verpasst hatte – nichts –, und lief fröstelnd durch den Graefekiez zu sich nach Hause. Was für eine Nacht, dachte sie zuhause angekommen und legte sich noch mal für ein paar Stunden aufs Ohr.

2. Kapitel

Strip, Strip

Nach diesem ersten Wiedersehen mit Rick stürzte sich Emma wieder in die Arbeit. Ihre einzigen Highlights in diesem schönen Mai bestanden aus den Restaurantbesuchen, nachdem sie ihr Geschäft geschlossen hatte. Jeden Abend ging Emma essen. Allein. Sie wollte sich etwas gönnen, wenn sie schon keinen Sex hatte. Essen ist der Sex des Alters, so sagt man doch, dachte Emma. So alt bin ich also schon geworden.

Sie ging ins Jolesch, zu Cuno, saß im Mir, To Loc, Spätzle Express oder draußen direkt an der Skalitzer beim Burgermeister. Sie ging nicht auf der anderen Seite des Wassers bei Julia und Matthias vorbei, guckte nicht, wie weit die beiden mit ihrem Restaurant waren. Emma suhlte sich in ihrer Einsamkeit, störte sich nicht daran, irgendwo alleine zu sein. Schließlich gehörte das ja zu ihrer Arbeit, war Teil ihrer Inspiration!

Aber zum Frauenbeobachten und Entwerfen hatte sie gerade gar keine Lust. Und wenn sie am Kirk vorbeikam – was ziemlich oft passierte –, musste sie an Rick denken. Sie hörte nichts von ihm, und sie meldete sich auch nicht bei ihm. Wäre ja auch gar nicht gegangen – sie hatten ihre Nummern nicht ausgetauscht. So plätscherten die Tage dahin. Emma stand im Laden, bediente Kundinnen, spazierte morgens und am Wochenende durch Kreuzberg und setzte sich ans Wasser an Spree oder Kanal. Sie rief niemanden an und war sauer, dass niemand sie anrief. Julia nicht und auch keine ihrer anderen Freundinnen, Molly oder Katharina zum Beispiel, die sie eh schon viel zu lange vernachlässigt hatte. Die einzigen Personen, die sie zu Gesicht bekam – außer den Kundinnen natürlich –, waren Magdalena und ihre Praktikantin Elisa. Und mit denen drehte sich alles nur um das Geschäft.

Drei Wochen später kam plötzlich eine Mail von Rick (im Absender stand sein richtiger Name: Richard Grau / Grau-Fotografie). Er hatte sie ihr über die Homepage von Wilmers-Wäsche geschickt, ganz businessmäßig. Er schrieb, dass er sie einer befreundeten Redakteurin der Zeitschrift *Zoé* empfohlen habe, die eine Modestrecke über Berliner Designerinnen mache. Eigentlich sei alles schon in trockenen Tüchern, wenn Emma wolle. Sie müsse nur vier exklusive Wäscheensembles für die Produktion zur Verfügung stellen. Seine Kontaktdaten waren anbei und das Budget konnte sich einigermaßen sehen lassen.

Emma freute sich. Nur eine Sache fiel ihr in der Mail etwas unangenehm auf: Rick tat so, als hätte es ihr Wiedersehen gar nicht gegeben. So gar nicht. Er war förmlich und professionell – der reine Fotograf. Sie hatte ihn gleich, nachdem sie seine Mail zuende gelesen hatte, auf seinem Handy angerufen, sie konnte es nicht lassen. Zum einen, weil sie die Einzelheiten klären wollte. Zum anderen, weil sie wissen wollte, was mit ihm ging. Was er wollte. Er war doch an dem Abend eigentlich ganz entzückend gewesen, dachte Emma. Da hatte sie sich schon begehrt gefühlt und auch selbst begehrt.

Beide verloren kein Wort über die Nacht, die im Kirk gestartet und mit der bekifften Emma auf seinem Sofa und einem verschollenen Rick geendet hatte. Kein Wort. Sie verabredeten sich für den kommenden Samstag. Da wollte er bei ihr im Laden vorbeikommen, damit er sich ein paar von ihren Entwürfen ansehen konnte, wie er sagte. Er war freundlich und fast verbindlich. Emma musste sich lange am Kopf kratzen, so verwirrt war sie nach dem Gespräch. Sie wurde nicht schlau aus ihm. Andererseits: Was wollte sie denn von ihm? Ach, sie wusste es auch nicht. Eben begehren – und vor allem begehrt werden.

*

Es war Samstag. Der Samstag, an dem Rick sich die Wäsche ansehen wollte. Eine Handvoll Frauen kam bis zum Nachmittag ins Geschäft. Sie schauten sich um, drei probierten etwas an und als Emma gerade bei einer Kundin mit sechs Wäscheteilen – BHs, Hemdchen und einer Korsage – in der Umkleide stand, hörte sie schon wieder die Türglöckchen bimmeln. Sie schnürte der attraktiven Frau mittleren Alters mit dem prächtigen Busen noch schnell die Korsage fest zu, bevor sie nach vorne in den Laden ging. Dort sah sie aber nur noch einen dunklen Lockenkopf aus der Tür verschwinden. Ein Mann.

Entweder wieder einer von diesen Kerlen, die sich nur in den Laden trauen, wenn keine Kundin zu sehen ist, oder er hat was geklaut, dachte Emma. Ihre Kasse war unter dem abschließbaren Fünfzigerjahretresen gesichert – ihr ging es vielmehr um die Wäsche. Aber nachdem sie schnell ihren kleinen Ladenraum mit den Augen abgetastet hatte, überwog das gute Gefühl. Nee, ein Dieb war das nicht gewesen. Also ein verschüchterter Voyeur. Sie ging zurück zu der Kundin.

»Die sind ja alle ganz wunderbar – jedes einzelne Teil! Ich weiß gar nicht, was ich nehmen soll«, sagte die Dunkelhaarige gerade, als Emmas Handy klingelte. Ganz passend, natürlich.

»Entschuldigen Sie mich bitte«, sagte sie zu der Frau. Und ins Telefon: »Wäsche von Wilmers, hallo?«

»Hallo, hier ist Rick. Du, ich schaffe das heute doch nicht, tut mir total leid, Emma. Mir ist was dazwischengekommen, aber Montag gegen Mittag, ginge das auch?«

Emma war enttäuscht. Aber das wollte sie Rick nicht wissen lassen – warum eigentlich? »Ja, das geht. Bis dann, tschüs«, sagte sie und legte schnell wieder auf. Und ärgerte sich über sich selbst. Verfügbarkeit war ein Graus, aber noch schlimmer war es, wenn diese für selbstverständlich erachtet wurde. Selbst schuld, Emma Wilmers, selbst schuld!, dachte sie kopfschüttelnd. Andererseits freute sie sich wirklich über diese Fotoproduktion, beschwichtigte sie sich selbst, als die Kundin gerade mit den Oberteilen aus der Kabine kam. Sie legte gleich drei auf einmal auf das Glas des Tresens: *Strip, Strip, Neverending Love* und *Only Me.*

*

Welches von den dreien ziehe ich bloß nachher an?, fragte sich die brünette Frau, als sie den kleinen Wäscheladen hinter sich gelassen hatte und in die Sorauer einbog, wo ihr geliebter Mercedes 300 SEL stand, mit dem es zurück nach Wilmersdorf ging. Ihre Heilpraktikerin aus Kreuzberg hatte ihr Emmas Dessous empfohlen. Nichts trage sich angenehmer und sei von so guter Qualität bei sehr ausgefallenem Design, hatte sie gesagt. Und mit den Augen zwinkernd hinzugefügt: »Und die Wirkung bleibt nicht aus, das sage ich Ihnen.« Genau darauf hoffte Alice Schwertmann jetzt.

Sie warf die lindgrüne Wilmers-Wäsche-Tüte auf den Rücksitz und legte den ersten Gang ein, der schon seit Jahren klemmte. Am Abend würde sie mit ihrem Rechtsberater essen gehen – und hoffentlich nicht nur essen. Dafür würde sich wohl die Korsage *Strip, Strip* am besten eignen, stellte sie sich vor, während sie sich durch den nervigen Sechs-Uhr-Verkehr ihren Weg bahnte.

Nach einem hervorragenden roten Curry mit Ente im Moon Thai und größtenteils geschäftlichen Besprechungen über den Ausbau ihrer Künstleragentur gingen Alice Schwertmann und John Becker gemeinsam auf einen Cocktail ins Gainsbourg am Savignyplatz. Unter der Woche versammelte sich dort bei schummerigem Licht die typische Charlottenburger Bohème – ohne all die reichen Grunewaldkinder, die sich am Wochenende stilvoll für viel Geld betranken. Jungs mit feisten Gesichtern und über die Schultern geworfenen Pullis, Mädchen mit stets frisch duftendem Pferdeschwanz und einer Longchamptasche in der Hand.

Sie setzten sich an die leere Bar und Alice bestellte einen Hemingway Sour und er nahm das Gleiche. Das verwirrte sie etwas. Ein Mann sollte doch von alleine wissen, was er trinkt, einen eigenen Geschmack haben, aber so war das wohl mit den heutigen Jungspunden: keine Ahnung von Cocktails.

»Die alte Schwertmann«, wie sie von ihren Angestellten heimlich genannt wurde, schlug ein Bein über das andere und spürte den angenehm festen Sitz der Korsage unter ihren Brüsten. John Becker hatte schon beim Curry angebissen. Da war ihr nämlich fast der eine Busen aus dem scharfen Teil gefallen, das er unter der massig weichen Haut und der tief aufgeknöpften Bluse erahnen konnte. Seine Chefin ging ganz schön ran, hatte John da bereits zum zweiten Mal gedacht. Aber sie hatte ja auch nichts zu verlieren – und er genauso wenig. Denn er würde ihr sowieso kündigen und zurück nach London gehen. Das wusste sie nur noch nicht. Also konnten ihre Avancen nur bedeuten, dass es ihr ernst war – ob sie wohl in der Lage war, Geschäftliches vom Privaten vollkommen zu trennen?, ging es John durch den Kopf.

In Wirklichkeit war es Alice ganz egal, was später sein würde. Daran verschwendete sie nicht einen Gedanken. Sie hatte sich in John Becker verliebt, oder zumindest in das, was sie in dem gebürtigen Engländer sah: den jungen Kerl, der mit 26 Jahren fast halb so alt war sie und der ihr 49-jähriges Blut in Wallung brachte wie lange nichts mehr. Dass sie einen Mann hatte, war ihr auch ganz egal. Der war eh die meiste Zeit in Asien auf Geschäftsreisen. Obwohl sie sich nicht sicher sein konnte, ging sie davon aus, dass er sie schon seit Jahren betrog. Sie hingegen war ihm treu geblieben – bis jetzt.

Ihre Künstleragentur, die sie 2004 von Charlottenburg nach Mitte verlegt hatte, war ihr Ein und Alles. Und seit einem guten Jahr gehörte John dazu und war ebenso zu ihrem Ein und Alles geworden. Sie freute sich jeden Morgen darauf, zur Arbeit zu gehen, was unter anderem an ihm lag, ihrem Berater. Er war witzig, gut aussehend, aber nicht zu schick; mit einem herrlichen Oxfordenglisch-Akzent – und er konnte tanzen. Tanzende Männer hatten Alice schon immer beeindruckt. Es gab nur wenige von der Sorte, und wenn, waren sie meist arg eingebildet oder schwul. In ihrer Generation hatte sie zumindest diese Erfahrung gemacht.

Am Anfang, als sie ihn eingestellt hatte, war sie sich nicht ganz sicher gewesen, ob John nicht doch ein wenig auf Männer stehen würde. Aber jetzt war ihr auch das vollkommen egal. Dass er nämlich etwas mit Frauen hatte, das hatte sie im Laufe der Zeit mitbekommen. Sie tauchten in der Agentur auf, riefen an, hinterließen Nachrichten. Schöne junge Dinger. Aber seit ein paar Wochen war da niemand mehr gewesen und John hatte mehr und mehr auf ihre Flirtversuche reagiert, zurückgeguckt, Komplimente gemacht, war früher gekommen und länger geblieben als alle anderen.

Und jetzt dieses Essen. Und diese Drinks. Und vor allem diese Korsage! Alice fühlte sich in *Strip, Strip* zusammengeschnürt und erschlankt, prall und sexy. Sie fuhr sich durch ihr volles, dunkles Haar, auf das sie ganz besonders stolz war; in ihrer Jugend hatte es die Männer immer an Uschi Obermaier erinnert. Und das war schließlich ein Kompliment! Sie sagte nicht mehr viel, sondern hörte John lieber zu, der sie mit seinem Musikgeschmack zu beeindrucken wusste. Er schwärmte gerade für Thelenious Monk, den auch Alice sehr liebte.

Sie tranken mehr Hemingway Sour und knabberten Nüsschen dazu. John hatte so lachen müssen, als sie den hübschen Kellner fragte: »Könnte ich noch ein paar Nüsschen haben, bitte?«, und der mit einem Pokerface geantwortet hatte: »Nüsschen, aber gerne.« John hatte sehr früh das deutsche Wort Nüsse gelernt, nicht aber für die essbaren – na ja, wie man's nahm. Jedenfalls musste er sehr lachen.

Von Jazz zu Nüsschen zu Nüssen nahm das Gespräch seinen Lauf und Alice hörte gar nicht mehr richtig zu, sondern starrte auf Johns Mund.

Wie darin Nüsschen verschwanden und Hemingway Sour und wieder Nüsschen, wie er redete und wie sich ein kleines Nüsschenstück knapp unter der Unterlippe festgesetzt hatte, das Alices Augenmerk jetzt vollends in seinen Bann zog. Wie die Nudel bei Loriot.

»Was ist denn da?«, fragte John und wischte an der falschen Stelle, wieder und wieder knapp vorbei, sodass ihr nichts anderes übrigblieb, als selbst Hand anzulegen. Sie entfernte den Krümel vorsichtig, verharrte dann mit den Fingern auf seinem Kinn und streichelte sanft weiter über die feinen Stoppeln hoch zu seinen Wangen und den Ohren. Jetzt erst entdeckte sie ein paar ganz zarte Linien um seine Lider. Die ersten. Er war eben noch so jung.

John schwieg und sah ihr in die dunklen Augen. Darauf hatte er nur gewartet. Er hob seinen Arm und fing an, sie genauso über das Gesicht zu streicheln, wie sie es bei ihm tat. Parallel, in kleinen Bewegungen, sehr sanft und spielerisch. Sie schauten sich währenddessen ununterbrochen an, Blau traf auf Braun traf auf Blau, und mussten plötzlich lächeln, vor Freude oder vor Vorfreude, was auch immer.

Dann zog John Alice andächtig mit seiner Hand an ihrem Hinterkopf zu sich heran und küsste sie auf den dunkelrot nachgezogenen Mund. Sie schmeckte nach Gin und weicher Frau. Alice hörte die Stangen in ihrer Korsage unter ihrem schweren Atem leise knacken und öffnete ihre Lippen, ein wenig nur zuerst, dann weiter, spürte, wie sich die Männerzunge ihren Weg bahnte, und nach wenigen Sekunden des Aneinanderanpassens knutschten sie ziemlich passabel an der Bar des Gainsbourg.

Alice nahm um sich herum nichts mehr wahr, weil sie sich innerlich so über das freute, was da passierte. Sie hatte ihn! Sie hatte ihn am Haken und würde ihn jetzt nicht mehr loslassen. Doch mit dem Knutschen musste mal Schluss sein, der Anzüglichkeit, aber auch des Atmens wegen. Alice war einfach die Luft weggeblieben, was vielleicht auch an *Strip, Strip* lag. Sie tranken ihre Gläser leer – Alice übernahm die Rechnung – und winkten sich draußen ein Taxi heran. Das »zu mir oder zu dir« konnten sie sich sparen, es ging in Johns Apartment nach Prenzlauer Berg, das war klar. Für Alice kam es überhaupt nicht in Frage, ihn mit zu sich nach Hause zu nehmen. Auch wenn ihr Mann Peter gar nicht da war. Aber das wäre nun wirklich nicht gegangen.

Als John dem Taxifahrer mit einem Blick zu ihr seine Adresse genannt hatte, war sie froh und nickte, denn sie wollte auch nicht in einem Hotel absteigen. Das hatte sie vor vielen Jahren mal gemacht und war sich danach so was von billig vorgekommen – obwohl es sich um das Waldorf-Astoria in New York gehandelt hatte. An diesem unguten Gefühl damals war der Typ aber sicher nicht unschuldig gewesen.

John war anders. Er legte seinen Arm um sie und küsste ihren Hals bis hinunter zum Nacken und dem Ansatz ihrer weichen Schultern. »You smell so good«, murmelte er nahe an ihrem Ohr und Alice lief ein Schauer über den Rücken. Aus den Boxen hinter ihnen sang Jimi Hendrix *Foxy Lady,* der Taxifahrer wippte mit dem kleinen Strickmützchen auf seinen langen grauen Haaren und schwieg die Fahrt über. Er schaute auch nicht allzu oft in den Rückspiegel, wie Alice ganz genau bemerkte. Sie guckte die meiste Zeit nach draußen, genoss die vorbeiziehenden Lichter der Stadt und vor allem Johns Hand, die unter ihren Rock fuhr, ihre Nylons streifte und feste in ihre Oberschenkel griff, sie streichelte, sich weiter nach oben vorarbeitete. Alice lächelte und erst am Alexanderplatz drehte sie ihm ihren Kopf zu und sie fingen wieder an, sich zu küssen.

»So, da wären wir«, unterbrach der Taxifahrer mit dezenter, tiefer Stimme das knutschende Paar auf dem Rücksitz, als sie in der Marienburger angekommen waren. John berappelte sich, zahlte im Schein der Deckenlampe und ging einmal um das Auto herum, um Alice die Tür zu öffnen.

In der Wohnung verschwendeten sie keine Zeit mit einem weiteren Drink oder Espresso. Alice ging kurz ins Bad, wusch sich die Hände und fuhr sich mit ein wenig Wasser über die Muschi, trocknete sich ab, rückte sich die Korsage zurecht, brachte ihre Haare perfekt durcheinander und entfernte den verschmierten Lippenstift. Sie war zufrieden mit ihrem Spiegelbild und lächelte es siegesgewiss an, bevor sie das Licht löschte. Als sie zurück zu John ging, führte er sie an der Hand ins hell erleuchtete Schlafzimmer vor das große weißumrandete Bett mit weißen Bezügen und einem weißen Laken. Wie in einem Hotel, ging es Alice noch kurz durch den Kopf, als John sie wieder küsste.

»Was willst du?«, flüsterte er ihr ins Ohr. Und es war komisch. Alice, die wirklich kein Kind von Traurigkeit gewesen war, vor ihrer Ehe nicht und auch in den ersten Jahren mit Peter nicht, die mit vielen Männern geschlafen und in ihrer wilden Zeit auch so manche Frau nicht ausgelassen hatte – ausgerechnet sie wusste jetzt nichts zu sagen. Verschüchtert und leicht verunsichert war sie; sie, die viel Ältere und Erfahrenere, sie, die Chefin. Aber vielleicht war genau das das Problem?

Nein, Alice war einfach nur vollkommen überfordert von der Erregung, die ihr der junge John entlockte. Er hatte ihr die Sprache verschlagen. Seine jungenhaften Küsse, sein unglaublich fester unterer Rücken, von dem ihre Finger einfach nicht lassen konnten – kurz über seinem Po. Seine Hände in ihren Haaren und immer wieder an ihrem Hals, das mochte sie doch so. Und er roch ganz wunderbar nach einem feinen Rest Gin und dem wärmsten und männlichsten Duft, den Typen in ihrem Haaransatz am Nacken haben. Lecker.

»Ich will, dass du einfach weitermachst«, entzog sie sich geschickt der Situation und ließ sich an den Schrank pressen, um die Achse wirbeln, aufs Bett schmeißen, erobern. Johns Küsse und Hände waren überall, er ertastete ihre Korsage, umfasste die fest gezurrte Taille in dem Seidenstoff, die kleinen Stäbe, die sich darunter befanden und die bebenden Brüste darin. Er befreite sie aus ihrer Bluse und besah sich das spezielle Stück Wäsche von oben, über ihrem Schoß kniend. Emma hatte für *Strip, Strip* einen eierschalenfarbenen Seidenstoff genommen, mit prächtigen Pfauen und Hirschen im Delfter Design darauf, der die Brüste mit einem Balconette-BH nach oben und vorne stützte. Marie Antoinette meets moderne Waldtapete. »Wow. Very nice«, nickte John anerkennend und Alice musste schmunzeln: Was für ein Glücksgriff! Ihre Heilpraktikerin hatte also Recht gehabt.

Sie fühlte mit Wonne, wie John mit seinen großen, warmen Händen über die Korsage, den geformten Bauch und die Brüste fuhr. Ihm stand die Erregung förmlich ins Gesicht geschrieben. Er hatte sich die Anzughose ausgezogen, kniete mit breiten Beinen über ihr, nur in seinen eng anliegenden Shorts, in denen sich sein steifer Schwanz nach oben zum Gummibündchen bog. Alice lag unter ihm und hatte ihre Hände auf seinem Po – und immer wieder der Stelle darüber. Staunend. Aber auch seine Lenden und sein Bauch waren nicht zu verachten.

Zwischendurch küsste er sie auf den Mund, stützte sich neben ihrem Kopf ab, widmete sich ihren Lippen, ihrer Zunge, ihren Ohren und ihrem Hals. Und dann machte er etwas, was sie sich von ihrem Mann immer gewünscht, aber nie auszusprechen gewagt hätte. Nichts Außergewöhnliches, ganz im Gegenteil, etwas Alltägliches. Aber für Alice war es schon so lange her, dass sie die Situation überaus angenehm überraschte: John richtete sich wieder auf, holte seinen harten Schwanz raus und fing an zu wichsen. Dabei bahnte er sich mit der linken Hand einen Weg an ihrem weißen Seidenpanty vorbei genau in ihre feuchte Möse und fingerte sie. Sie lächelte ihn lustvoll an und stieß einen tiefen Seufzer aus. Gut machte er das. Aber gut war vor allem ihre Aussicht. Wie geil ist das denn, dachte Alice. Er holt sich auf mich einen runter. Oder auf mir.

John wichste weiter, guckte sie genüsslich an, öffnete seine Lippen und verzog die Mundwinkel in verzückter Erregung. Fingerte sie weiter und weiter, stöhnte leise, wechselte mit der Hand zu ihren Brüsten, die aus der Korsage herausquollen, hielt inne, drückte seine Schwanzspitze gegen ihr weiches Fleisch, ihre aufgerichteten rosa Nippel, fuhr das tiefe Tal zwischen ihren Titten mit seinem Schwanz entlang, nahm noch etwas Speichel zur Hilfe und machte es sich wieder selbst.

»Fass dich auch an«, ermunterte er Alice, »fass dich an«, und sie tat, wie ihr geheißen. Dabei wäre es fast nicht nötig gewesen. Sie war so erregt von diesem Anblick, dieser Privatshow im Scheinwerferlicht der Deckenleuchte, in die nur sie Einblick erhielt. Für Alice war das etwas ganz Besonderes, Intimes. Ihre heimliche Fantasie. Immer schon gewesen. Zudem würde sie jetzt ein Bild im Kopf haben, könnte sich jederzeit ganz genau vorstellen, wie er es sich selbst machte.

Seine Brustmuskeln erhoben sich dabei von unten gesehen besonders deutlich, alles an ihm war fest und frisch, jung und kraftvoll. Er sah von diesem Blickwinkel aus wie Michelangelos David mit den großen, schönen Händen und so dauerte es nicht lange, bis Alice Schwertmann kam. Heftig. John lächelte sie von oben an, freute sich und wichste schneller. Alice ließ ihren Finger weiter an sich dran und holte sich einen zweiten Orgasmus, der wiederum mehr dem Visuellen als dem Taktilen geschuldet war. So geil fand sie ihn. Und dann spritzte auch John ab, kam auf die Korsage *Strip, Strip.*

*

Als Alice am nächsten Morgen in einem weißen Bett in Prenzlauer Berg erwachte und sich kein bisschen billig fühlte, saß Emma in Kreuzberg schon wieder an ihrer Nähmaschine. Sie hatte den ganzen Abend und die halbe Nacht zuvor in dem gemütlichen Raum mit der alten Tapete verbracht. (Die hatte sie vor vier Jahren in mühseliger Kleinstarbeit unter vielen, vielen bunten Schichten freigelegt.) Und sie kam auch an diesem Sonntag kaum aus ihrem Atelier raus. Manchmal fühlte sich Emma darin mehr zuhause als in ihren eigenen vier Wänden einen Stock darüber. Hier war sie ganz bei sich. An diesem Ort nähte sie ihren Kopf leer, das war das Herrliche an ihrer Arbeit, wie sie fand: Sie konnte alles andere vergessen.

Emma überarbeitete gerade ein älteres Modell, das sie nie verkauft hatte, das ihr aber vom Schnitt her sehr gut gefiel. Es lag hauptsächlich am Stoff, dass dieses Ensemble nicht richtig gezündet hatte, das ging ihr jetzt auf, als sie den Slip und den schlichten Neckholder-BH in der Hand hielt. Sie verbesserte, erneuerte, sah ihr Stoffarchiv durch, die vielen kleinen Fetzen, sortierte aus und um. Zwischendurch ging sie nur ein Mal raus, um was zu essen, ein halbes Hähnchen mit Pommes am Stand, eine Cola für die Energie. Zurück in ihrem Atelier tickte die alte Uhr vor sich hin, sonst war es ganz still. Emma merkte noch nicht mal, wenn Leute an ihrem Ladenfenster stehen blieben und sie hinten in ihrer Nische beobachten konnten. Sie merkte nicht, wer sich da schon wieder die Nase plattdrückte und sie im Schein ihrer Stehlampe betrachtete. Sie merkte nichts.

Montagmorgen war sie völlig übernächtigt, als sie den Laden aufschloss und die Glöckchen bimmelten. Elisa kam ein bisschen zu spät – sie war wohl feiern gewesen, im Watergate, 103 oder Rosis, wo die jungen Leute eben heutzutage hingingen. Emma schimpfte nicht, das war nicht ihre Art, sondern strafte Elisa, indem sie sie ignorierte. Sie redete nur das Nötigste und kontrollierte die Kollektion. War alles an seinem Platz? Dann holte sie das überarbeitete Ensemble aus dem Atelier, das sie schlussendlich für Ricks Fotoproduktion in dunkelgrauem Jersey mit feinen Tülleinlagen, ebenfalls in Anthrazit, genäht hatte, und legte es in die Auslegeschublade in ihrer Vitrine. Unter das Glas.

Um die Mittagszeit kam Rick durch die Ladentür. Er küsste sie auf die Wangen, links und rechts. Emma bot ihm einen Kaffee im Atelier an, Elisa stand vorne und hielt die Stellung. Das musste sie schließlich auch mal lernen.

»Ich hatte so viel zu tun die letzte Zeit. Tut mir leid, dass ich mich gar nicht mehr gemeldet habe. Du bist mir doch nicht böse, oder?« Rick nahm ihre Hand.

Er schaffte es, ihr das Gefühl zu geben, dass sie nur auf ihn gewartet hatte. Emma hatte aber keine Lust, ihm Bestätigung zu geben, und so schweifte sie einfach auf ein anderes Thema ab: die Fotoproduktion. Dafür hatte sie schließlich das ganze Wochenende gearbeitet. »Komm mal mit!«, sagte sie und zog Rick an der Hand nach vorne in den Laden zu dem Wäscheduo, das sie extra genäht hatte. »Grau!«, rief er freudig aus. »Grau! Wie geil!« Er war begeistert. Und nicht nur von Wilmers-Wäsche, sondern auch von der Ladenausstattung. Rick schritt die Wände entlang, besah sich die bis zur Decke reichenden schlichten Holzregale mit den offenen, samtig rot ausgelegten Schubladen, die Emma in Ostfriesland bei einem alten Herrenausstatter gefunden hatte. Ausgerechnet. Wo früher Hemden, Schlipse und Strümpfe dargeboten wurden, lag jetzt jeweils ein sexy Damenwäschemodell pro Lade; dahinter befanden sich die anderen Größen.

An der Wand zum Fenster hin hatte Emma eine wunderschöne gemusterte Tapete in Türkis freigelegt, die optimal erhalten war. Nicht diese modernen Dinger, die es jetzt überall gab. In den Ecken hingen milchige Kugellampen in verschiedenen Höhen von der Decke, die ein weiches Licht verbreiteten. Das alles traf genau Ricks Designergeschmack, und ihm kam eine weitere Idee: Er wollte die Wäsche nicht in irgendeinem Studio fotografieren, sondern hier – so schön fand er Emmas Laden. Sie könnte die Dessous noch verändern, ihnen etwas hinzufügen, erklärte Emma, der es hauptsächlich um ihre Wäsche ging. Sie hätte da an kleine Stickereien gedacht, ganz naive, schlichte Zeichnungen aus der Flora und Fauna. Er war mehr als einverstanden und orderte insgesamt vier Ensembles in dem Stil, um sie in ihrem Wäscheladen abzulichten.

»Dann wäre das Geschäftliche erst mal geklärt. Jetzt kommen wir zum privaten Teil. Hast du heute Abend schon was vor?«, fragte er. »Wir könnten es ja noch mal richtig angehen«, meinte er mit einem Augenzwinkern. Emma freute sich. Sie fühlte sich geschmeichelt, dass ihr Laden, der erste Entwurf für die zu fotografierende Wäsche und offensichtlich auch sie selbst ihm gefielen. Und sie hatte nicht vergessen, dass sie ihn immer noch küssen wollte. Und auch mehr. Da konnte er ruhig ein bisschen cheesy sein.

»Nee, ich hab Zeit. Ich komme dann einfach nach der Arbeit bei dir vorbei, okay?«, sagte sie.

Einige Stunden später machte sie sich nach einem kleinen Schönheitsschlaf oben in ihrer Wohnung zurecht, duschte, rasierte sich die Beine, die Achseln und die Bikinizone, cremte sich anschließend genüsslich ein und legte ein paar Tropfen Chanel No. 5 auf, ihr Liebstes. Es wäre wirklich mal wieder Zeit für ein bisschen Sex, dachte sie, als sie sich in dem großen Spiegel in ihrem Schlafzimmer betrachtete und sich ihren kleinen Bauch und die immer noch knackigen Brüste im Profil besah. Gar nicht so schlecht, nickte sie anerkennend. Emma zog sich schlichte weiße Wäsche ihrer eigenen Marke an – das Etikett hatte sie gar nicht reingenäht – und streifte ihr rotes Kleid mit den weißen Polkadots über. Zum Schluss schnürte sie ihre Lieblingsturnschuhe zu. Die Abendsonne schien in ihr Schlafzimmer und warf hübsche Schatten an die Wand.

Schließlich gibt es ja auch was zu feiern, dachte Emma. Ihre Wäsche und ihr Laden würden in der *Zoé* zu sehen sein, das war doch so schlecht auch nicht. Da kann man es schon mal ein bisschen knallen lassen. Sie packte noch einen eiskalten Prosecco aus ihrem Kühlschrank ein und schwang sich unten auf ihr altes Hollandrad.

*

Der Wind fuhr ihr durchs Haar und Emma war glücklich. Die arbeitsreichen letzten Wochen und die Erinnerung an das Warten auf etwas Aufregung hatte sie einfach beiseitegeschoben. Was zählte, war das Jetzt! Als sie bei Rick angekommen war, hatte er gerade noch vor dem Computer gesessen. Er trug wie vorhin seine typischen dunkelblauen, hochgekrempelten Jeans, dazu aber nur noch ein schlichtes weißes Rippenunterhemd, das seine Arme betonte. Es waren ein paar Tattoos dazugekommen, sah Emma. Er küsste sie auf die erröteten Wangen, ein Mal, zwei Mal und sagte: »Komm schon mal rein, ich bin gleich fertig.«

Dann verschwand er hinter seinem blitzend weißen Macbildschirm. Emma kam gar nicht dazu, die Proseccoflasche loszuwerden. Sie setzte sich auf das Cordsofa und schaute sich um. Es kam ihr völlig unwirklich vor, dass sie schon einmal hier gewesen war, vor ein paar Wochen. Lag aber vielleicht auch am Gras. Rick tippte auf der Tastatur; zu sehen war er nicht. Sie stand auf, ging in die offene Küche und fragte: »Hast du Proseccogläser?«

»Im oberen Regal, ganz rechts«, meinte Rick und tippte weiter. Höflich ist das nicht gerade, dachte Emma. Sie fand die Gläser im Edelstahlregal und ließ den Korken knallen. Sie hatte ihr Glas fast ausgetrunken, als Rick endlich zu ihr kam. »Musik?«, fragte er und legte James Brown auf, bevor sie etwas entgegnen konnte.

Emma hatte sich mittlerweile ein zweites Glas Prosecco eingeschenkt und sich selbst zugeprostet, als Rick sich neben sie setzte. Er nahm sein Sektglas, stieß ohne einen Toast mit ihr an und plapperte drauflos. Von der geplanten Fotoproduktion, der Redakteurin namens Esther (Emma war sich plötzlich sicher, dass die beiden was miteinander hatten, so wie er von ihr schwärmte) und seinem neuen Leben in Berlin. Jetzt war alles besser als früher. Eigentlich ganz schön, dass einer es in dieser Stadt mal so herum sah, dachte Emma und guckte sich das neue Pin-up-Girl auf seinem Unterarm genau an, während er redete. Und redete. Und redete.

Halt doch mal die Klappe, dachte Emma und sagte nichts. Sie wollte seinen Unterarm streicheln, der wirbelte aber ständig gestikulierend durch die Luft. Keine Chance. Er redete weiter, und sie schenkte sich ein drittes Mal nach, als Rick endlich seinen Redefluss unterbrach. »Quatsch ich zu viel?«, fragte er. »Tut mir leid! Ich freu mich einfach so, dich zu sehen! Ach, Emma!«, sagte er und nahm sie in den Arm. Er hielt sie und hielt sie – und sagte endlich nichts mehr. Stattdessen küsste er Emma auf die Wange, ganz feste und schmatzend, noch mal und noch mal und dann guckte er ihr kurz in die Augen – er sieht aus wie ein kleiner Junge, dachte sie, ein kleiner Junge mit großen Ohren und Bartwuchs – und dann küsste er sie auf den Mund. Ganz und gar nicht wie ein kleiner Junge.

Seine großen Lippen pressten sich auf ihre und breiteten sich aus, öffneten sich und öffneten Emmas. Sie schloss die Augen. Da kam seine Zunge ins Spiel und zwar genau richtig, nicht zu schnell, nicht zu tief, nicht zu unsensibel. Ja, knutschen konnte er, freute sich Emma und genoss die Küsse, küsste zurück, spürte, wie gut es ihr tat zu knutschen, diesen großen Mund und diese abwechselnd weiche und fordernde Zunge zu fühlen. Die Stoppeln rieben ihr Kinn auf, so lange hatte sie nicht mehr geküsst. Es fühlte sich schön an. Fremd und gleichzeitig gar nicht fremd.

Und dann ging alles sehr schnell. Fast wie im Film. Nur nicht ganz so perfekt. Rick hielt sie weiterhin fest in seinen Armen, Emma hatte vergessen, wie stark er war. Sein Atmen wurde immer schneller. Sie fühlte mit einem Wohlwollen, dass er scharf auf sie war. Aber hatte sie was anderes erwartet? Sie selbst kam sich ein bisschen komisch vor, irgendwas fühlte sich nicht ganz richtig an. Der erste Kuss nach so langer Zeit, der konnte einiges bewegen, aber das musste doch erst mal verarbeitet werden! Andererseits war ihr Körper nicht so zögerlich wie ihr Kopf. Sie wurde feucht, alleine durch die Küsse und das Gereibe von Ricks Bauch und Beinen an ihren. Aber ihr Hirn befand sich ganz woanders. Es war, als beobachtete sie sich von außen und sähe unbeteiligt dabei zu, wie er sie knutschte, durch den Stoff ihres Kleides über ihre Brüste streichelte, sie fester knetete, mit der linken Hand zwischen ihre Beine glitt und sie dort durch Kleid und Höschen rieb, sodass sie noch feuchter wurde.

Und dann befreite sie fast automatisch einen Arm, um an seine Hose zu gelangen, fuhr über die deutliche Beule an seinem Hosenschlitz, öffnete den Gürtel und griff in seine Boxershorts. Erstaunt über die Härte seines Schwanzes und die gleichzeitige Sanftheit der Eichel zuckte Emma zusammen. Sie war wieder bei sich, ihr Körper und Geist wieder vereint. So fühlte sich ein Schwanz an, fast hätte ich es vergessen, dachte sie. Was sie aber damit zu tun hatte, wusste sie noch ganz genau. Emma nahm etwas Speichel zwischen ihre Finger und auf die Handfläche, umfasste seinen Schwanz an der nicht-existenten Vorhaut – Rick war beschnitten, das hatte sie auch fast vergessen – und holte ihm geschmeidig einen runter.

Rick stöhnte und lehnte sich zurück, ließ seine Hand in ihrem Schoß liegen, machte nichts mehr. Auch wenn das hier nicht ganz so leidenschaftlich oder liebestoll oder was auch immer war, wie sie es sich erhofft hatte, Emma wollte Sex. Sie wollte mit Rick schlafen, wenn sie schon mal so weit war. Diese Gelegenheit musste einfach beim Schopfe gepackt werden. Sie wollte dieses Gefühl, ausgefüllt zu sein, sie wollte die Schwere eines Mannes auf sich spüren, sie wollte, dass ihr die Luft wegblieb, weil sie ihr genommen wird. Endlich wieder.

Und so legte sie sich einfach auf das Sofa und zog Rick auf sich, streifte ihm mit den Füßen Jeans und Shorts ganz runter – ja, das hatte sie mit Tom in den sechs Jahren Beziehung zur Perfektion gebracht –, zog sich ihr eigenes weißes Höschen runter, das Kleid über dem Kopf aus, machte sich den schlichten BH in einer kleinen Armverrenkung auf, schmiss ihn von sich und fühlte den kühlen Cord unter ihrem Rücken, als sie sich zurücklehnte. Halt! Ein Kondom! »Hast du ein Kondom?«, fragte Emma geistesgegenwärtig. Sie wusste nicht nur um ihre gefährlichen Tage. Rick stand kurz auf, lustig sah das aus, wie er da mit dem Ständer durch das Zimmer ging und mit einem Kondom in der Hand zurückkam, das er sich auf der Sofakante überzog. Und dann drang er schon in sie ein.

Emma versuchte zu genießen. Aber stattdessen achtete sie ganz genau darauf, wie es sich anfühlte. Wie er sich in sie rein- und fast wieder herausbewegte; er machte es sanft und warm, ohne Hektik, atmete leise dazu in ihr Ohr. Und Emma starrte an die hohe Decke. Es war wirklich längst nicht so aufregend, wie sie es sich die letzten einsamen Monate immer wieder ausgemalt hatte – ihr erstes Mal, nach so langer Zeit. Schon ganz nett, aber doch nicht toll. Oder großartig. Und an einen Orgasmus war absolut nicht zu denken – zumindest nicht an ihren eigenen. Denn Rick stöhnte jetzt lauter, sie streckte ihm netterweise rhythmisch ihre Hüften entgegen und schlang ihre Beine um seine. Dann schob er plötzlich, aber vorsichtig ihren Kopf von dem Sofakissen runter. »Lass ihn mal hängen, das ist geil«, sagte er und Emma probierte es aus. Aber bevor sie dieses benebelte Gefühl durch den leichten Blutstau im Kopf genießen konnte – es funktionierte eben auch nur bei großer Erregung –, kam Rick schon, zwei, drei Mal zuckend. Das kann ja nur besser werden, dachte Emma und tätschelte ihm trotzdem den Rücken.

3. Kapitel

Dark Desire (I bis IV)

Dafür war es am nächsten Morgen schön. Rick war ganz früh aufgestanden und hatte Emma in seiner superneuen Designerküche French Toast mit gebratenen Bananen, Bacon und Ahornsirup gemacht. So mit das beste Frühstück, das Emma sich vorstellen konnte. Er brachte ihr einen riesigen Teller voll mit einem großen *Caffè e latte* ans Bett, bestand sogar darauf, dass sie dort aß, von seinem neuen weißen Tablett. Dabei war Emma nie eine Im-Bett-Esserin gewesen.

Sie wollte sich aber nicht zieren. Außerdem hatte sie Hunger und erst recht auf dieses Frühstück, und so tat sie ihm den Gefallen. Rick holte seine fette Nikon ins Schlafzimmer und machte ein paar Fotos von der essenden Emma, bis sie ihm das Objektiv zuhielt. »Nee, echt nicht, nicht so, nicht jetzt«, meinte sie maulig und wischte sich einen Tropfen Ahornsirup von der Backe. Eins der Fotos sollte sehr schön werden und später mal an ihrem Kühlschrank hängen.

Sie aß den Teller ratzeputzeleer. Rick trank nur Kaffee und rauchte zwei Zigaretten dazu auf dem dunklen Parkett, dann stand er auf, nahm ihr das Tablett ab, stellte es neben das Bett und kroch wieder zu Emma unter die Decke. Er roch nach Vanilletabak und Kaffee, als er sich von der Seite an sie schmiegte und vorsichtig anfing, über ihre Brüste zu streicheln, die Rundung entlang, immer genau an den Nippeln vorbei. Er küsste zwei Mal ausgiebig ihren Hals, Emma machte nichts, satt und abwartend, mit ihren Händen auf der Bettdecke liegend. Irgendwas lag in der Luft, irgendwas kam doch jetzt, das spürte sie. Ja, genau, das Gespräch danach!

»Ist schön, dich wiederzusehen, Emma Wilmers. Sehr schön.« Woher kam bloß diese besondere Wirkung, wenn jemand ihren vollen Namen aussprach? Das hatte so was Eindringliches, Berührendes, fand Emma. Und Rick erzählte weiter: »Aber ich bin gerade nicht bereit für was Richtiges, das solltest du wissen.«

Wer redet denn von was Richtigem?, dachte Emma und sagte: »Nee, ist schon okay. Ich auch nicht.«

»Aber ein bisschen Spaß können wir ja vielleicht trotzdem haben, oder? Wär doch zu schade«, fragte er sie dann mit großen Hundeaugen.

Wuff, dachte Emma und sagte: »Wird man sehen.«

Aber das »wird man sehen« dauerte nur ein paar Minuten, eben die Zeit, bis Rick unter die Decke kroch, Emma das weiße Hemdchen mit den Mäusezähnchen hochzog und ihre Brüste küsste, an den Nippeln saugte, mit ihnen spielte. Und Emma nichts dagegen unternahm. *Ein bisschen Spaß können wir ja vielleicht trotzdem haben.*

»Hach!«, entfuhr es ihren Lippen und sie wollte ihn schon voller Vorfreude an den Schultern weiter nach unten drücken, als er wieder vor ihrem Gesicht auftauchte, um sie leidenschaftlich zu küssen. Er weiß wirklich, wie man das macht, seufzte Emma innerlich und hatte bereits vergessen, wonach ihr eigentlich war. Und wieso nicht einfach nehmen, was man kriegen kann? Und dann küsste sie ihn zurück, so lustvoll, dass es Rick den Atem verschlug.

Bald entzog sie sich jedoch seinem Mund, dirigierte ihn, sich umzudrehen und hinzulegen, und fuhr, mit ihrer Hand vorneweg, ihren Lippen hinterher, über die dunklen Haare auf seiner Brust, an den tätowierten Kois vorbei, die durch schwarze Flammen schwammen, weiter hinab über seinen weichen Bauch bis hin zu der Beule in seinen Shorts. Sie massierte seinen steifer werdenden Schwanz durch den Stoff, holte ihn heraus und guckte ihn sich von ganz nah an. Warm, fest und duftend reckte er sich ihr da entgegen, spannte sich noch mehr, als sie ihn langsam zwischen ihre Lippen gleiten ließ. So lange nicht mehr gemacht.

Sie leckte die Spitze, umspielte mit der Zunge und ihren Lippen die Eichel, nahm ihn ganz in den Mund und bewegte dabei immer weiter ihre um den Schaft umschlossene Hand vor und zurück. Schnell, langsam, abwechselnd. Rick entglitt ein Seufzen, das ins Stöhnen überging. Genau passend zu dem Rhythmus, den Emma beim Blasen gefunden hatte. Zwischendurch massierte sie noch seine Eier, ließ sie fast wie Qi-Gong-Kugeln in ihrer warmen Hand hin und her gleiten, dann konzentrierte sie sich wieder ganz auf seinen Schwanz. Sie spielte mit Ricks Geilheit und ließ ihn runterfahren, wie und wann es ihr gefiel. Der Reiz beim Blasen, wie sie meinte. Und ein Zeichen von Macht. Denn sie hatte ihn ja schließlich nicht nur in der Hand.

Als Rick dann von hinten an ihre Muschi griff, sich bis zum feuchten Eingang vorarbeitete und den Finger genau an die richtige Stelle legte und bewegte, fing auch Emma an zu stöhnen. Weil sie dabei noch seinen Schwanz im Mund hatte, stöhnte sie in ihn hinein, meinte, die Vibration für ihn noch zu verstärken. Vielleicht war es aber auch nur ihre hörbare Reaktion, die Rick fast zum Explodieren brachte. »Ich komm gleich, ich komm gleich!«, sagte er und bewegte seinen Finger – war es einer? Zwei? Drei? Egal! – schneller und schneller.

Aber Emma war noch nach etwas anderem. »Halt! Halt! Lass mich auf dich!«, unterbrach sie diesen Strudel, von dem sie sich lieber so heftig wie möglich mitreißen lassen wollte. »Kondom?«, schaffte sie es aber noch, Rick zu fragen, der den weißen Nachtschrank öffnete, und ein Gummi herausholte. Emma riss es ihm aus der Hand, die Packung auf und rollte es gekonnt über seinen Schwanz.

Sie setzte sich gierig auf Rick, lenkte ihn genau in ihre feuchte Muschi und ließ ihn ganz tief hineingleiten. Rick lehnte mit dem Rücken an dem großen Kopfkissen, hatte ihre wippenden Brüste vor Augen, genoss den Ausblick und hob ihr seine Lenden entgegen. Er mochte die Stellung, war aber dadurch nicht mehr so stimuliert, dass er sofort kam. Ein Glück für Emma, die jetzt sowieso nicht mehr alles mitkriegte. Sie hatte die Augen geschlossen und bewegte ihren Schoß auf seinem Schwanz nach vorne und zurück. Vor und zurück. Vor und zurück. Sie fühlte einen Widerstand in ihrem Innersten, den sie überwand, wieder und wieder, sodass es tiefer ging und stärker wurde. Es war wie eine Grenze, die sie immer wieder überschritt und bei der sie jedes Mal ein bisschen mehr Geilheit in ihre Taschen schmuggelte. Und wie durch ein Wunder – oder einfach irgendwas Anatomisches – war sie jetzt im Rennen, hatte ihr Tempo gefunden, ihren Gang eingestellt und bewegte sich keinen Millimeter mehr nach links oder rechts abweichend auf seinem harten Schwanz. Das Gefühl war unvergleichlich. So heftig und so gut, wie es keine Hand, keine Zunge, keine Missionarsstellung jemals schaffen könnte.

Emma stöhnte lauter. Und obwohl sie sich weiterhin vor und zurück bewegte, ging es jetzt nur noch vorwärts für sie – weiter nach oben vielmehr. Immer höher und höher, so schien es ihr. Bis kurz vor der Explosion. Das war fast das Beste. Sie rannte so schnell sie konnte über die Grenze, um ihre voll gepackten Taschen weit von sich zu schmeißen, den immensen Ballast abzuwerfen. Denn dann kam der Schluss: Wäre sie ein Silvesterknaller, dann einer von den richtig geilen, die überhaupt nicht mehr aufhörten, knallbunte Funken in den Himmel zu schießen und jedem Betrachter Ausrufe des Staunens entlockten. Whaaaaaam! Emma kam und kam und zersprang in tausend Einzelteile, die flogen und schwirrten herum, machten ein paar Loopings, und sammelten sich dann wieder, um eins zu werden – ein ziemlich entleertes und entkräftetes Eins, das auf Rick zusammenbrach.

»Puuuuhhh!«, war das Einzige, was sie noch sagen konnte, nachdem ihr Herz sich ein wenig beruhigt hatte. Und bevor sie sich von ihm runterrollte. Es war ihr sofort ein wenig unangenehm, sich so gehen gelassen zu haben, so stark gekommen zu sein. Sie wollte lieber neben ihm liegen als ihn noch weiter in sich spüren. Eigentlich war ihr auch nach Heulen zumute, aber das konnte sie gerade noch unterdrücken. Rick war so gut und hielt sie einfach – ohne etwas zu sagen.

»Oh Gott! Wie spät ist es?«, durchfuhr es Emma plötzlich. »Ich muss den Laden aufmachen!« Sie schnellte hoch, sprang aus Ricks Arm und dem Bett, eilte zu ihren Sachen, die auf dem Boden verstreut lagen, und suchte ihr Handy. »So eine Scheiße!« In ihrer braunen Ledertasche lag es irgendwo ganz unten. Emma fluchte weiter, und dann konnte sie sehen, dass es zehn nach elf Uhr war – bereits zu spät. Dabei kam Emma nie zu spät!

»Ich muss sofort los, vielen Dank für das Frühstück und …«, sie wusste nicht recht, was zu sagen. »Und überhaupt, war nett.« Wie bescheuert klang das denn? Rick lächelte nur und schaute sie aus seinen großen grauen Augen an.

Sie rannte mit ihren Sachen ins Bad, pinkelte und wusch sich das Gesicht, benutzte die teure Gesichtscreme von Origins, die da stand, zog sich schnell ihr Kleid über, die Schuhe an, hängte die Tasche über die Schulter und wollte einfach direkt aus dem Bad durch den Flur rausgehen. Aber dann lehnte da Rick in der Tür, die Tolle hing ihm wirr in die Stirn. Er guckte Emma an und zog sie schnell an sich ran. Sie spürte vor allem seinen immer noch nicht komplett erschlafften Schwanz, der sich jetzt ohne Gummi gegen ihr Kleid drückte. »Tschüs, Emma Wilmers. War schön mit dir. Danke. Und bis bald«, sagte Rick mit dieser brüchig-tiefen Stimme ganz leise in ihr Ohr und küsste sie fest auf den Mund.

»Dito. Tschüs«, flüsterte auch Emma und erschauderte, entzog sich seiner Nähe und lief raus. Sie rannte die sechs Etagen runter, sprang über mehrere Stufen gleichzeitig und hörte ihr Herz bis in den Kopf schlagen. In dem Hinterhof fand sie ihr Fahrrad nicht und verspürte Panik. Nee, nicht das noch. Lass es nicht geklaut sein, bitte. Emma rannte ein Mal im Kreis, zwei Mal, bis sie ihr Hollandrad endlich hinter der blauen Papiertonne entdeckte. Irgendjemand musste es dorthin gestellt haben. Die Reifen waren platt. »Scheiße! So eine Scheiße! Das fehlte ja jetzt gerade noch!«, sagte sie zu sich selbst.

Aber wenigstens hatte ich mal wieder Sex, tröstete sie sich innerlich, als sie ihr lahmendes Rad nach Hause schob. Und nicht mal schlechten.

*

Es war zwanzig vor zwölf an diesem sonnigen Junitag, als Emma in ihre Straße einbog und bereits von der Ecke aus sah, dass da jemand vor ihrem Laden wartete. Als sie näherkam, konnte sie erkennen, dass es ein Typ war. Er hatte dunkle Locken, trug ausgewaschene Jeans und ein knallrotes T-Shirt mit einer weißen Eins drauf. Es kam ihr vor, als hätte sie ihn irgendwo schon mal gesehen, aber sie konnte sich nicht erinnern, wo genau.

Er sah sie nicht, so aufmerksam linste er durch das Glas, wobei er seine Hände neben den Wangen als Licht- oder Sichtschutz benutzte. Erst als Emma an der Toreinfahrt gleich neben ihm stehen blieb, um aufzuschließen, drehte er sich zu ihr um. Da war sie schon verschwunden. Sie stellte ihr Fahrrad ab und schloss die Hintertür ihres Ateliers zum Innenhof auf. Niemand war da, Magdalena kam heute nicht und auch Elisa hatte frei. Emma guckte sich in dem kleinen Spiegel über der Nähmaschine an, und trotz – oder genau wegen – der glasigen Augen und der Röte in ihren Wangen gefiel sie sich. Hübsch sah sie aus! Etwas fertig und durchwühlt, aber hübsch. Frisch gefickt, dachte Emma. So hab ich lange nicht mehr ausgesehen.

Beschwingt ging sie durch das Atelier vor in den Ladenraum auf das Fenster und die Tür zu. Der Typ stand immer noch da und guckte rein. Sie schloss auf. »Hallo«, sagte er mit heiserer Stimme, als er von den Glöckchen begleitet hereinkam. »Hallo«, wiederholte er, nachdem er sich geräuspert hatte. »Ist schon offen?«

»Ja, klar«, rief Emma. »Jetzt ist offen.« Sie blieb vor ihm stehen, direkt vor ihm, und betrachtete das Gesicht unter diesen dunklen Locken, ein offenes, klares Gesicht, obwohl da so viele Stoppeln waren. Ihr Blick ging hinab auf die Eins auf seinem T-Shirt. Die sah nicht ganz akkurat aus. Selbst gemacht?, fragte sie sich, und guckte dann wieder nach oben, um nicht unhöflich zu wirken. Der Lockenkopf drehte sich weg und ging ein paar Schritte. Vor den Regalen rechts von der Tür blieb er stehen, besah sich die Wäsche, von oben bis unten. Bedächtig hielt er die Hände hinter dem Rücken verschränkt, er guckte nur. »Kann ich helfen?«, fragte Emma.

»Nein, danke. Ich wollte mich nur mal umschauen«, sagte der Lockenkopf und guckte weiter. Dann ging er zu der anderen Seite und schaute sich auch da Lade für Lade an, berührte nichts, fasste nichts an. Emma ging zum Tresen und tat so, als beschäftigte sie sich mit den Papieren darauf, Stoffaufträge und Rechnungen, behielt ihn aber vor allem weiterhin im Auge.

»Kann ich wirklich nicht helfen?«, fragte sie noch einmal. Er guckte sie an und schüttelte den Kopf. Lächelte kurz, ein schönes Lächeln, mit schönen Zähnen, ein Lächeln voller Fältchen, ja, sein ganzes Gesicht lächelte hinter dem schwarzen Dreitagebart. Dann schien es, als wollte er was sagen. Er guckte sie an, Emma guckte ihn an, er holte Luft, nahm Anlauf, stockte, verharrte – und lächelte einfach wieder, guckte auf den Boden und schüttelte leicht den Kopf, so kam es Emma vor. Dann drehte er sich plötzlich um, öffnete die Tür und verließ den Laden.

Emma rief ihm noch ein »Tschüs!« hinterher, aber wunderte sich nicht allzu sehr. Sie hatte solche Reaktionen schon zwei, drei Mal bei Männern in ihrem Laden erlebt. Die ziehen die Schwänze ein, wenn sie die ganzen heißen Dessous sehen, dachte sie, und hauen einfach ab. Obwohl der gar nicht so ausgesehen hatte, als würde ihn die Wäsche überfordern, dachte Emma. Und dann hatte sie plötzlich ein Déjà-vu. Ihr war, als hätte es genau diese Situation schon mal gegeben. Genau diese Situation, in der er den Laden verlässt. »Komisch …«, murmelte sie, kratzte sich den Kopf und nahm nochmals die Aufträge zur Hand, um sie diesmal tatsächlich durchzugehen. Magdalena musste sie ihr hingelegt haben, damit sie neue Nähutensilien bestellte. Da bimmelte es wieder an der Tür und Emma hob schnell den Kopf. Aber es war nur eine junge Frau.

*

Abends nahm Emma ein Bad. Sie tauchte in das heiße Wasser, das nach entspannender Melisse roch. Die Kräuter taten ihre Wirkung. Heute hatte sie sich noch nicht mal eine Zeitschrift mit in die Wanne genommen, sie brauchte keine bunten Bilder auf Papier, da waren genug bunte Bilder in ihrem Kopf. Während sie von ihrem Körper nur die Waden, Füße und Spitzen der Brüste aus dem Bad ragen sah, dachte sie an Rick und ihren Wiedersehenssex – vor allem den zweiten. Sie war immer noch ein bisschen erstaunt, dass sie sich so hatte gehen lassen, vielmehr sich so hatte nehmen lassen – reitend auf ihm. Emma schüttelte die unangenehmen Gefühle aus ihrem Kopf und spritzte den Boden mit Wasser voll. Wieso sollte ich mich schämen?, dachte sie. Spaß ist Spaß. Sie tauchte wieder ab.

*

In den nächsten Juniwochen nähte Emma die anderen dunkelgrauen Wäscheteile für die Fotoproduktion. Sie traf sich alle paar Tage nach kurzer telefonischer Rücksprache abends mit Rick und jedes Mal hatten sie Sex. Dabei redeten sie nie vorher oder dabei darüber, auch die Verabredungen waren nicht ausdrücklich nur zum Sex da, sondern der passierte jedes Mal scheinbar spontan. An den anderen Tagen rief er nicht an, schickte keine SMS und keine Mails. Emma versuchte noch die ersten Tage ihrer offensichtlich wieder auferstandenen Affäre, etwas anderes mit ihm zu machen – wäre doch mal wieder schön, ins Kino zu gehen zum Beispiel. Aber Rick lehnte stets ab.

Das höchste der Gefühle war ein gemeinsames Döneressen am Kotti. Danach ging es gleich zu ihm und ins Bett. Rick kam nicht zu ihr. Emma bat ihn auch nicht darum, aber auffällig war es trotzdem. Er sagte immer, er habe so wenig Zeit – all diese Fotoproduktionen und die Konzertbesuche abends, und manchmal ging er zu Bandproben, weil er nebenbei wieder mit dem Singen begonnen hatte – und Emma hatte auch wenig Zeit.

Seit Elisas Praktikum vorbei war, stand Emma den ganzen Tag alleine im Laden. Abends erledigte sie den Papierkram und nachts nähte sie sogar manchmal noch. Rausgehen, sich inspirieren lassen, das hatte sie vollkommen aus den Augen verloren. Sie kümmerte sich vor allem um den aktuellen Bestand, mit der Hilfe von Magdalena. Der älteren Schneiderin fielen Emmas aufgescheuertes Kinn und dieser neue Ausdruck in ihrem Gesicht auf, sie sagte aber nichts und fragte auch nicht. Sie hatte noch nie etwas davon gehalten, sich in anderer Leute Angelegenheiten einzumischen und bevorzugte es auch dieses Mal zu schweigen.

Emma hatte die vier grauen Ensembles namens *Dark Desire I bis IV* mit den kleinen Stickereien für die Fotosession längst fertig, als Rick den Termin wieder um zwei Wochen verschob. Beim ersten Mal hatte es an dem besonderen Nikonobjektiv gelegen, das nicht geliefert wurde, beim zweiten Mal an dem Blitzlicht, das kaputtgegangen war. Emma war genervt, von einem anderen Geschäftspartner hätte sie sich das nicht gefallen lassen. Aber sie ging mit Rick ins Bett und irgendwie waren sie ja auch so was wie befreundet, und das machte die Sache komplizierter. *Don't shit where you eat,* sagte man doch, aber Emma machte es trotzdem.

Dinah Washington sang von der Liebe, als sie auf seinem Stylerbett vor ihm lag. Sie hatten sich leidenschaftlich geküsst, die Sachen ausgezogen und mit den Händen und Fingern einander heiß gemacht. Emma breitete die Beine aus und positionierte ihren Po und ihre Hüften noch mal neu, um bequem mit gespreizten Beinen seine Zunge und seine Lippen zu empfangen. Aber nichts da, Rick fingerte sie und küsste sie dabei, aber er küsste nur ihren Mund, nicht ihre Muschi. Wieder nicht. Nachdem beide ihren Höhepunkt erreicht hatten und noch so beieinander lagen – Rick mit einer Kippe in den Händen –, kam das Gespräch auf den Ist-Zustand ihrer Beziehung.

»Wir haben keine Beziehung«, sagte Rick und zog an seiner Zigarette.

»Na ja, wir haben schon eine Art Beziehung. Jeder hat doch Beziehungen mit anderen Menschen, auch wir stehen in Beziehung«, meinte Emma. Scheiße, was war das denn bloß? Kaum schlief man mehr als ein oder zwei Mal mit einem Typen und schon passierte es. Auch wenn man es nicht wollte, wenn man rational wusste, dass das nichts bringen würde, dass man den nicht will und dass man überhaupt kein bisschen verliebt ist, setzte der einem trotzdem irgendwas rein. Vielleicht kam es ja vom Vögeln: Da geht man auf, da wird man weich und durchlässig, dachte Emma und ärgerte sich über sich selbst, als sie sich wieder Rick zuwandte: »Was ist es denn sonst?« Was wollte sie hören?

»Ich weiß es nicht, aber es ist doch schön so, wie es ist. Keiner hat Ansprüche an den anderen – aber jeder hat eine Menge Spaß!«, meinte Rick und kniff sie zärtlich in den Oberschenkel. Emma schlug seine Hand weg und setzte sich aufrecht hin. Gerade hatten sie wieder Sex gehabt, und gerade hatte er sie wieder nicht geleckt. Und morgen oder übermorgen, oder wann auch immer sie wieder Sex hätten, würde er sie ebenfalls nicht lecken. Irgendwie war das nicht ganz der Spaß, den sie gerne hätte. Am Cunnilingus zog sie sich jetzt hoch.

Beim vorletzten Mal, als er wieder nicht an ihr runtergegangen war, hatte sie ihn schon anflehen wollen: Leck mich! Leck mich doch bitte mal. Aber sie traute sich nicht. Da war es ihr wie Schuppen von den Augen gefallen: Schon damals, vor sieben Jahren, hatte Rick ihr gesagt, dass er nicht gerne lecken würde. Er hatte sogar behauptet, dass Männer in Wahrheit überhaupt nicht darauf stünden und es nur aus Liebe zur Frau täten. An seiner Meinung hatte sich offensichtlich nichts geändert. Er war eben immer noch ein »Ficker« und kein »Lover« und kein »Lecker«. Und ihn darum zu bitten, wäre der Bitte nach einem Liebesbeweis gleichgekommen. Das war unmöglich, denn die Sache war ja eigentlich klar: Hier ging es nicht um Liebe.

Emma stand auf und zog sich wortlos an. »Was ist denn jetzt?«, fragte Rick leicht genervt. Diese Zuckerpuppen.

»Nichts«, sagte Emma und zog sich weiter an. »Wem gehört eigentlich diese ganze Mädchenscheiße da in deinem Bad?«, platzte es aus ihr heraus. »Chanel Precision und was weiß ich.« Sie war wütend und erleichtert zugleich. *Gibt es da noch andere?*, hätte sie fragen können. Aber sie tat es nicht. Stattdessen guckte sie ihn herausfordernd an.

»Was?«, fragte Rick.

»Na, wem gehört das? Abschminkmilch brauchst du ja wohl nicht, oder?«

Sie konnte ja richtig impulsiv sein, dachte Rick und sagte ganz langsam und deutlich, wie zu einem Kleinkind: »Das ist für Fotosessions. Die hab ich von verschiedenen Produktionen, weißt du, wenn da so Models sind und die sich abschminken wollen, davon ist das. Und die Cremes sind gar nicht so schlecht«, fügte er grinsend hinzu und streichelte sich über die stoppelige Wange.

Emma wünschte sich ein Riesenloch, in dem sie versinken könnte. Aber sie stand weiter da. So ein Mist. Jetzt hatte sie sich aber mal so richtig lächerlich gemacht.

»Na, komm mal her«, forderte Rick sie versöhnlich aus den Laken auf.

»Nee, ich muss gehen.«

»Wie du meinst.«

Emma ging nicht noch mal zu ihm hin, sondern winkte lustlos in das Zimmer hinein. Rick wirkte etwas verloren in seinem großen Bett, aber darauf wollte sie jetzt keine Rücksicht nehmen. Rückzug war angesagt, cool sein konnte sie heute sowieso vergessen. Die nächsten Tage trafen sie sich nicht, Emma rief ihn nicht an und Rick rief sie nicht an.

*

Und dann war Juli. Emma zog sich wieder in ihren Laden zurück und nähte, was das Zeug hielt. Sie rechnete kaum noch damit, von Rick zu hören, doch auf einmal kündigte er sich per SMS für das Wochenende an, um endlich die Fotos für die *Zoé* zu schießen. Er würde noch mal anrufen, schrieb er. Und Emma freute sich – auch auf ihn. Denn jetzt hatte sie es zwei

Wochen lang ausgehalten, sich nicht mit ihm zu treffen, jetzt war sie auch wieder über diese Oralsexgeschichte als Beweis für die fehlende Zuneigung hinweg. Jedenfalls glaubte sie das.

Doch er rief nicht an, obwohl am nächsten Tag *der* Tag war, an dem die Fotos von der Wäsche und dem Laden gemacht werden sollten. Emma ging am Abend ins Jolesch und gönnte sich ein Schnitzel, trank drei Gespritzte und schickte Rick eine SMS: »Wann machst du morgen die Fotos? Emma.«

Er antwortete nicht. Sie war sauer und legte sich zurück zu Hause grimmig schlafen. Und dann klingelte nachts ihr Handy. »Rick« stand auf dem Display, Emma nahm schlaftrunken ab. »Hallo?«

»Hey, süße Emma, Rick hier.« Er war besoffen. Aber so was von. Im Hintergrund Bässe und Stimmen, ein Club, ein Konzert, wie spät war es denn?

»Ja?«, fragte Emma und schielte auf ihren Wecker. Es war 4:23 Uhr. »Wo bist du?«

»Bar 25. Du, ich muss dir was sagen: Das mit den Fotos, das haut morgen nicht hin.«

Ach nee, offensichtlich. Sie hatte keine Lust, dem lallenden Rick zuzuhören, sie war sauer. Nicht nur, dass er sie morgens früh weckte, nein, er sagte schon wieder ab. »Rick, ich habe keinen Bock mehr auf deine Geschichten. Lass uns die Sache mal in den nächsten Tagen besprechen – und wenn du nüchtern bist.

Sie legte auf, bevor er noch etwas sagen konnte. Arschloch. Riesenarsch. Arsch. Arsch!, dachte Emma und konnte vor Wut und Herzklopfen nicht mehr einschlafen. Arschgeige. Sie wälzte sich noch ein wenig im Bett herum, dann stand sie auf und kochte sich einen extrastarken Kaffee. Ihr fiel ein, dass sie später Magdalena absagen musste, die brauchte ja jetzt heute nicht mehr zu kommen. Und dann schickte sie Jule eine SMS. Es war doch mal wieder Zeit für ein Gespräch unter Freundinnen.

*

»Du hast nicht mit diesem Typen gepoppt, oder? Ich kann's nicht fassen!« Julia war außer sich. Die Geschichte mit der immer wieder verschobenen Fotoproduktion interessierte sie gerade gar nicht. »Emma, du bist echt bescheuert. Richtig bescheuert. Du hast doch schon mit 23 gewusst, dass der fürn Arsch ist, und jetzt, mit 31 Jahren, machst du denselben Fehler? Da hätte doch ein kleiner One-Night-Stand gereicht!«

»Aber ... er fickt ganz gut«, meinte Emma kleinlaut. Von dem ausbleibenden Oralverkehr sagte sie nichts.

»Bitte? Weißt du, Herzchen, es gibt so einige Männer da draußen, die gut ficken. Dafür musst du dir nicht die letzte Abrissbirne greifen, echt. Das entschuldigt wirklich gar nichts. Nee, ich glaube, du willst dich scheiße fühlen.« Julia war in Fahrt, und wenn sie in Fahrt war, hörte sie gar nicht mehr auf. Leider merkte sie dann auch nicht, wenn sie verletzend wurde. Obwohl sie es natürlich nur gut meinte.

»Nur weil Tom sich so superarschmäßig – ›Oh sorry, Baby, ich dachte, du wolltest auch noch mal andere Typen ausprobieren!‹ – von dir getrennt hat, musst du nicht da weitermachen, wo er aufgehört hat! Du hast dich in diesen letzten zwei Jahren so was von selbst bestätigt in der Rolle des armen Hascherl, das einfach keiner liebt und keiner will. Und dann kommt der erste Gockel daher und schwingt seinen Schwengel und du stürzt dich drauf? Nicht zu fassen.« Sie schnappte nach Luft. »So einer saugt dich aus wie ein Schwamm, bis du keine Kraft mehr hast. Der bringt nur Probleme – merkst du ja jetzt. Ha, von wegen erfolgreicher Fotograf! Wieso findet dann das Fotoshooting bei dir nicht statt, für das du *vier* Wäscheensembles genäht hast! Wo ist denn die Kohle dafür?«, Julia fauchte.

»Keine Ahnung«, sagte Emma leise und guckte auf den schwarz-weißen Boden.

Sie war nach einem frühen Frühstück, bei dem sie eh fast nichts runterbekommen hatte, in der Hobrechtstraße bei Jule vorbeigefahren. Matthias war beim Fußball an diesem Samstagmorgen und hatte die Freundinnen alleine gelassen. Zum ersten Mal seit so langer Zeit. Und es tat gut, hier mit Julia zu sitzen, in dem großzügigen Raum, der ein Restaurant werden sollte, schon bald. Die Wände sahen noch ganz schön abgerockt aus und Möbel gab es auch kaum welche. Emma kauerte auf einem Holzstuhl und fühlte sich so klein wie seit Ewigkeiten nicht mehr. Sie war sauer, aber sie war auch traurig: »Ich weiß einfach nicht, was ich jetzt tun soll. Ob ich diese *Zoé*-Geschichte noch machen soll, ob ich ihn nie mehr wiedersehe?«, fragte sie.

Julia schüttelte den Kopf: »*Zoé* nein, Wiedersehen nein. Lass die Scheiße Scheiße sein.« Und dann musste sie über ihren unfreiwilligen Reim lachen, und auch Emma lachte, obwohl ihr viel mehr nach Weinen zumute war. Oft lag das ja sehr nah beieinander. Mal sehen, dachte Emma noch, und dann nahm sie Julia in den Arm, sagte »danke« und schluchzte doch ein wenig.

*

Gleich am nächsten Tag hatte Rick sie angerufen, am späten Sonntagnachmittag, und sich für alles entschuldigt. Er war mit den Kumpels von seiner Band im Franken gewesen, danach ganz kurz in der Panoramabar und dann in der Bar 25 bis Sonntag früh. Einer der Jungs hatte seine Vaterschaft gefeiert. Na herrlich, so einen Mann wünscht sich wohl jede, dachte Emma und war trotzdem nicht mehr so sauer auf Rick wie noch am Abend zuvor. Und Jules Worte? Nicht Schall und Rauch, aber doch sich verflüchtigend.

Als die nächste Woche um war, die Emma wieder nur mit Stoffen, Spitze, Stickereien und auch ein paar Verkaufsgesprächen verbracht hatte, traf sie sich mit Rick bei ihm zuhause. Er versprach ihr, mit Esther, der *Zoé*-Redakteurin, zu sprechen und einen neuen Termin zu vereinbaren, wenn er sein Fotoequipment endlich beisammen hätte. Emma wusste nicht, ob es nicht vielleicht doch nur an ihm lag, dass das Ganze nicht stattfand. »Nein, ich habe das nicht in der Hand«, sagte er beschwichtigend und entschuldigte sich schon wieder.

Dann tranken sie ein Bier zusammen und Rick rauchte einen Joint. Emma wollte diesmal lieber nicht dran ziehen, meinte aber allein von dem aufsteigenden Rauch ein wenig breit zu werden und bekam Lust auf mehr. Vielleicht doch einen Zug? Es ging gut diesmal und Emma sank tiefer in das Cordsofa zurück, das sie langsam richtig mochte. Rick beugte sich über sie und küsste ihre Stirn, ihre Nase, ihre Wangen. Sie ließ es zu und schloss die Augen.

»Ich muss mal kurz pinkeln«, sagte er und stand auf. Emma lehnte ihren Kopf gegen das Sofakissen und atmete aus. Sie hatte Lust auf ihn. Sie bildete sich ein, mit Hilfe des THC in ihren Körper hineinfühlen zu können, in ihren Bauch, der mehr Wärme wollte, und ihre Muschi, die sich zusammenzog vor Verlangen. Aber ihre Wanderung durchs Innere wurde jäh unterbrochen. Ein Handy klingelte von irgendwo und Emma öffnete die Augen.

»Rick! Dein Telefon!«, rief sie. Er antwortete nicht. Es klingelte weiter. Und nervte. Emma stand auf, sie war etwas wackelig auf den Beinen und im Kopf, und bewegte sich auf das Klingeln zu. Es kam von seinem Schreibtisch. Da lag das Handy vor dem Bildschirm. Gerade als sie nach dem Telefon greifen wollte, hörte es auf zu klingeln. Emma sah noch: »Unbekannt«, dann fiel ihr Blick auf den Bildschirm. Der Schoner hatte sich durch das Gewackel vom Tisch abgestellt und jetzt war da eine Internetseite zu sehen: *jetzt.de*. Es war die persönliche Userseite von »Rickster«, der Gästebucheinträge von »Sunshine«, »Blueberry Night« und »Supersina« hatte. Emma wurde augenblicklich nüchtern. Mehr konnte und wollte sie nicht sehen, ohne dass sie irgendwas anfasste, aber es war auch genug. Der hat also ein Profil bei *jetzt.de*, dachte sie.

»Was machst du'n da?«, fragte Rick hinter ihr und Emma kriegte fast einen Herzschlag vor Schreck.

»Dein Handy hat geklingelt, ich wollte es dir reinreichen, da hörte es schon auf und dein Computer ging an und mein Blick fiel einfach auf den Bildschirm«, sagte sie wahrheitsgemäß. Rick sagte »ahhhhhhja«, aber meinte viel mehr: Wer's glaubt, wird selig.

»Ja!«, sprach Emma mit Nachdruck. »Ist ja auch egal, du bist bei *jetzt.de*?«

»Ja, und?«

»Nichts und. Ich frag doch nur. Und was macht man da so?«

»Man unterhält sich, tauscht sich aus.«

»Aber ist das nicht eigentlich für Teenies – oder meinetwegen Twens?«, fragte Emma. Ricks durchaus attraktive

Junggebliebenheit schön und gut, aber er war immerhin 42 Jahre alt!

»Keine Ahnung, ist es?«

»Ich weiß das nicht, ich bin ja da nicht Mitglied oder so was.« An Emma ging diese ganze Web-2.0-MySpace-XING-Facebook oder Blog-Sache völlig vorbei. Sie war froh, dass ihr ein Freund ihre Wilmers-Wäsche-Webseite gestaltet hatte, gut war's. »Ich kenne halt nur das Magazin von früher aus der Süddeutschen und das war schon eher für Jugendliche. Aber vielleicht ist das ja bei dem Onlineauftritt anders«, meinte sie noch und trank ihr Bier in einem Zug aus. Und rülpste laut. Dann ging sie.

Zuhause angekommen, holte Emma wutschnaubend die Wäschemodelle *Dark Desire I bis IV* aus der Vitrine im Laden und schmiss sie in ihrer Wohnung auf einen Haufen neben den Schreibtisch. Was sie mit ihnen anfangen würde, wusste sie noch nicht. »Wollen wir doch mal sehen«, murmelte sie, machte ihren kleinen weißen Laptop an und öffnete die jetzt.de-Seite. Über die Usersuche fand sie Rickster ganz schnell. Transparenz pur, dachte Emma und überlegte, vielleicht mal ein Wäschestück so zu nennen. Sie las sich die letzten Einträge der anderen User bei Rick durch und bald wurde ihr klar, dass er die eine oder andere von ihnen auch schon im echten Leben getroffen hatte. Sie bezogen sich auf Konzerte, Bars und Clubs in Berlin. Alles in den letzten Wochen. Und keine der Frauen war älter als 25 Jahre.

4. Kapitel

Take Me

Emma fuhr den Laptop runter und warf einen hasserfüllten Blick auf den grauen Haufen Lingerie neben ihrem Schreibtisch. Das heißt aber ja eigentlich erst mal gar nichts, dachte sie. Und wenn es doch was heißt, dann heißt es trotzdem nichts: Rick schuldete ihr ja keine Treue. Dennoch wurmte es sie, dass er andere Frauen – ach was heißt Frauen? Mädchen! – traf. Es nagte an ihrem Stolz und kitzelte ihre Eifersucht hervor, die seit Tom so tief begraben gewesen war. Am schlimmsten an der ganzen *jetzt.de*-Geschichte war aber dieses Wissen darum, dass Rick in seinem Ansehen bei ihr gesunken war. Aber so richtig, nach ganz unten. Denn kleine Mädchen beeindrucken, das kann jeder, sagte sich Emma. Sie hätte am liebsten Jule von der Sache erzählt, aber das stand überhaupt nicht zur Debatte. Die würde ihr den Kopf abreißen – zum zweiten Mal.

Was sollte sie bloß mit diesem angebrochenen Samstagabend anfangen? Sie stand vom Schreibtisch auf und packte schon mal ihre Schwimmsachen zusammen. Morgen wollte sie ganz früh aufstehen und endlich mal wieder ins Prinzenbad gehen. Dafür war der Sommer doch da. Und jetzt? Emma kramte ihr Handy aus der Tasche und guckte ganz umsonst, ob Rick sich gemeldet hatte.

Es war halb zehn und Emma öffnete das Fenster zur Sommernacht. Ihre Nachbarn aus dem Haus gegenüber machten ein großes Feuer im Garten. Es roch nach brennendem Holz, lautes Lachen und Unterhaltungen waren zu hören. Die haben Spaß, dachte Emma und fühlte eine kühle Traurigkeit in sich aufsteigen. Ich nicht. *Zoé*, Rick, Julia, Rick, *Zoé*, ging es ihr durch den Kopf. Und: Rick, Sunshine, Blueberry Night und Supersina. Sie ließ sich auf ihr frisch bezogenes Bett fallen und atmete tief durch. »Das ist alles so bescheuert«, sagte sie zu sich selbst. Würde sie noch rauchen, hätte sie sich eine Zigarette angezündet. So starrte sie einfach an die Decke und besah sich den schönen Stuck mit den versteckten Gesichtern darin. Versteckt und aus Putz.

Als durch das Fenster wieder ein gackerndes Lachen aus der Runde zu hören war, fühlte Emma sich noch einsamer. Sie sprang aus dem Bett und sperrte die lustigen Nachbarn ums Feuer aus ihrer Wohnung und ihrem Kopf, indem sie laut Musik auflegte und zu Depeche Modes *Enjoy the Silence* im Remix tanzte und dabei mitsang. »All I ever wanted«, schrie sie, die perfekte Schmachtzeile und genau Emmas Wunsch. Sie sang sich die Seele aus dem Leib und drehte noch mehr auf, weinte ein paar Tränen und fühlte sich unglaublich melancholisch. Als das Stück zu Ende war, spielte sie es ein weiteres Mal in moderater Lautstärke. Sie holte ihr Skizzenheft aus der Tasche, ihr war plötzlich eine Idee gekommen.

*

Am nächsten Morgen stand sie schon um acht Uhr auf und fuhr ins Prinzenbad. Da war es heiß und noch nicht ganz so voll. Aber schon bald würde es wieder so sein: Pommesgeruch und Chlor, aufgedrehte Jugendliche und Sonnencreme, blaues Wasser und heiße Fliesen. Wie jedes Wochenende im Sommer kriegte man auf den Treppen kaum einen Platz, aber da es noch relativ früh war, fand Emma einen, legte ihr Handtuch aus und zog dann ihre Bahnen, zwanzig Stück, bevor sie sich an den Rand des Beckens lehnte und die eintrudelnden Leute beobachtete. Vor allem die Frauen in ihren Bikinis und Badeanzügen.

Emma wollte die Pläne von gestern Abend am Nachmittag zur Vollendung bringen: ein Bikini von Wilmers-Wäsche. Sie setzte sich auf den geriffelten Rand, spürte, wie das kühle Nass aus dem Becken in Wellen an ihre Beine und in den Schoß schwappte, um dann in den kleinen Ritzen unter ihr zu verschwinden. Sie beobachtete blinzelnd die glitzernden Perlen auf ihrer Haut und fühlte die heiße Augustsonne brennen. Schon um diese Zeit. Emma schloss die Augen und sah noch immer knallrote und -grüne Punkte und Schemen im Dunkel ihrer Lider blitzen. Die Geräusche der rufenden Jugendlichen, pfeifenden Badewärter und schreienden Kinder wurden zu einer weit entfernten Kulisse.

Erst als jemand sie nass spritzte, öffnete sie wieder ihre Augen und nahm die Menschenmassen um sich herum wahr. Ein kleines Mädchen rächte sich gerade an einem etwa 10-Jährigen, der ihr von den Fliesen aus Grimassen schnitt, indem sie ihn mit dem kühlen Wasser vollspritzte. Das traf auch Emma. Diese sagte: »He, he, du, nicht mich! Nur ihn!«, und lächelte das Mädchen verschwörerisch an, während sie sich wieder langsam in das Becken gleiten ließ. Leise jauchzend, denn aufgewärmt von der Sonne war es besonders schwer und ab dem Bauchnabel wurde die Kälte extrem unangenehm.

Emma hielt die Luft an und tauchte dann schnell, schnell mit dem ganzen Körper ab, blieb ein paar Züge unter Wasser und schnappte zurück an der Oberfläche wieder nach Luft. Sie schwamm noch einige Bahnen durch das Getümmel, bis sie leicht genervt von den Zickzackschwimmern und den vielen Kindern im Schwimmerbecken auf ihr Handtuch zusteuerte. Es war einfach schon zu spät an diesem Sonntag im Prinzenbad. Und somit zu voll.

Sie setzte sich noch eine Weile auf ihren Platz auf den Stufen zum Trocknen und beobachtete das Geschehen. Wer kam, wer ging, wer blieb. Zwei junge, schlanke Blondinen, von denen eine wirklich wie Barbie aussah, zogen in ihren knappen rosa Bikinis sämtliche Blicke der Anwesenden auf sich. Auch die älteren Herrschaften, die jeden Sommer auf der ersten Stufe ihre Haut brutzelten, konnten ihre Augen nicht von den beiden Mädchen abwenden. Und während es Emma so vorkam, als konzentrierte sich das ganze Publikum auf den Treppen auf die etwa 16-jährigen Blondchen, fiel ihr Blick plötzlich auf einen Typ ganz weit hinten bei den Duschen zur Wiese hin, neben dem Kinderbecken.

Er hatte dunkle Locken, die jetzt unter dem Strahl nass wurden. War das der Typ aus ihrem Laden?, fragte sich Emma. Sie guckte konzentriert in die Ferne, so gut es ihre Augen zuließen. Könnte sein. Der Typ hüpfte unter der kalten Brause auf und ab, fuhr sich mit beiden Händen durch das Haar, das konnte Emma sehen. Und dass er schmal, aber trotzdem muskulös war und dass er lachte. Dann konnte sie noch etwas sehen: Da wartete eine Frau neben ihm, wartete, bis er fertig geduscht hatte. Sie lachte er an! Ansehnliche Figur im schwarzen Bikini, wie man aus der Entfernung sehen konnte. »War ja klar«, knurrte Emma und dann entschied sie, dass ihr Bikini trocken war, zog sich ihr luftiges Sommerkleid über und packte ihre große Streifentasche zusammen. Als sie über die Stufen Richtung Ausgang ging, guckte sie noch mal zu den Duschen, aber die beiden waren weg.

Emma fuhr mit dem Rad zurück über die dampfenden Straßen in den Wrangelkiez, duschte ausgiebig und cremte sich ein – besonders ihre Schultern und die Nase, denn die waren ganz verbrannt – und zog sich ihr weißes Sechzigerjahrekleid mit den gelben Kanarien wieder an. In der Küche machte sie sich eine große Schüssel Ananas mit Quark und Müsli und trank fast einen Liter Apfelschorle in einem Zug leer. Dann ging sie mit dem Müsli runter in den Laden und ins Atelier. Arbeiten war angesagt.

Es konnte Emma noch so schlecht gehen, Nähen war ihre Rettung. Immer schon gewesen. Seit ihre Oma aus Norddeutschland der sechsjährigen Emma die ersten einfachen Stiche gezeigt hatte, war es um sie geschehen. In Stoffen und Fäden, Schnitten und Spitzen konnte sie all die Ideen verwirklichen, die ihr in den Kopf kamen. Ihre Puppen wurden zu Prinzessinnen und ihre Teddys zu schmucken Cowboys und Butlern. Sie zeichnete Hefte voll mit Entwürfen und sammelte die schönsten Stoffe, Knöpfe und Schleifen. Und wenn sie in der Schule etwas ausgefressen hatte, setzte sie sich zuhause sofort an die Nähmaschine. Stundenlang.

Auch diesen ganzen herrlichen Sommersonntag verbrachte sie in ihrem dunklen Atelier und nähte einen Bikini, wie er schlichter und einfacher nicht hätte sein können. Ein schönes Stück, das sie am nächsten Tag schon in vierfacher Ausführung in den Laden legen konnte. Dorthin, wo *Dark Desire I bis IV* drapiert gewesen war. Abends ging sie ein Thai-Curry essen und war kurz versucht, Jule zu besuchen. Sie tat es nicht, sondern legte stattdessen den restlichen Quark auf ihre rote Nase und die Schultern, sich selbst ins Bett und blätterte Unterwäschekataloge aus Italien durch. Rick meldete sich nicht, und auch Emma meldete sich nicht bei ihm. Dann schlief sie ein und wachte am Montagmorgen mit Quark im Gesicht auf. »Na schönen guten Morgen!«, sagte sie zu sich selbst im Spiegel und musste lachen. Im Laden war an diesem Tag viel los.

*

Sie war eine von diesen Frauen, die man auf Techno-Open-Airs an brandenburgischen Seen traf oder auf dem Mountainbike ganz locker über den Großen Stern radeln sah. Eine von diesen Frauen, die ungeschminkt so schön sind, wie es Make-up-Mädels niemals schaffen, und von deren kleinen, festen Brüsten man meist bloß die Nippel unter den knappen Jungen-T-Shirts erkennen konnte.

Deshalb kam sie eigentlich auch nur für ein Bikini-Höschen in Emmas Laden. »Das Oberteil kaufe ich dann aber trotzdem gleich mit, in Schwimmbädern muss man es ja anziehen«, meinte sie zu Emma und lachte so herzlich und offen über das ganze Gesicht samt ihrer braungrünen Augen, dass auch Emma mitlachen musste. Wer könnte dieser gebräunten Strahlefrau widerstehen?, dachte sie und war ganz schön hingerissen, als sie ihr das nagelneue, gerade geschnittene Höschen mit dem passenden Namen *Take Me* in die Kabine reichte.

Es passte wie angegossen, saß perfekt an ihrem flachen Bauch und den festen Oberschenkeln. »Wie schön, das nehme ich!« Emma suchte ihr noch das passende schwarze Bikinioberteil heraus, 75 A natürlich, mehr brauchte es nicht. Zum Glück hatte sie gestern noch geschafft, es zu nähen. Als das Mädchen nach dem Bezahlen mit einem letzten Lachen und einem »Bis bald!« die Tür schloss, blieb Emma einige Sekunden wie angewurzelt stehen. Was für ein Typ! Mit der hätte sie wohl in ihrer frühen Jugend wirklich Pferde gestohlen und etliche Abenteuer erlebt. Jetzt wollte sie ihr was nähen.

Es war eh fast Feierabend, und so schloss Emma den Laden ab und durchwühlte das Stoffregal. Sie hatte da noch diesen zarten Siebzigerjahrefrotteestoff, der genau zu dem Mädel passte, in Knallrot, Türkis, Gelb und Braun. Daraus nähte sie knappe, sportliche Shorts, vier an der Zahl. Der liegen bestimmt so einige Typen zu Füßen, dachte Emma, als sie da so an ihrer alten Singer saß und nähte. DJs und Fahrradverkäufer, Barbesitzer und Kellner, Künstler und Professoren, einfach jeder. Und während sie schon in Gedanken einen attraktiven Baggy-Pants-Hosenträger mit Dreitagebart und eigenem Grafikbüro vor sich sah, der die Naturschönheit mit den kleinen Brüsten unter seinem Mac vernaschte, war es in Wirklichkeit vielleicht ganz anders.

*

Nachdem sie sich auf ihr altes Mountainbike geschwungen hatte, um Richtung Rummelsburger Bucht zu fahren, kam dem Mädchen namens Steffi die Idee, bei Eva in der Schlesischen vorbeizufahren, um den neuen Bikini vorzuführen. Spontaner Modenschaubesuch sozusagen. Die Abendsonne warf ihr orangefarbenes Licht Richtung Treptow, als sie ihr Fahrrad durch das große Eingangstor in den zweiten Hinterhof schob. »Ich bin's«, sagte sie in die Gegensprechanlage, und als ihr der Summer die Tür öffnete, hechtete sie sofort die Treppen hoch.

»Hab mir … da am Park … in dem kleinen Laden … einen supertollen Bikini gekauft – mit Oberteil sogar!«, rief sie schon am Eingang, obwohl sie von den vier Stockwerken völlig außer Atem war. Eva stand im Türrahmen zum größeren Zimmer, mit einer Kaffeetasse in der Hand und einem etwas gewollt genervten Blick im Gesicht. »Ich muss eigentlich arbeiten«, sagte sie und freute sich aber doch, dass Steffi gekommen war.

»Denn zeig doch mal!«, forderte sie Steffi auf, drückte ihr einen Kuss neben den verschwitzten Mund und ging ihr voran in den Raum mit großem Bett, Schreibtisch und Anlage. Sie setzte sich an den Rand der Matratze, hielt immer noch ihre Kaffeetasse in der Hand und schaute Steffi zu, wie die sich zu Cat Powers Version von *I Found a Reason* schnell und eher praktisch als sexy auszog – und wieder anzog. Der Bikini saß wirklich perfekt, Ober- sowie Unterteil, davon konnte sich jetzt auch Eva überzeugen. »Ist ganz gut, oder?«, meinte Steffi, hob die Arme wie ein Bodybuilder nach oben, zeigte ihren ordentlichen Bizeps und wippte dabei auf und ab. Hüftbewegungen oder so was waren eben nicht ihr Ding.

»Ziemlich gut«, sagte Eva und konnte sich beim Anblick der fast nackten Steffi kaum gegen dieses Kribbeln wehren. Dabei sollte sie das doch. »Und fühlt er sich auch gut an?«, fragte sie also schnell; einfach, um überhaupt was zu sagen. Dabei hätte sie genau das vielleicht lieber nicht tun sollen …

Sie winkte ihr wippendes Gegenüber zu sich heran und fuhr mit den Fingern über den schwarzen Lycrastoff des Höschens, um schließlich anerkennend zu nicken. Doch statt sich wieder anderen Dingen – wie etwa dem Kaffee in ihrer Hand – zuzuwenden, stellte sie die Tasse langsam auf dem Dielenboden ab und fing an, sorgfältiger und bedächtiger mit beiden Händen, mit allen zehn Fingern über das Höschen zu streicheln. An Steffis Seite, über ihre Leisten und die feinen blonden Härchen an ihren Oberschenkeln, in denen sich die letzten Sonnenstrahlen fingen, wieder hoch zu dem glänzenden Schwarz.

Auf einmal war es ganz ruhig, bis auf die schmeichelndwarme Stimme von Chan Marshall aus der Anlage. Es war, als hielten die beiden Mädchen einige Sekunden die Luft an, und nach einer kurzen Pause des Zögerns – soll ich? darf ich? – zog Eva ihre Freundin zielstrebig noch ein Stückchen näher zu sich heran an den Hüften, sodass sich Steffis Schritt genau vor ihrem Gesicht befand. So nah, wie ihr Steffi bisher noch nie gewesen war. So nah, wie sie es sich heimlich schon so oft ausgemalt hatte.

Sie streichelte weiter, ganz sanft über Beine, Hüftknochen und Scham. Wie schön sie ist, dachte Eva und verfolgte ihre streichelnden Finger mit ihren Augen. Steffi spürte einen regelmäßigen Atemhauch auf Höhe ihres Bauchnabels, der langsam und schwer ging, spürte die zärtlichen Berührungen von Evas Händen an ihren Beinen, über ihrem Schoß. Das hier war nicht mehr nur einfach Stoff befühlen! Das hier war Freundin befühlen!, ging es ihr durch den Kopf, wobei sie gleichzeitig so überwältigt war von der Erregung, von diesem Moment, in dem alles kippt und die Spannung fühlbar ist. Wie kleine elektrische Funken auf der Haut von einem Synthetikstoff.

Steffi schloss die Augen und spürte in Evas Hände hinein, wo sie hinwanderten, wo sie als Nächstes sein könnten. Genoss die kitzelnde Erregung und das immer brodelndere Ziehen in ihrem tiefsten Inneren. Noch nie war sie von einer Frau so gestreichelt worden – geschweige denn von einer engen Freundin! Und noch mal geschweige denn über den intimsten Bereich! Auch wenn es durch Stoff war. Schön fühlte es sich an, warm und vertraut und doch neu und extrem aufregend.

Als Eva langsam den Bund der Bikinihose nach unten rollte, ging das Steffi dann doch ein bisschen zu weit. Oder zu schnell. Was auch immer. Sie tippte Eva von oben auf die Schulter: »Was wird'n das?«, fragte sie leise. Schließlich passierte so was nicht alle Tage. Eva hielt inne, schaute Steffi erst fest in die Augen, dann auf die halb heruntergerollte Bikinihose – wie eine Schlafende, die sich beim Aufwachen nicht mehr in ihrem Bett befindet und sich erst mal orientieren muss. Sie wusste überhaupt nicht, was sie sagen sollte. »Ich würde so gerne mit dir schlafen« oder »Ich glaube, ich bin verliebt in dich« ging jetzt wirklich gar nicht! Auf der Suche nach einer guten Erklärung in ihrem Kopf fiel Evas Blick auf das Etikett, das ihr aus der Stoffrolle über Steffis Hüfte entgegenprangte: *Take Me*!

»Na, steht doch hier!«, platzte es aus Eva heraus, die erst verhalten, dann immer offener lachen musste. »Nimm mich! Nimm mich! Und genau das tue ich!«, prustete sie, ließ sich hintenüber auf das Bett fallen und riss ihre etwas erstaunte Freundin gleich mit. Und was immer sich Emma Wilmers bei der Namensgebung ihres schwarzen Bikinimodells gedacht hatte – es zeigte seine Wirkung.

Denn Steffi wehrte sich nicht, als sie beide nebeneinander auf der Matratze landeten, die Beine in- und übereinander, und Eva ihr das schwarze Höschen ganz auszog. Sie wehrte sich auch nicht, als sie ihr über ihre Beine strich und anfing, sanfte Küsse auf der Haut zu verteilen. Von den Oberschenkeln über die Knie, die Kniekehlen, bis hin zu den Füßen und wieder zurück nach oben, sodass es ihr kleine Schauer über den Rücken jagte, ihr sämtliche Härchen und auch die Nippel unter dem Top aufstellte.

So lieferte sie sich ihrer Freundin aus, gab sich ihr hin, öffnete ihre Beine, sodass ihre Muschi nun offen dalag. Zu angenehm, zu schön, zu erregend wirkten Evas Liebkosungen, zu weich und warm waren ihre Lippen und ihre feuchte Zunge. Zu sehr wollte sie weiter so liebkost und angefasst, wollte sie genommen werden. Die weiß aber, wie man's macht, dachte sie noch und spürte, wie sie immer feuchter wurde und dieses Verlangen nach mehr in ihr aufstieg, als sich Evas Hände und Mund ihrer Muschi näherten.

Eva fing an, das gekräuselte Dreieck mit ihren Lippen zu umspielen, dann spürte Steffi sanfte, leichte Küsse, die länger und fester wurden, eine Zunge, die ihre Perle herauslockte, über die Schamlippen und ihre Öffnung fuhr, um wieder über ihr Zartestes und Empfindlichstes zu lecken. Als wüsste Eva ganz genau, was ihr am besten gefällt, veränderte sie Rhythmus und Druck, wechselte von schnell zu langsamer oder fest zu sanfter – immer im richtigen Moment. Leckte sie mit weicher, breiter Zunge in regelmäßigen Strichen von unten nach oben, steckte ihre ganze Zunge tief in sie rein oder kreiste die Zungenspitze nur ganz leicht auf der Kitzlerspitze, bis der Saft nur so aus ihr herausfloss.

Plötzlich kam eine Hand hinzu, bohrte sich jetzt ein Finger in ihr feuchtes Inneres, spielte die Zunge weiter mit ihr, ließ sie deutlich pulsieren, alles in ihr zusammenziehen. Steffi reckte sich mit ihren Hüften näher und näher nach oben und vorne, gen Eva und diese unglaubliche Zunge und diesen unglaublichen Finger, die unglaubliche Dinge mit ihr anstellten. Sie fing an, lauter zu atmen, stöhnte sanft, als Eva sie immer fordernder und eindringlicher leckte, ihren säuerlich-süßen Saft aufsaugte, sie fingerte und sie mit der anderen Hand dann auch noch auf der Stelle gleich über dem Venushügel massierte.

Wow! So macht das also eine Frau, dachte Steffi anerkennend, als ihr ganzer Unterleib zu vibrieren begann, zu flirren und Schauer der Erregung durch ihren ganzen Körper sendete. Wie ein Feuerball tanzte da etwas in ihr zwischen Klitoris und Muschi, Muschi und Klitoris, bis alles nur noch eins war. Die Anspannung wurde so wunderbar und anstrengend zugleich, dass es eine süße Verheißung war, diese bald loszuwerden. Aber noch nicht. Eva zögerte ihre Lust immer wieder bis zum letzten Moment hinaus, spielte mit Steffis Verlangen nach Erlösung, bis sie mit dem Finger nur noch ganz langsam in sie ein- und herausdrang, sie dabei aber immer schneller und schneller leckte, ihren Kitzler kitzelte, immer weiter und immer weiter, bis es nicht mehr auszuhalten war, nicht mehr schöner werden konnte. Bis Steffi mit einem aufbäumenden Zucken und heftigen Stöhnen unter Evas Mund und Händen kam, lange, intensiv, sodass ihr Körper in Wellen nachebbte.

Und bevor Steffi überhaupt aufgehen konnte, was da gerade vor sich gegangen war, bevor sie sich komisch fühlen oder schämen konnte, lenkte Eva geschickt ihre benebeltbefriedigte Aufmerksamkeit auf etwas anderes. »Wirklich ein schöner Bikini«, sagte sie in ihrer trockenen Art. »Ja, wirklich ein schöner Bikini!«, antwortete Steffi und musste unwillkürlich lächeln – besonders strahlend.

*

Als die beiden sich noch in den Armen lagen, quietschte ein paar Straßen weiter schon wieder das Leder unter Emmas Po. Sie erwachte gerade in ihrem Sessel aus ihren Sexfantasien und hatte das komische Gefühl, dass vorne jemand in ihrem Laden gewesen war. Sie wollte sich erheben, da fiel ihr Blick auf die vier Frotteeshorts, von denen die Knallrote noch in der Singer steckte. In Emma machte sich dieses unvergleichlich gute Gefühl breit, etwas geschafft zu haben, womit sie zufrieden war. Die hier waren wirklich gut! Und auch *Take Me* war wirklich gut, sagte sie sich innerlich und lächelte. Das war ihr Glück.

Da hörte sie wieder ein leichtes Klopfen von der Ladentür. Emma stand auf und löschte das Licht über der Nähmaschine, bevor sie im Dunkeln durch das Atelier nach vorne ging. Draußen dämmerte es bereits, aber es war noch hell genug, dass Emma sehen konnte, wie sich jemand von dem Schaufenster entfernte. Ein Schatten. Emmas Herz klopfte bis zum Hals, sie spähte durch das Glas nach draußen, aber konnte nichts und niemanden genau erkennen. Eine späte Kundin vielleicht? Dann sah sie den Atemabdruck außen am Fenster, der sich langsam auflöste. Brrrr, dachte Emma und es gruselte sie. Zum ersten Mal fühlte sie sich unsicher in ihrem Laden, ihr war, als hätte sie jemand bei der Arbeit beobachtet. Und nicht nur bei der Arbeit! Sie malte sich mit größer werdenden Augen aus, was man von draußen sehen könnte. Mich im Sessel? Emma wollte sich gerade die Perspektiven von vorne genau ansehen, als ihr Handyklingeln sie aus ihren Angstfantasien in die Realität zurückkatapultierte. »Rick«, stand auf dem Display. Na, das ist ja interessant.

»Ja, hallo?«, fragte Emma in das kleine leuchtende Ding im Dunkeln.

»Hi Emma, hier ist Rick. Na, wie steht's?«

»Gut ... Und bei dir?« Und den anderen Mädels, hätte sie gerne hinzugefügt.

»Ja, ganz gut. Aber du fehlst mir! Ich dachte, wir könnten uns mal wieder sehen.« Er sagte nichts zu ihrem Abgang letztens.

»Ich weiß nicht so recht.«

»Wieso? Was ist denn los? Doch nicht wegen dieser Internetgeschichte, oder?« Rick seufzte und sprach weiter:

»Ach komm, das wäre echt ein bisschen lächerlich. Das hat doch alles gar keine Bedeutung, Emma.« Er redet so viel, und sagt doch so wenig, dachte sie und meinte dann: »Ich finde das einfach ein bisschen albern, das ist alles.«

»Ja, albern kannst du es ja ruhig finden, aber deshalb eingeschnappt sein, das ist doch ein bisschen übertrieben, oder?« Er hatte wieder diesen Ich-spreche-mit-einem-Kind-Ton drauf. Machte er das erst, seitdem er Vater war, oder hatte er schon früher solche Anwandlungen gehabt, fragte sich Emma, und wusste keine Antwort darauf. »Übertrieben kannst du es ja ruhig finden«, sagte sie zu ihm und schwieg dann eine Weile.

»Hallo? Was ist denn jetzt?«, fragte Rick.

»Nichts.«

»Ach komm, das kannst du mir nicht erzählen. Dafür kenn ich dich schon zu gut«, versuchte er es.

Aber Emma hatte keine Lust, am Telefon mit ihm über ihre Albernheiten und Übertreibungen zu sprechen. Und sie hatte auch keine Lust, ihm zu sagen, dass er sie überhaupt nicht gut genug kannte.

»Wie du meinst«, sagte sie. »Ich jedenfalls habe jetzt keinen Bock das zu erörtern ... Was ist denn nun eigentlich mit der *Zoé*-Fotogeschichte?«, fiel es ihr dann plötzlich ein. Sie hatte inzwischen das Licht im Atelier wieder angemacht und ihr Blick war auf die Vitrine im Fenster gefallen, wo die grauen Ensembles bis vor ein paar Tagen noch gelegen hatten. »Das würde ich gerne erörtern.«

»Ach das ... Weiß noch nichts Genaues ... Ich habe auch nichts mehr von Esther gehört. Die haben jetzt sicher schon was anderes für die Strecke gefunden ... Aber wir könnten das ja vielleicht irgendwann trotzdem machen, nur du und ich!«, meinte er dann ganz enthusiastisch.

Aber Emma war gar nicht nach Enthusiasmus zumute. Was sie gereizt hatte, war die Idee, in der *Zoé* zu sein, mit Wäsche und Foto, als Porträt sozusagen. Das hätte ihr gefallen. Aber ihre Wäsche und ihren Laden für Rick zur Verfügung zu stellen, bei dem sie überhaupt nicht wusste, ob so ein gemeinsames Projekt erstens jemals zur Realisierung kommen würde und zweitens ob er es dann nicht nur für seine Zwecke verwenden würde. Ihr Geschäftssinn sagte Nein.

»Nein«, sagte sie dann auch zu Rick. »Das interessiert mich nicht.«

Rick schwieg am anderen Ende der Leitung. Damit hatte er jetzt nicht gerechnet.

Und Emma fühlte sich nun wieder so sicher in ihrer Haut und in ihrem Laden, dass sie auch noch die andere Sache klären konnte.

»Sag mal, was ich dich noch fragen wollte: Hast du eigentlich noch was mit anderen, seit wir miteinander ins Bett gehen?« Endlich war es raus. Rick schwieg immer noch. Und dann räusperte er sich und räusperte sich noch mal, atmete tief ein und wieder aus – vielleicht rauchte er auch eine Zigarette während des Gesprächs – und sagte mit einem sehr lang gezogenen Ton »neeeeeeeiiinnn«. Und: »So ein Quatsch. Wie kommst du denn darauf?«

»Nur so, ich wollte es einfach mal wissen, das ist alles. Nicht, dass es nicht sein dürfte, aber ich wollte es einfach nur wissen.«

»Und du?«, fragte Rick. Emma war verwundert. Andererseits, dachte sie dann und sagte: »Nein, auch ich habe nichts anderes.« Sie setzte sich wieder zurück in ihren alten Ledersessel und legte die Füße auf der Arbeitsplatte ab.

»Was machst du denn gerade?«

»Ich war dabei zu nähen«, log Emma ein bisschen, denn eigentlich hatte sie ja gerade Schatten gejagt und davor schöne Träume gehabt.

»Und was nähst du, süße Emma?«, fragte Rick und seine Stimme wurde dabei tiefer und rauer. »Süße Emma Wilmers?«, fügte er noch hinzu und Emma wurde dabei schwächer und sanfter.

»So Frotteeshorts in Knallfarben, sehr siebziger Jahre, Volleyballhöschen, feuchte Jungstraumteile mit einem abgesetzten Rand in einer anderen Farbe.«

»Hört sich gut an«, meinte Rick. »Stell ich mir gerade an dir vor. Sieht sexy aus.« Er atmete aus.

Emma machte weiter: »Eng anliegend und am besten natürlich für feste, knackige Ärsche geeignet, mit passenden muskulösen Oberschenkeln, aber nicht zu sehr. Und das Frottee ist weich und fest zugleich, sehr handschmeichelnd.«

»Handschmeichelnd, ja?«, fragte Rick und Emma war sich jetzt sicher, dass etwas anderes auch handschmeichelnd wurde.

»Ja, handschmeichelnd«, hauchte sie und lehnte sich tiefer in ihren Sessel, machte die Beine etwas auseinander. Es schadete ja nichts, selbst eine Hand schmeichelnd an sich zu legen, dachte sie und so nahm Emma das Handy in die Rechte, um ihre Linke für den Schoß freizumachen.

»So wie deine Haut ...«, sagte Rick, »deine Haut an den Oberarminnenseiten, die ist besonders handschmeichelnd. Und deine Haut im Nacken, die fühlt sich auch gut an, und deine Haut in den Kniekehlen und in den Schenkelinnenseiten. Aber am schönsten fühlt sich deine Haut in dir drinnen an«, raunte Rick ihr ins Ohr und Emma fühlte sich geschmeichelt und schmeichelte sich selbst, streichelte sich an den Oberarmen, versuchte es im Nacken, unten in den Kniekehlen bis hin zu den Schenkelinnenseiten.

Und es war passiert. Rick hatte das Gespräch in eine derart unerwartete Richtung gelenkt, dass Emma fast überfallen wurde von einer Erregung, die sich da plötzlich in ihr breitmachte, und als sie ganz bewusst auch die Haut in ihrem Inneren fühlen wollte, spürte sie, wie feucht sie war. Vielleicht kam das noch von vorhin, dachte sie, aber eigentlich war das ja egal.

»In dir drinnen fühlt es sich am schönsten an, das weichste und festeste Fleisch, das man sich vorstellen kann. Und das feuchteste.«

Hui, der ging aber ganz schön ab, dachte Emma und bewegte ihren Finger aus sich raus und auf die Klitoris und wirbelte ihn im Kreis, erst langsam, dann schneller, mit ordentlichem Druck.

»Was machst du?«, stöhnte Rick.

»Ich mach's mir selbst«, hauchte Emma extra sexy.

»Ich auch«, sagte Rick.

»Ich weiß«, sagte Emma.

Sie meinte fast das quietschende Klatschen zu hören, dieses typische Wichsgeräusch, als sie ihr Handy fester ans Ohr drückte. Hoch und runter, hoch und runter. Mütze, Glatze, Mütze, Glatze, kam es ihr in den Sinn, das hatte Tom mal beim Spaßsex gesagt, und so war sie fast abgelenkt vom Rubbeln an sich selbst. Rick holte sie zurück: »Ich stell mir vor, wie ich dich ficke, auf dem Parkett in meiner Wohnung, du liegst vor mir und ich schiebe ein großes Kissen unter deinen Arsch, damit es für dich intensiver wird, und dann sehe ich, wie geil du bist, und stoße immer tiefer und weiter in dich rein. Deine Brüste wackeln im Takt und dann kommst du und hörst überhaupt nicht mehr auf, innerlich zu zucken. Das fühlt sich so geil an, dass auch ich gleich komme und dich vollspritze.«

Rick war nicht mehr zu bremsen, die Worte purzelten immer schneller aus ihm heraus; er sprach und atmete und wichste gleichzeitig, und dann kam Emma wirklich, und dann kam auch Rick, als er gehört hatte, dass Emma gekommen war. Und dann war es ganz still.

Sie atmeten nur noch sehr leise und immer langsamer in das Telefon und in Emma breitete sich ein etwas unangenehmes Gefühl aus, sie wollte am liebsten schnell auflegen. Bevor sie aber dazu kam, sagte Rick: »Das war geil!« Und Emma wollte noch schneller auflegen. Aber sie blieb dran.

»Ja, tat gut«, sagte sie und setzte sich auf, stellte die Beine zurück auf den Boden.

»Wann sehen wir uns?«, fragte Rick mit müder, langsamer Stimme.

»Keine Ahnung, hab viel zu tun, vielleicht die Tage.« Emma hatte wirklich viel zu tun, wie immer. »Ich melde mich bei dir«, sagte sie noch.

»Okay, machen wir es so. Dann bis dann, süße Emma«, verabschiedete sich Rick.

»Tschüs«, sagte Emma und sie legten auf.

*

Emma hielt die Einladung zur Hochzeit von Julia und Matthias in ihrer Hand, die sie am Abend zuvor nach dem Telefonsex mit Rick in ihrer Post gefunden hatte. Am 1. Oktober, also schon in knapp sechs Wochen, sollte sie sein. Die Feier fand im Restaurant des Brautpaars statt, das zur Hochzeit gleichzeitig eingeweiht werden würde. »Wir feiern Hochzeit in Heidis Hütte« stand oben drüber. Also schien der Name festzustehen: Heidis Hütte. Matthias war Koch und wollte sich im eigenen Laden auf die Alpenküche spezialisieren, die er so liebte.

Emma rief bei Julia an, um sich für die Einladung zu bedanken und auch um ihr schlechtes Gewissen zu beruhigen, weil sie sich schon wieder so lange nicht bei ihr gemeldet hatte. Julia freute sich. Sogar sehr. Sie redeten über die Druckerei, die Einladungskarten, den Stress, den das Ganze Julia machte, die Brautkleidsuche, die Renovierungs- und Einrichtungsarbeiten im Restaurant und über vieles mehr. Am meisten schien sich Julia übrigens auf ihren Junggesellinnenabend zu freuen, den sie gebührend mit Emma und ein paar anderen Mädels feiern wollte. Wo, das war noch nicht ganz klar.

»Ich muss mal raus aus diesem ganzen Hochzeitsscheiß und weg von Matthias' Eltern, die gerade schon wieder in Berlin sind, und vielleicht auch ein bisschen von Matthias«, sagte sie. »Der geht echt krass ab mit der ganzen Planung und jetzt sollen auch seine Cousins und Cousinen kommen; und der hat ja schon so schreckliche Geschwister. Wie dann die entfernteren Familienmitglieder erst sind?«, regte sich Julia auf und Emma freute sich, nicht über die blöden Cousins und Cousinen, sondern dass Julia ihr davon erzählte. Dass sie ihr auch von ihren Problemen mit der ganzen Sache erzählte. »Ach, wir sind doch auch da, pfeif auf die!«, rief Emma voller Inbrunst in den Hörer.

»Wie geht es denn dir? Läuft der Laden weiter so super? Ich sehe echt oft Frauen mit der Wilmers-Wäsche-Tasche, das ist unglaublich. Dein Erfolg ist wirklich beneidenswert, Emma!«, sagte Julia. Und Emma erzählte vom Laden, ihren eigenen neuesten Kreationen und der stets stillen und fleißigen Magdalena, aber sie ließ das Thema Rick schön aus. Bis Jule fragte: »Und was ist mit diesem Rick-Arsch?«

Emma fühlte sich unwohl in ihrer Haut. »Gerade nicht so viel.«

»Hast du die ganze Sache endlich abgehakt?«, fragte Julia.

»Ich bin dabei.«

»Na, dann mach mal hinne!«, riet ihr Jule noch, bevor sie freundlicherweise wieder zum Laden und vor allem zu ein paar Steuerfragen wechselte. Emma war das nur recht. Sie telefonierten noch eine halbe Stunde, bis ihnen einfiel, dass sie sich in der Zeit ja auch in echt hätten treffen können. Aber so waren sie wenigstens ganz unter sich, fand Emma. Und dann sprachen sie noch den ganzen Abend weiter.

*

Am nächsten Morgen wachte Emma mit einem guten Gefühl auf. Sie hatte wunderbar geschlafen, von wildem Sex auf einer einsamen Alm geträumt und wusste endlich wieder, was mit ihrer Freundin so ging. Als Magdalena in den Laden kam, begrüßte sie sie mit einem breiten Grinsen und bot ihr sofort einen Kaffee an. Das machte sie nicht immer. Magdalena nahm dankend an, bevor sie sich an die Arbeit setzte und den Stoffhaufen, der auf ihrem Tischchen neben der Nähmaschine lag, verkleinern würde.

Emma hatte die grauen Wäscheteile *Dark Desire I bis IV* aus ihrer Wohnung wieder mit nach unten genommen und bereits die anthrazitfarbenen Applikationen vorsichtig abgetrennt. Sie hatte sich etwas anderes dafür ausgedacht, es sollten Stickereien in Lindgrün darauf. Die Idee war ihr quasi im Schlaf gekommen. Das zarte Grün würde sich hervorragend von dem Grau abheben, die Eleganz aber nicht nehmen, dachte sie. Und es tat gut, die Wäsche wenigstens ein bisschen zu zerstören. So war sie nicht mehr Ricks. Und das war der Plan.

Bereits um kurz nach elf kamen die ersten Kundinnen und Emma bediente, beriet und bekam die Kasse kaum noch zu. Was für ein guter Tag!, dachte sie, als sie gerade die Laden im rechten Regal neu auslegen wollte und die Türglöckchen schon wieder bimmelten. Herein kam keine Frau, kein Mädchen, keine Kundin. Herein kam er, der Lockenkopf. Emma fiel fast von ihrem kleinen Hocker, als sich ihre Blicke trafen. »Hallo«, sagte der Typ, nachdem sein Gesicht schon wieder über und über mit Lachfältchen bedeckt war.

»Hallo«, sagte Emma und kam auf den Ladenboden zurück, schob den Hocker zur Seite und richtete sich auf. »Kann ich helfen? Diesmal?«, fragte sie ihn und wischte sich ein paar Strähnen aus der Stirn. Dann schaffte sie es, ihm gerade ins Gesicht zu sehen. Der Typ hatte angefangen, sich in Emmas Laden umzuschauen, aber immer wieder fing sich sein Blick in ihren Augen. Schöne braune Augen hat er, dachte Emma, während sie noch auf eine Antwort wartete. Ganz dunkel.

Da gingen wieder die Glöckchen und eine Stammkundin von Emma kam in den Laden. »Hallo Melanie«, begrüßte Emma sie und gab ihr links und rechts ein Küsschen. »Hallo Schäääätzchen!«, rief die Frau mit hoher Stimme und musterte dann den Lockenkopf von oben bis unten. »Hallooooo, und du bist Emmas Neuer?«, fragte sie ihn und Emma riss vor Entsetzen ihre Augen auf und sagte: »Nein, nein, wir kennen uns gar nicht! Das ist ein Kunde!« Der Lockenkopf lachte und nickte mit dem Kopf, sodass die Locken nur so hüpften und sagte: »Genau, ich bin nur ein Kunde.«

»Hach, na ja, hätte aber wirklich sein können, also dann«, säuselte Melanie, warf ihre anderen Einkaufstaschen auf den Tresen und guckte sich um. »Was gibt's Neues?«, fragte sie herausfordernd und Emma blickte entschuldigend zu dem Typ. »Brauchst du mich noch?«, fragte sie, und Melanie unterbrach sie einfach: »Ach, Herzchen, ich muss unbedingt einen neuen BH haben, mir gehen sonst die Outfits aus. Hast du was Rotes da? Oder vielleicht was in Kanariengelb, so wie dein hübsches Kleid? Ganz apart übrigens!« Sie zog Emma bereits mit ihren spitzen roten Fingern von dem Typ weg ins Atelier. Der Lockenkopf lächelte Emma an, die sich über ihre Schulter hinweg bei ihm mit einem stimmlosen, aber eindeutigen »Entschuldigung!« auf ihren Lippen verabschiedete. Er sagte leise »Kein Problem« und lächelte. Dann hörte Emma nur noch die Glöckchen von der Tür – und natürlich Melanies penetrante Stimme in ihrem Ohr.

5. Kapitel

Kick Ass

Sie konnte seinen Blick einfach nicht vergessen. Wie er sie da lächelnd zum Abschied angeguckt hat, während Melanie sie nach hinten ins Atelier zog. Als würden sie sich schon ganz lange kennen, so fühlte sich das an. Zu schön. Emma grinste und griff wieder in das kleine Pastisglas. Vierzehn Frotteeshorts waren inzwischen fertig. Emma nähte in jedes einzelne ein neues Etikett: »Von Wilmers. *Kick Ass*«, und legte die kurzen Hosen in eine Regallade auf Augenhöhe. Auch die ehemals gänzlich dunkelgrauen *Dark Desire*-Teile waren endlich mit den grünen Applikationen verziert. Es handelte sich dabei um feinst gestickte Süßigkeiten, ein Tortenstück, Pralinen, Berliner, Muffins und Cookies. Emma hatte Hunger auf Süßes gehabt, als ihr die Idee dazu gekommen war. Und Magdalena hatte sie hervorragend umgesetzt.

Die bereits zum zweiten Mal bearbeitete Wäsche legte sie in die Vitrine im Fenster, holte *Inspiration* wieder hervor und drapierte es daneben. Die beiden Designs ergänzten sich wunderbar. Emma besah sich das Ganze von außen, verschränkte die Arme vor der Brust – und war zufrieden. Es fehlte nur noch ein Zweig in der grünen Vase, die sie im Keller gefunden hatte, und die jetzt auch auf der Vitrine stand, dann wäre es perfekt.

Als sie da so vor ihrem Laden stand, musste Emma lächeln. So glücklich fühlte sie sich, dass das alles wahr geworden war und sie ihren eigenen Wäscheladen hatte. Und dass der auch noch so schön war! Schon toll. Als sie reinging und die

Glöckchen soeben verstummten, fingen sie schon wieder an zu klingeln. Der Postbote brachte ein großes Paket, auf das Emma schon lange gewartet hatte. Es kam aus Paris von ihrer Freundin Céline, die ihr regelmäßig Stoffe schickte. Gemeinsam hatten sie vor vier Jahren diesen wunderbaren kleinen Laden im 18. Arrondissement gefunden, der unbenutzte alte sowie neue Stoffe führte, wie sie in Deutschland kaum zu finden waren.

Bevor Emma aber das französische Paket öffnete, wollte sie Ordnung in ihre Stoffe im Atelier bringen und die Schubladen und Kommoden aufräumen. Meist kamen ihr sofort Ideen und das Durcheinander würde sie nur ablenken. So stellte sie die große Kiste ganz an den Rand vom Arbeitstisch im Atelier, konnte dann aber doch nicht widerstehen, einen Blick hineinzuwerfen. Céline hatte nur einen kleinen Gruß beigelegt, sie wollte Emma die Tage mal anrufen. Und dann sah Emma die Stoffe. Einer schöner, glänzender, außergewöhnlicher als der andere, Spitze, Jersey, Baumwolle, Seide, alles war dabei, in den tollsten Mustern und Farben, die man sich denken konnte.

»Ohhhhhh«, entfuhr es Emma, »wie schön!« Sie war überglücklich – daraus würde sich so einiges Feines nähen lassen. Das hier könnte zum Beispiel ein wunderbarer Triangel-BH ohne Bügel werden – sie hob einen festen Jersey-Spandex-Stoff in Aubergine mit feinen orangefarbigen Blättern hoch, der ganz weich und zart war. Und das hier – sie griff zu einem nachtblauen Seidenstoff mit Eulen drauf – ein Nachthemd, der perfekte Stoff für ein Nachthemd, ging es Emma durch den Kopf, als die Glöckchen wieder bimmelten. Sie wollte gerade Magdalena bitten, die Kundin zu bedienen, als ihr einfiel, dass die ja gar nicht da war. Sie ging schnell selbst nach vorne in den Laden und ließ die neuen Stoffe allein.

»Hallo!« Emma war überrascht und freute sich sehr. Wie könnte sie diese Augen, dieses Lachen vergessen? »Hallo!«, erwiderte das gebräunte blonde Mädchen, das erst vor ein paar Tagen den Bikini *Take Me* gekauft hatte. Sie guckte Emma mit ihren klaren braungrünen Augen an und wippte ein bisschen auf ihren Ballen auf und ab.

»Ich bin wiedergekommen …«, sagte sie und machte eine Pause.

»Das freut mich«, sagte Emma, »kann ich dir irgendwie behilflich sein?«

»Ja! Ich wollte …«, fing sie mit fester Stimme an, blieb dann aber mitten im Satz stecken. Es schien ihr nicht leicht zu fallen, zu sagen, was auch immer sie sagen wollte. Also reagierte Emma sofort und schlug vor: »Vielleicht was zu trinken? Einen Kaffee? Wasser?«

»Ja, ein Kaffee wäre toll!«, sagte die Strahlefrau sehr erleichtert und Emma ging ins Atelier und bat ihre Kundin mit nach hinten.

»Setz dich doch«, sagte sie, zog Magdalenas gelben Holzstuhl mit dem dicken Polster an den Rand des Arbeitstisches und setzte Kaffee auf. »Mit Milch?«

»Ja, gerne. Keinen Zucker bitte.« Die junge Frau guckte sich in dem Atelier um und konnte sich nicht sattsehen an den Regalen und Kisten, den Bildern an den Wänden, dem roten Kühlschrank, den Stofffetzen auf dem Tisch und in dem riesigen Paket und den beiden Schneiderpuppen, von denen eine einen durchsichtigen BH mit kleinen blauen Schmetterlingen und gelben Orchideen trug. Sie wollte am liebsten aufstehen und sich alles von Nahem ansehen, traute sich aber nicht. »Was für ein schöner Laden und was für ein toller Raum das hier ist«, sagte sie voller Anerkennung.

»Vielen Dank!«, entgegnete Emma und verbrühte sich fast die Finger an der Kaffeekanne. »Ich fühle mich auch sehr wohl hier«, ergänzte sie und setzte sich dann mit zwei vollen Tassen an den Tisch, wo sie lächelnd das Mädchen betrachtete – welch sympathisch-natürliche Ausstrahlung, ging es ihr abermals durch den Kopf.

»Du machst doch die ganze Wäsche selbst, oder? Und Emma Wilmers heißt du?«, fragte ihr Gegenüber und nippte an dem Kaffee. »Lecker!«, fügte sie mit einem Lächeln hinzu und nickte zur Tasse.

»Ja, ja – und danke«, sagte Emma und lachte.

»Ich hab mir deine Internetseite angeguckt, daher weiß ich das. Ich bin übrigens Steffi«, sagte Steffi und lachte keck zurück, bevor sie noch einen Schluck Kaffee trank. Als sie die Tasse mit beiden Händen wieder vorsichtig abgestellt hatte, fuhr sie fort: »Ich habe doch einen Bikini hier bei dir gekauft und wollte mich noch mal dafür bedanken, denn er ist wirklich ganz wunderbar.« Das letzte Wort betonte sie besonders und schien mit ihren Gedanken dabei woanders zu sein, denn ihr Blick, der wurde ganz verklärt, sah Emma und sie fragte sich, was Steffi wohl in ihrem Bikini erlebt hatte.

»Das freut mich, Steffi. Das freut mich sehr. Du warst übrigens auch die Erste, die diesen Bikini gekauft hat – und ich finde, dir steht er wirklich am allerbesten!«, sagte sie und pustete in ihren Kaffee. Sie dachte an die beiden anderen Kundinnen, die *Take Me* gekauft hatten, und musste noch nicht mal lügen, um Steffi zu schmeicheln. Der Bikini war wie für sie gemacht. Und apropos für sie gemacht. »Ich muss dir was zeigen«, sagte Emma, stellte ihre Tasse ab und stand auf, um etwas von vorne aus dem Laden zu holen. Sie kam mit *Kick Ass* zurück, einmal in Knallrot und einmal in Türkis.

»Das klingt vielleicht komisch, aber ich finde, die passen auch ganz toll zu dir – ohne dass ich dir jetzt wieder was verkaufen will!«, sagte Emma und gab Steffi die beiden Shorts. Sie wurde ein bisschen rot dabei.

»Wow, sehr schön. Die gefallen mir.« Steffi befühlte die Höschen. »Fast wie Nickistoff«, strahlte sie, »so weich.«

»Die gibt es auch noch in Gelb und Braun, aber ich finde die beiden Varianten am schönsten«, sagte Emma und trank ihren Kaffee aus, als es im Laden wieder bimmelte. »Entschuldige, aber ich muss nach vorn«, sagte sie zu Steffi. Die trank schnell ihre Tasse leer und stand auf. »Kein Ding, war schön, mit dir einen Kaffee zu trinken. Danke sehr!« Dann ging sie mit Emma in den Verkaufsraum und legte *Kick Ass* in Rot auf den Tresen. »Und die hier kauf ich – für jemand ganz Besonderes«, fügte sie an.

Eine junge Frau mit kurzen blonden Haaren stand in einem bunt geblümten Sommerkleid vor den Regalen neben der Tür. »Guten Tag«, sagte sie mit einem Blick zu Emma und Steffi und nahm ein paar Dessous aus der Lade. »Hallo«, grüßte Emma freundlich zurück. Sie wickelte die rote *Kick Ass* in Seidenpapier, verstaute sie in einer Tüte, Steffis Geld in der Kasse und gab Steffi die Hand. Zum Abschied sagten sie sich gegenseitig sehr herzlich: »Bis zum nächsten Mal!« Steffi verließ den Laden so schwungvoll, dass die Glöckchen besonders laut bimmelten, und Emma ging auf die neue Kundin zu. »Kann ich helfen?«

*

Abends kochte sich Emma Nudeln mit Spinatsauce in ihrer kleinen Küche oben in der Wohnung. Ihr kam es wie Ewigkeiten vor, dass sie sich selbst etwas Warmes zubereitet hatte, vielleicht war das aber auch nur ihre Wahrnehmung. Sie entkorkte einen guten Weißwein, den ihr eine Stammkundin geschenkt hatte, und machte es sich an dem kleinen Tisch im Wohnzimmer gemütlich. Mit der alten Tischdecke aus weißem Leinen von ihrer Großmutter und dem Silberbesteck. Zuallerletzt zündete sie noch eine Kerze an und aß den ganzen Topf leer, so gut schmeckte es ihr. Dann rief sie Rick an.

Er nahm sofort ab. »Emma!«, seine Freude über ihren Anruf strahlte durch das Telefon hindurch und breitete sich angenehm in Emmas Hirn aus. Drei Wochen war es jetzt her, dass sie sich zuletzt gesehen hatten. Rick hatte Emma in dieser Zeit drei Mal angerufen, aber Emma war nicht drangegangen. Er hatte auch ein paar E-Mails geschickt, aber auch auf die hatte sie nicht reagiert. Vielmehr zog sie sie gleich vom Posteingang in den Papierkorb. Ihr war nicht danach. Jetzt war ihr danach.

»Emma!«, sagte er, »und ich dachte schon, du hättest mich aus deinem Leben verbannt. Wieso hast du dich nicht zurückgemeldet? Ich hab dich angerufen und dir geschrieben! Aber das ist jetzt alles auch schon eine Weile her.«

»Mir war nicht danach, und ich hatte echt viel um die Ohren die letzte Zeit, der Laden, du weißt schon.«

»Ach, Emma, das fleißige Lieschen. Aber geht es dir denn gut?«, fragte er.

»Ja, mir geht es gut.« Ihm ging es auch gut, das hörte Emma schon am Tonfall. Er klang so beschwingt – und glücklich. Also hielt sie die Gegenfrage nach seinem Befinden für unnötig.

»Was ist denn los? Gibt es einen bestimmten Grund, dass du dich jetzt meldest?«, fragte Rick.

»Nein, eigentlich nicht. Ich sitze hier bei Kerzenschein und einem Glas Grauburgunder und habe den ersten Abend seit Wochen wieder ein bisschen Zeit. Da dachte ich, nutze ich doch die Chance und rufe dich mal an«, sagte Emma. Dann fragte sie noch: »Und vielleicht hättest du ja Lust, bei mir vorbeizukommen?«

Am Telefon entstand eine Pause, in der Rick sich sicher fragte, wie es jetzt auf einmal zu diesem Angebot kam. Oder in der er überlegte, ob er das Angebot ausnahmsweise mal annehmen könnte.

»Hallo? Bist du noch da?«, fragte Emma etwas verunsichert.

»Ja, ja, ich bin noch da. Ich überlege nur, ob ich das schaffe«, sagte Rick. »Ich muss nämlich dringend ein paar Bilder abziehen. Magst du nicht lieber später bei mir vorbeikommen? Das wäre irgendwie praktischer.«

Nein, das wollte sie nicht. Heute wollte sie zuhause bleiben, heute, an ihrem freien, ruhigen Abend, und wenn er keine Lust hatte, sie zu besuchen, dann hatte er dazu eben keine Lust, dachte Emma. Aber bevor sie etwas sagen konnte, sagte er: »Oder wir machen es so: Ich koche dir morgen was und du kommst bei mir vorbei. Da habe ich mehr Zeit. Dafür komme ich gleich auf einen kurzen Sprung bei dir vorbei, okay? Auf ein Glas Wein? Ich muss heute nämlich echt noch was hinkriegen.«

»Das klingt gut«, sagte Emma. Dann verabschiedeten sie sich und legten auf.

Rick klingelte etwa eine Stunde später bei ihr an der Tür. Emma war schon ziemlich betrunken. Sie hatte auf ihn gewartet und dabei fast die ganze Flasche Grauburgunder leer gemacht. Aber zum Glück hatte sie noch einen Rosé im Kühlschrank. Sie lief zur Haustür, schwankte vielmehr, und öffnete

Rick. Kurz darauf stand er auch schon im Flur und küsste Emma sofort auf den Mund. Sie küsste zurück.

»Mmmmh, Fähnchen, Weißwein?«, fragte er, als sie aufgehört hatten mit der Begrüßung und die Tür vom Durchzug laut ins Schloss fiel.

»Ja, genau. Willst du auch ein Fähnchen? Geht ganz leicht!«, bot Emma an, kicherte und schwankte zurück ins Wohnzimmer, Rick hinterher. Er setzte sich mit ihr an das Tischchen, bestaunte die Tischdecke, die Kerzen, die Blumen. Er guckte sich in dem altrosa gestrichenen Zimmerchen um – überhaupt nicht seine Farbe – und registrierte mit einem wohlwollenden Blick, dass Emma geschmackvolle Möbel und viele Bilder an den Wänden hatte. Alte Schwarz-Weiß-Fotos in unterschiedlich großen Rahmen, Familienbilder offensichtlich, außerdem bunte Illustrationen auf kleinen Holzstücken, Kunstzeug. Emma goss ihm derweil den letzten Schluck Weißwein ein und trank selbst erst mal Wasser. Besser war's. Gut sah er aus, fiel Emma auf. Ein bisschen gebräunter als beim letzten Mal. »Gut siehst du aus«, sagte sie, »so braun.«

»Ja, ich war an der Ostsee«, entgegnete er und trank seinen Wein, ohne vorher mit Emma anzustoßen. Das war wohl seine Sache nicht. »Da schien die ganze Zeit die Sonne und es war wunderbar«, erzählte er. »Der Darß hat schon was. Ich bin mit meinem Auto hingefahren, allein schon die Fahrt war großartig. Diese Alleen entlang, überhaupt Brandenburg ist ja der Knaller, und Mecklenburg-Vorpommern erst mal. Und das mit dem Auto! Das habe ich dir ja noch gar nicht erzählt…«, fing er einen ausführlichen Monolog über seine Fahrt zu der Halbinsel an, und Emma hörte bald nur noch mit halbem Ohr zu. Das andere Ohr lauschte ihrer inneren Stimme, die ihr zuraunte, was jetzt in einem Paralleluniversum passieren könnte: »Er hält die Klappe und stellt das Glas ab, dann beugt er sich über dich und küsst dich auf den Scheitel, nimmt deinen Kopf in beide Hände und küsst deine Stirn, deine Nase, deine Lippen. Du öffnest deinen Mund und ihr küsst euch lange und leidenschaftlich.«

»... und der Sand da, der ist ja so krass weiß! Ich habe super viele Fotos gemacht, mit der analogen Nikon vor allem, viel auch in Schwarz-Weiß ...« Emma nickte automatisch mit dem Kopf. »Ah, schön, herrlich« und »Ja«, sagte sie abwechselnd und widmete sich wieder der viel spannenderen und anregenderen Erzählung in ihrem Inneren: »Dann kniet er sich vor dich und schiebt deinen Rock hoch, fährt über deine Beine, streichelt die Waden und nimmt deinen rechten Fuß in die Hand, massiert mit ordentlichem Druck und berührt jeden einzelnen Zeh, küsst die Spitzen, fährt mit der Zunge durch die Zwischenräume, nimmt jeden einzelnen Zeh in den Mund und macht das Gleiche mit dem anderen Fuß.« – »Hört sich super an!«, raunte Emma und Rick redete weiter. »... Und dann hab ich noch einen Abstecher nach Prora gemacht. Der Wahnsinn! Da hab ich echt tolle Aufnahmen machen können ...«

Die andere Stimme redete auch weiter: »Dann fährt er wieder mit seinen großen, warmen Händen über deine Beine, weiter hoch, streichelt über dein Höschen, streichelt, lockt und kitzelt leicht durch den Stoff, nimmt es schließlich mit beiden Händen links und rechts und zieht es herunter. Dann schiebt er dich an deinen Beinen ein Stück weiter vor auf den Stuhl, sodass du mit dem Po ganz vorne am Rand sitzt, er legt sich deine Beine über die Schultern und nähert sich langsam. aber sicher deiner ...«

»Emma, hörst du mir überhaupt zu?«, fragte Rick plötzlich und starrte sie voller Verwunderung an. Oh je, er saß da auf seinem Stuhl weit nach hinten gelehnt und hatte eine Zigarette in der Hand. Das Glas vor ihm war leer. »Ich habe dich eben gefragt, ob ich hier eine rauchen darf, und du flüsterst so ganz leise: ›Und dann? Und dann?‹ Heißt das jetzt ja oder nein?«

Emma schüttelte sich innerlich, um nur noch Ricks Stimme zu hören und sagte schnell: »Ja klar, höre ich dir zu. Und ja klar, kannst du hier rauchen. Das war nur so ...«, sie stockte einen Moment, »... witzig gemeint. Von wegen, und *dann*?«

»Ach so, witzig. Na gut. Also: Ich rauche die hier jetzt noch und dann gehe ich wieder. Ich muss so viel erledigen! Ach ja, fast hätte ich es vergessen: Ich habe dir was mitgebracht.« Rick kramte in seiner Jeansjacke, die über der Stuhllehne hing. Zum Vorschein kam ein Foto. Ein Abzug von der essenden Emma, der gerade ein Tropfen Ahornsirup an der Backe klebt. Der Tropfen glänzt genauso wie Emmas Augen, die ganz glücklich auf den Teller vor ihr gerichtet sind.

»Danke! Das ist aber gut geworden«, sagte Emma und freute sich. Sie betrachtete sich selbst auf dem Bild, das einen breiten weißen Rand hatte und richtig professionell aussah. Hübsch fand sie sich, gut getroffen.

»Ich finde es auch sehr schön«, sprach Rick. »War ja auch ein richtig schöner Tag – ein schönes Wiedersehen.«

Emma nickte und betrachtete wieder das Foto. Dann schmiss Rick den Zigarettenstummel in die leere Weinflasche, nahm seine Jacke und stand auf.

»Also, wir sehen uns morgen bei mir. Ist acht okay? Und eine schöne Wohnung hast du übrigens, muss ich wirklich sagen.« Er hatte zwar nicht viel gesehen, aber immerhin Wohnzimmer und Flur betreten, dachte Emma und entgegnete: »Acht ist gut.«

Im Flur fuhr Rick ihr mit dem Zeigefinger über die Wange und blieb an ihrer Unterlippe hängen. Dann küsste er sie, mit dem Finger immer noch zwischen ihren Lippen. Emma hätte am liebsten weitergemacht, das war so lasziv, fühlte sich so wahnsinnig sexy an, aber er entzog sich bereits und verschwand mit einem letzten »Tschüs, Emma Wilmers« durch die schwere Kastenhaustür, die sich sofort hinter ihm schloss.

»Tschüs«, hauchte Emma die verschlossene Tür an. Sie verweilte kurz, pinnte dann das Bild, das ihr Rick geschenkt hatte, mit einem kleinen Magneten an ihren Kühlschrank, legte sich aufs Bett und machte es sich selbst. Dann schlief sie selig ein.

*

Er hatte Flammkuchen gemacht, ganz kross und dünn mit einem Belag, der köstlich duftete. Dazu gab es einen grünen Salat und Weißweinschorle. Emma fand es sehr schön, den kochenden Rick zu beobachten, wie er sich sein Haar aus der Stirn pustete, um in den Ofen zu sehen, in dem der Flammkuchen brutzelte. Auch schon das Ausrollen des Teiges hatte ihr gefallen, denn eins musste man Rick wirklich lassen: Er hatte die schönsten Männerunterarme, die man sich denken konnte. Muskulös, sehnig, stark. Bei der kleinsten Bewegung der Finger hoben sich einzelne Muskelstränge. Und das Ganze sah jetzt noch viel appetitlicher aus, weil er so braungebrannt war, dass die Härchen auf seinem Arm von der Sonne fast hellblond glänzten.

Emma kippelte auf dem Barhocker und kippte die zweite Schorle runter. Im Hintergrund lief Paolo Conte und bei *Gelato al limon* musste Emma unglaublich lachen. Solch ein

Limoneneis hätte sie gerne mal probiert, denn es musste einfach hervorragend sein, so wie Paolo es besang. Rick hatte das Stück auf Repeat gestellt, weil ihn die lachende Emma entzückte. Sie lachte so schön. Hatte sie schon immer getan. Beim vierten *Gelato al limon* kam er lächelnd mit dem Glas Weißweinschorle in der Hand auf sie zu, stieß sein Glas gegen ihres und sagte: »Auf uns! Und auf dein Lachen!«

Emma blieb fast der Schluck im Halse stecken. Sie konnte einen Hustenanfall gerade noch verhindern. Was hatte er da eben gesagt? Und was hatte er getan? Sie guckte ihn nur entgeistert an, schluckte die warme Weißweinpfütze in ihrem Mund runter und sagte dann zögernd: »Ja, Prost!« Die Fenster standen weit auf und die laue Sommerluft wehte hier im sechsten Stock spürbar in die Räume. Emma musste sich kurz schütteln, weil ihr ein Schauer durch den ganzen Körper lief, und um überhaupt etwas zu tun, stand sie auf und schloss die beiden großen Fenster.

Rick tischte das Essen auf, das sie genüsslich an der Chrombar verspeisten. Emma lobte Ricks Kochkünste. Er fühlte sich geschmeichelt und fuhr sich ein weiteres Mal durchs Haar. Ist das Gel oder ist das Fett?, fragte sich Emma, als sie seine Finger in den dunklen Strähnen beobachtete, aber sie wollte ihn lieber nicht fragen. Rick war außergewöhnlich wortkarg für seine Verhältnisse. Sie schwiegen heute an diesem Abend so viel wie nie zuvor in ihrer gemeinsamen Zeit. Und doch war es ein angenehmes Schweigen, dachte Emma, die schon die gemeinsame Stille mit Tom sehr zu schätzen gewusst hatte. Schweigen sagt manchmal mehr als tausend Worte und gemeinsam schweigen zu können ist eine Kunst.

Nach dem Salat und dem Flammkuchen kündigte Rick einen Nachtisch an: »Es gibt noch was«, sagte er und grinste verheißungsvoll. Er stand auf und holte etwas aus dem riesigen Kühlschrank. »Überraschung, Überraschung!« Er füllte eine weiße Masse mit braunen und fast schwarzen Einsprengseln in kleine Glasschalen. Dann kam er wieder an die Bar und stellte das Dessert vor Emma. Stolz wie Bolle guckte er sie an. »Pralinenparfait! Selbstgemacht!«, merkte er noch an und machte sich über das süße Zeug her. Als Emma den ersten Löffel in ihrem Mund verschwinden ließ, schwanden ihr fast die Sinne. Süß, milchig, knusprig, nussig, schokoladig und zartschmelzend zugleich war das selbstgemachte Eis ein Traum. »Ein Traum!«, sagte sie mit vollem Mund und leerte ihr ganzes Schälchen, kratzte den letzten Rest mit dem Löffel aus, half mit den Fingern nach und nahm nach kurzem Überlegen sogar die Schale an die Lippen, um alles, wirklich alles mit der Zunge wegzuschlecken. »Mmmhh«, sagte sie und Rick betrachtete sie überglücklich: »Noch mehr?«, fragte er.

»Ja, noch mehr!«, sagte Emma wie ein kleines, glückliches Kind und er brachte ihr noch ein Schälchen. Und noch eins. Und noch eins. Dann konnte sie nicht mehr und schmiss sich der Länge nach aufs Cordsofa.

»Nee, nee, Kätzchen! Komm mal mit, jetzt gibt es noch was Süßes«, sagte Rick und wollte sie am Arm hochziehen.

»Noch was Süßes?«, fragte Emma entgeistert. »Nee, ich kann nichts Süßes mehr.«

»Na gut, dann eben nichts Süßes, aber trotzdem, komm doch mit.« Rick ließ nicht locker und zerrte an Emma, die sich dann doch mitziehen ließ. In seinem Schlafzimmer schmiss sie sich wiederum der Länge nach auf das kühle, frisch bezogene Bett. Rick sprang daneben, rauchte noch eine Zigarette und streichelte Emmas Bauch mit der anderen Hand. Emmas vollen Bauch. Wohltuend war seine Hand da, leicht und warm.

Als er fertig geraucht hatte, legte er sich seitlich neben sie und strich Emma über das Haar, küsste ihre Nasenspitze und den Haaransatz. Emma lag satt und zufrieden neben ihm, so satt, dass sie sich kaum regen mochte. Aber küssen, das ging noch gerade. Das war der richtige Nachtisch nach dem Nachtisch. Und nach ein paar Minuten waren die belastendsten Kalorien anscheinend auch schon wieder verbrannt, denn Emma fühlte sich leicht genug, um sich umzudrehen, sich Ricks Körper zuzuwenden und ihren Bauch an seinen zu pressen. Sie legte ihr oberes Bein bei ihm ab und drückte ihren Schritt an seinen. Immer fester. Bald wälzten sie sich knutschend auf dem Bett, mal auf die eine, mal auf die andere Seite, konnten nicht genug kriegen von den Küssen, den Lippen, der Zunge des anderen, fuhren sich durch die Haare und rieben ihre Hüften aneinander. Wie früher, in den ersten Jahren des Petting in der Pubertät: Sex in Jeans. Da die Pubertät aber vorbei war, entledigten sie sich doch ihrer Klamotten, jeder für sich, so schnell es eben ging, und dann fielen sie ganz nackt übereinander her. Ausgehungert und gleichzeitig so vollgefressen.

Und dann dachte Emma überhaupt nicht mehr nach, denn in solchen Momenten haben rationale Gedanken auch nichts im Kopf zu suchen. Sie löste sich von Ricks Lippen und sagte ihm ins Ohr: »Ich will, dass du mich leckst. Und dann will ich, dass du mich fickst.« Erst als sie das letzte Wort ausgesprochen hatte, ging ihr auf, was sie da gesagt hatte. Was sie da verlangt hatte. Sie hielt kurz inne und sah Rick in die grauen, glänzenden Augen, wo eben noch riesige Pupillen gewesen waren. Er sah nicht nur ernüchtert, sondern auch ein wenig abwesend aus, und das verunsicherte sie noch mehr. Sollte sie etwas hinzufügen? Etwas zurücknehmen?

Aber dafür war es bereits zu spät, denn Rick drehte sie kurz entschlossen auf ihren Rücken und küsste sich einen Weg frei, von ihren oberen Lippen bis zu ihren Lippen unten. Emma stützte die Hände auf ihrem Kopf ab, wie es Menschen machen, die sich die Haare raufen, denen aufgeht, dass sie etwas falsch gemacht haben, und die innerlich »Oh weh!« oder »Oh nein!« schreien. Aber sie blieb ruhig liegen.

Er macht es, er macht es, dachte sie, und versuchte sich wieder zu entspannen; es war doch so schön gewesen eben noch. Und dann leckte er sie schon. Leckte sie, mit kurzen Zungenschlägen, gewissenhaft und ausdauernd, aber lieblos im Grunde, jedenfalls fühlte sich das für Emma so an. Er leckte immer die gleiche Stelle, ohne Abwechslung und so leicht, als wollte er so wenig Saft wie möglich abbekommen. Das ist ja furchtbar!, dachte Emma und bereute, bereute so sehr, ihren Wunsch geäußert zu haben, wollte aber jetzt auch nicht abbrechen, denn das hätte ja geheißen, dass es ihr nicht gefiel. Aber es gefiel ihr nicht. Ganz und gar nicht. Das hier war der schlechteste Oralsex, den sie jemals erlebt hatte. Da zählte auch nicht, dass es schon an ein Wunder grenzte, dass sie ihn überhaupt bei diesem Mann erlebte! Also blieb nur eins: unauffällig überleiten oder vortäuschen.

Emma entschied sich nach einigen weiteren Zungenschlägen, die sie mehr und mehr an einen verdurstenden Hund erinnerten, der verdorbenes Wasser aufschlabbert, weil es nichts anderes gibt, für Variante Nummer eins: unauffällig überleiten. Also zog sie ihn mit ihren Armen an seinen Schultern zu sich nach oben, weg von dieser Baustelle, in der ein schlechter Bauarbeiter Schindluder betrieb. Das konnte so nicht weitergehen, das war ja nicht zum Aushalten. Rick guckte sie etwas fragend an, aber Emma lächelte einfach und sagte: »Komm her.« Rick wischte sich mit dem Handrücken über seinen Mund, so ekelhaft fand er sie wohl, und legte sich neben sie. Emma meinte, eine Erleichterung bei ihm zu spüren, so laut wie er seufzend ausatmete. Und auch sie atmete vor Erleichterung laut seufzend aus. Dann lagen sie nebeneinander, Arm an Arm. Und schwiegen. Und atmeten. Und schwiegen.

»Tut mir leid«, erklärte Rick. »Ich steh da einfach nicht drauf.«

»Schon okay«, sagte Emma und meinte es so.

Eine etwas bedrückende Stille kam über sie, eine Zeit, in der sie nichts sagten, aber in der Emma sich nicht wohlfühlte und Rick sicher auch nicht. Er drehte sich zu ihr um und küsste ihre Wange, sehr zärtlich, und sagte noch mal: »Entschuldigung.«

»Ist schon okay, wirklich«, sagte Emma und guckte ihn kurz an. »Ist eben nicht dein Ding.« Sie gab ihm einen Kinderkuss auf den Mund, stand auf und zog sich ihr Kleid über, das auf dem Boden lag. »Ich muss was trinken, willst du auch?«, fragte sie ihn und er nickte.

Emma kam mit dem Weißwein und den beiden Gläsern aus der Küche, aber Rick war nicht mehr im Schlafzimmer. »Rick?«, rief Emma. In der Stille hörte sie, dass Wasser in der Dusche lief. Da war er also. Emma schenkte sich ein Glas Wein ein, stellte das andere ab und trank einen großen Schluck. Dann suchte sie ihre Sachen zusammen, die zerstreut neben Ricks Klamotten, Zeitschriften, Büchern, Aschenbechern und Stiften auf dem Parkett lagen. Es fehlte noch ihr BH, also hob Emma alles hoch, was da so lag, Ricks Hemden und Socken und das ganze Durcheinander. Und dann fand sie *Lucky Lover.*

Emma wollte das Teil aus lila Spitze schon in ihre Tasche schmeißen, als ihr etwas einfiel: *Lucky Lover* hatte sie heute Morgen gar nicht angezogen. Sie hielt den BH in der Hand und starrte ungläubig darauf. Hatte Rick den heimlich bei ihr eingesteckt? Aber er war doch gestern zum ersten Mal bei ihr in der Wohnung gewesen! Und dann noch nicht mal im Schlafzimmer! Emma sah sich das Etikett an: »Von Wilmers. *Lucky Lover.*« »Größe 75 A« stand darunter. Da fiel es ihr wie Schuppen von den Augen: Diesen hatte sie vor einer Weile der kleinen Blondine mit den Minibrüsten verkauft! Es muss an einem der Tage gewesen sein, an dem der hübsche Lockenkopf im Laden war, denn sie war so enttäuscht gewesen, als die Tür wieder aufging und nur dieses Mädchen und nicht der Typ hereinspazierte. Ja, die war das! Ihr hatte sie diesen BH verkauft, genau, stand ihr gut. Das kann ja wohl echt nicht sein, dachte Emma und schüttelte den Kopf.

Sie war außer sich. Das hier fühlte sich gar nicht gut an. Sie schmiss wütend noch mal alle Sachen auf dem Boden hoch, fand schließlich ihren eigenen BH, *Pure Skin,* verstaute ihn in ihrer Tasche und ging in die Küche. Mit *Lucky Lover* setzte sie sich an die Bar und wartete dort auf Rick. Der duschte lange. Nur mit Boxershorts bekleidet, kam er schließlich in die Küche und fragte: »Na, alles klar?«

»Nee, nicht alles klar«, sagte Emma. »Guck mal, was ich hier gefunden habe.«

»Deinen BH?«, fragte Rick etwas erstaunt.

»Nein, also ja, aber nein, das ist nicht mein BH. Er ist von mir, aber es ist nicht meiner«, erläuterte Emma.

»Wie?«, fragte Rick. Er begriff nicht.

»Ich weiß zufällig, wem ich genau diesen BH verkauft habe, also muss zufällig genau diese Frau hier bei dir in deinem

Schlafzimmer gewesen sein; sonst hätte ich ja nicht zufällig den BH neben deinem Bett gefunden«, sagte Emma.

»Und das finde ich schon sehr merkwürdig, denn eigentlich hast du mir mal gesagt, dass du nichts mit anderen Frauen hast, während du mit mir ins Bett gehst, war das nicht so?«, fragte Emma.

Jetzt schien Rick ein Licht aufzugehen, denn sein bis eben zerknirschtes, fragendes Gesicht klarte sich auf. Er atmete hörbar aus und sagte dann: »Emma, erstens hast du dich drei Wochen nicht bei mir zurückgemeldet. Obwohl ich versucht habe, dich zu erreichen. Und dann hast du bei diesem Gespräch, von dem du redest, auch behauptet: ›Nicht, dass es nicht sein dürfte.‹ Also habe ich das auch so verstanden, dass es sein dürfte – wenn du das schon so sagst.«

»Das habe ich nie gesagt!« Emma war empört. »So ein Schwachsinn!«

»Doch, genau das hast du gesagt. Du hast mich gefragt, ob ich was mit anderen Frauen hätte, und dann hast du hinzugefügt: ›Nicht, dass es nicht sein dürfte.‹ Ich weiß das wirklich noch ganz genau«, sagte Rick jetzt leicht verärgert.

»Das habe ich nicht gesagt, das würde ich auch nie sagen«, verteidigte sich Emma.

»Doch, hast du. Aber ist ja jetzt auch egal«, entgegnete Rick resigniert. »Ich habe keinen Bock, darüber zu streiten.«

»Ich auch nicht!«, fuhr Emma ihn an, stand auf, schmiss ihm *Lucky Lover* vor die Füße und zog sich die Sandalen an. »Ich habe auch keinen Bock mehr auf dich und auf diese Geschichte! Unsere Geschichte, meine ich.« Sie schmiss sich die Tasche über die Schulter und ging zur Tür.

»Emma …«, wollte Rick sie eher schwach als bestimmt aufhalten.

»Leck mich am Arsch!«, sagte Emma sehr gefasst, öffnete die Haustür und ließ sie extra leise hinter sich ins Schloss fallen.

*

Es war ein Sonntag am nächsten Tag, und Emma hatte frei. Sie stand früh auf und fuhr ins Prinzenbad. Die Sonne schien vom Himmel und allein der Anblick des leeren blauen Beckens mit den Bäumen drum herum beruhigte ihre Nerven. Sie hatte die Nacht denkbar schlecht geschlafen, sich hin und her gewälzt, war hundert Mal das Gespräch zwischen Rick und ihr vor ein paar Wochen im Kopf durchgegangen, auf der Suche nach diesen bestimmten Worten, aber sie konnte sie nicht finden. Denn vielleicht hatte er ja doch recht? Vielleicht hatte sie ja wirklich gesagt, dass er auch was mit anderen Frauen haben könnte. Sie hat ihn ja auch nicht als festen Freund mit Treueschwur gesehen. Aber sie wusste es nicht mehr. Wirklich nicht.

Im Grunde ging es ja eigentlich auch nicht darum. Sollte er doch was mit anderen Frauen haben, die ganze Sache mit ihm war einfach nicht das Richtige. Auch nicht die richtige Affäre. Denn wofür ist eine Affäre gut, wenn der Sex unbefriedigend ist, dachte sie, und testete mit einem Fuß die Wassertemperatur. Dann setzte sie sich an den Rand des Beckens und baumelte mit den Beinen im kalten Wasser, beobachtete die paar Schwimmer, die Vögel, die über ihre Köpfe hinwegflogen, und dann war sie sich plötzlich sicher: Es war gut, dass es vorbei war.

Ohne sich Stückchen für Stückchen ins kühle Nass gleiten zu lassen, machte sie einen Satz in das kalte Chlorwasser, tauchte tief ab und blieb bis zur Hälfte des Beckens einige Züge unter der Oberfläche. Sie spürte, wie ihr Körper das Wasser teilte, es um sie herumleitete, wie es die Kopfhaut kühlte und das Gesicht erfrischte. Kaltes, klares Wasser. Sich reinwaschen, das hat schon was, dachte Emma und schwamm 25 Bahnen in immer schneller werdendem und dann wieder langsamerem Tempo. Es war ihre Form der Meditation – abgesehen vom Nähen. Danach fühlte sie sich wunderbar. Mit festen, kribbelnden Beinen ging sie zurück zu den Stufen am vorderen Sportbecken und breitete ihr Handtuch aus. Platz gab es noch genug.

Sie ließ die Wassertropfen von der Sonne trocknen, las ihre ganze Sonntagszeitung von vorne bis hinten durch, schmierte sich zwischendurch mit Sonnencreme ein und holte sich zwei Mal einen Milchkaffee mit geschäumter H-Milch aus dem Schwimmbadkiosk. Durch ihre Fünfzigerjahresonnenbrille hindurch beobachtete sie die Prinzen und Prinzessinnen im Bad, von denen sie einige vom Sehen kannte, andere wiederum neu hinzugekommen waren. Sonntags sowieso. Und dann fiel Emma ein Pärchen auf, das ihr ein Lächeln auf die Lippen trieb. Quer über das volle Pflaster gingen da zwei Mädchen eng an eng. Eine trug *Take Me* und strahlte über das ganze Gesicht. Neben ihr lief eine lächelnde Dunkelhaarige mit weißem Rippenunterhemd und einem ganz besonderen Höschen in Rot namens *Kick Ass*.

6. Kapitel

Rush, Rush

Und dann fiel Emma ein, dass sie ihn doch gesagt hatte. Diesen einen Satz: »Nicht, dass es nicht sein dürfte.« Damals, am Telefon, als sie sich getraut hatte, Rick zu fragen, was denn mit anderen sei. Mit anderen Frauen. Ja, da hatte sie das gesagt. Es war vier Uhr morgens und Emma lag in ihrem Bett, das Fenster stand auf Kipp, und die Luft war merkbar kühler geworden in den letzten Nächten. Der September war da. Und sie fror.

Auf einmal hatte sie das ganze Gespräch wieder im Ohr, auch diesen ihren eher nur so dahingesagten Satz. Den Rick sofort ernst nahm und umsetzte, sobald sie sich ein paar Tage nicht meldete. Nun gut, Wochen. Aber trotzdem: War das denn die feine Art? Sich sofort die Nächste zu krallen, wenn die andere nicht greifbar ist?

Andererseits hatte er ja versucht, sie zu erreichen, ging es Emma durch den Kopf, und sie hatte sich nie zurückgemeldet. Auch nicht die feine Art. Emma zog sich die Decke über den Kopf, so unangenehm fühlte sich das alles gerade an. Sehr, sehr unangenehm.

Es roch nach Schlaf und Wärme unter der Decke, ein bisschen süßlich und rundherum vertraut. Emma kuschelte sich in die Daunen und bibberte ein bisschen, als ihre Füße wieder zu lange an der frischen Luft waren. Jetzt war sie richtig wach. Und entschlossen: Am Morgen wollte sie Rick anrufen und noch mal mit ihm reden. Nicht, um die Sache wieder aufleben oder weiterlaufen zu lassen, sondern, um ihm ihre Erkenntnis mitzuteilen. So unangenehm diese auch sein mochte – das war sie ihm schuldig. Oder eher sich.

Nach zwei Stunden des weiteren Wälzens und Grübelns, einiger gescheiterter Versuche, sich mit den eigenen Händen abzulenken und zu befriedigen, um wieder einschlafen zu können – sie musste immer sofort an Rick und diese schreckliche Zunge denken –, gab Emma auf und ging duschen. Sie kochte sich einen starken Espresso, wärmte zwei Brötchen auf und ging dann runter ins Atelier, um den schon lange gehegten Plan, die Stoffe zu sortieren, umzusetzen.

Um neun Uhr kam Magdalena herein, sagte mit ihrem schönen Akzent »Guten Morgen«, wobei sie das R ein wenig rollte. Dann setzte sie sich hin und nähte schweigend an ihrem Platz. Wie jedes Mal. Magdalena bot Emma ihren berühmten selbst gebackenen Hefezopf mit Mandeln und süßem Zuckerguss an und wunderte sich nicht über das Chaos im Atelier, das Emma in den letzten Stunden veranstaltet hatte. Nichts schien mehr an seinem Platz zu sein. Überall lagen bunte Fetzen herum, Spitze hier, Seide da; Schubladen waren aufgerissen, Kisten lagen auf dem Boden; darüber ein Meer aus Stoffen.

Emma kaute den köstlichen Zopf schnell herunter, hüpfte über Hindernisse, schob sie zur Seite und wütete weiter durch den alten Küchenschrank ihrer Großmutter, in dem sie die meisten Stoffe verwahrte. Sie riss Schubladen und Türen auf, Kisten und Schachteln und legte schließlich eine neue Lade in der weiß gestrichenen Fünfzigerjahreanrichte an, in die sie Stoffe tat, von denen es keine verarbeitungsfähigen Mengen mehr gab. Eine Stunde später schmiss sie das meiste davon doch weg und bewahrte nur noch die schönsten Fetzen auf, um aus ihnen kleine Beutel für die Wäsche zu nähen. Dass sie darauf nicht früher gekommen war! Sie bat Magdalena,

»Wäsche von Wilmers« darauf zu sticken und war zum ersten Mal zufrieden mit sich selbst an diesem Morgen. Aber noch war nicht alles geschafft.

Es war mittlerweile elf Uhr, Emma schloss vorne den Laden auf, stellte sich kurz auf die gegenüberliegende Straßenseite in die Sonne und trank dort ihren Kaffee. Passanten und Nachbarn mit ihren Kindern kamen vorbei, manche grüßten. Dann ging Emma wieder rein und rief Rick auf dem Handy an. Sie stand hinterm Tresen, als er abnahm.

»Morgen Emma«, sagte er sehr freundlich.

»Hallo Rick. Du, ich muss was mit dir besprechen, hast du eben Zeit?«, fragte sie, etwas kürzer angebunden als er.

»Ja, habe ich. Schieß los!«, sagte Rick.

»Also ...«, Emma zögerte, »wegen vorgestern. Ich habe noch mal nachgedacht, und ich glaube, ich habe das wirklich gesagt.«

»Was hast du gesagt?«, unterbrach er sie.

»Diesen Satz meine ich: Nicht, dass es nicht sein dürfte.«

»Ja, hast du! Hab ich doch gewusst!«, triumphierte Rick.

»Ja, ich hab's wirklich gesagt. Das weiß ich jetzt. Und es tut mir leid, dass ich das so vehement bestritten habe. Das war blöd und ein bisschen albern auch«, gab Emma zu.

»Okay, schon gut«, Rick winkte verbal ab.

»Moment, lass mich ausreden!«, bat Emma. »Aber was mir nicht leid tut, ist diese ganze Sache zwischen uns zu beenden, also ad acta zu legen.«

»Wie du meinst, aber ich fände das schade. Sehr, sehr schade«, erklärte Rick. Und bevor er noch ein paar Argumente einwerfen konnte, sagte Emma: »Ich denke einfach, dass es keinen wirklichen Sinn hat. Du hast mal gesagt, du willst nichts Richtiges. Und ich habe das auch gesagt. Aber ich glaube, das stimmt nicht mehr. Ich möchte lieber was Richtiges als was Unrichtiges. Und deshalb möchte ich das jetzt an dieser Stelle beenden.«

»Ja, ist ja gut, das habe ich auch Samstag schon verstanden.« Rick reichte es. »Du musst dich gar nicht erklären, Emma, das ist nicht nötig. Ich verstehe schon. Das mit dem BH war auch echt ein bisschen scheiße. Also nicht das mit dem BH, sondern mit der Frau, ach keine Ahnung«, sagte er. »Es hat sich noch nicht mal gelohnt ...«

Emma war schadenfroh und eifersüchtig zugleich, aber die richtigen Worte fielen ihr leider nicht ein. Wie immer in diesen Momenten, in denen man grandiosen Humor beweisen will, wurde nichts draus. Außerdem sprach Rick einfach weiter: »Aber wir bleiben doch Freunde, oder?«, fragte er.

Emma drehte sich der Magen um, sie hasste diesen Satz. Hatte ihn schon öfters gehört und doch war er nie umgesetzt worden. Schale Scheiße, dachte sie und zögerte. Sie war sich nicht sicher, ob sie überhaupt Lust hatte, Rick die nächste Zeit zu sehen. Mit ihm »befreundet« zu sein. Für einen klaren Schnitt wäre eine gewisse Distanz sicherlich sehr hilfreich. Abgesehen davon konnte sie nicht die Hand dafür ins Feuer legen, dass nicht doch wieder was zwischen ihnen laufen würde, in ein paar Wochen oder so, falls sie sich einsam fühlte.

»Das wird man sehen«, sagte sie deshalb und verabschiedete sich so untheatralisch wie möglich von ihm: »Also, mach's gut, bis dann. Tschüs!«, und legte auf. Rick blieb keine Zeit, um mehr als »Tschüs, Emma Wilmers!« zu sagen. Emma atmete tief und erleichtert aus, als sie den kleinen roten Hörer auf ihrem Handy wieder losließ. Das war geschafft.

*

An diesem schönen Septembertag verirrten sich nur wenige Kundinnen in Emmas Laden, sodass sie genug Zeit hatte, um wieder richtig Ordnung in ihr Atelier zu bringen. Jeder Stoff fand seinen Platz, unverwertbare Sachen wurden weggeschmissen und am späten Nachmittag konnte Emma sogar die Kiste aus Paris wieder hervorholen, um die neuen französischen Stoffe in die jetzt aufgeräumten Schubladen, Vitrinen und Regalbretter der Anrichte zu sortieren. Dabei kam noch so einiges Besondere zutage, auf dessen Verarbeitung Emma sich jetzt schon freute.

Am besten gefiel ihr ein taubenblauer Seidenstoff mit dunkelbraunen Lovebirds, die auf Ästen voller orangefarbener Beeren saßen; ein tolles Design, asiatisch, schlicht, retro und trotzdem elegant. Diesen Stoff legte sie ganz oben in die Weinkiste, die sie als Regal neben ihrem Arbeitsplatz angebracht hatte. Es war nicht viel davon da, der Stoff reichte gerade mal für zwei Ensembles, vielleicht auch nur für eins. Mal sehen.

Als das Chaos beseitigt und das Atelier wieder aufgeräumt und geordnet war, ging sie vor in den Laden, der jetzt in ein besonders schönes Nachmittags-Spätsommerlicht getaucht war. Es war fast Feierabend. Magdalena hatte sich schon lange verabschiedet, als Emma vor dem Fenster einen dunklen Lockenkopf entdeckte. Sie erschrak ein wenig. Er stand da plötzlich direkt vor der Ladentür und guckte sie durch die Scheibe an. Er hatte ein Eis in der Hand – Vanille? –, lächelte, leckte dann über die Kugel und senkte die Hand mit dem Eis wieder, leckte sich über die Lippen und lächelte weiter. Ein riesiges Lächeln, das sich von seinem Mund bis zu den Augen ausbreitete. Emma musste auch lächeln, als er die Ladentür öffnete. Die Glöckchen bimmelten und der Typ mit den dunklen Haaren und den großen dunkelbraunen Augen sagte: »Hallo. Ist noch offen?«

»Ja, es ist noch offen. Aber leider nicht für das Eis«, sagte sie freundlich und bestimmt. Das hier war ihr Reich. Und sie die Queen darin.

»Ach so, klar. Dann esse ich das erst mal auf«, meinte er, drehte sich um und schloss wieder die bimmelnde Tür hinter sich. Emma stand weiter hinter ihrem Verkaufstresen und guckte nach draußen, den Typ an. Der lehnte an dem Stromkasten vor ihrem Laden und aß sein Eis. Aber er schlang es nicht hinunter – ganz und gar nicht: Er leckte es genüsslich auf. Es war, als fühlte er sich vollkommen unbeobachtet, als gebe es nur dieses Eis in der Waffel und ihn. Die helle, sahnige Kugel verschwand zwischen seinen Lippen und auf seiner Zunge, köstlich musste sie sein, dachte Emma. Ihr lief das Wasser im Mund zusammen. Es war geradezu obszön. Und überaus faszinierend: Nachdem er auch die Waffel Bissen für Bissen gegessen hatte, fuhr er sich mit den Fingerspitzen von Daumen, Zeige- und Mittelfinger über die Lippen und leckte sie schnell ab, um auch den letzten Rest Süße in seinem Mund verschwinden zu lassen. Ganz natürlich, als sei das eine Geste, die er immer machte. Emma war beeindruckt: So schön hatte sie noch niemanden Eis essen sehen.

Und dann kam er wieder rein, begleitet von den Glöckchen. »Hallo noch mal«, sagte er zu Emma, die noch immer hinter dem Tresen stand. Er zeigte seine leeren Hände und hob sie nach oben: »Jetzt ohne Eis.«

Sie nickte ihm zu. Witzig war er auch. Jetzt bloß nichts Falsches sagen, dachte Emma, die den Typ am liebsten gebeten hätte, sich doch um die Ecke bei Gemelli ein zweites Eis zu holen, damit sie der Show ein weiteres Mal beiwohnen könnte. Das wäre gar zu herrlich gewesen. Bevor ihr diese Bitte noch tatsächlich über die Lippen rutschte, sagte sie lieber nichts, sondern gab nur ein etwas krampfhaftes Lächeln zum Besten. Etwas in ihr drinnen war nicht bereit, war ganz woanders. *Ice, ice Baby,* dachte Emma und spürte, wie ihre Wange von der Anspannung schmerzte.

»Alles okay mit dir?«, fragte der Lockenkopf und schaute ein wenig sorgenvoll aus seinen Sonnenfältchen hervor.

Emma guckte ihn nur weiter voller Schmerzen an, bis er noch einmal fragte: »Hey! Stimmt was nicht?«, und auf sie zuging. Da erst kam Emma zu sich und machte einige komische Lockerungsübungen mit ihrem Mund – was war denn bloß los mit ihr? – und schüttelte dann schnell den Kopf: »Nee, nee, alles okay, ich ... äh ...«, sie überlegte und fuhr nach einer kurzen Pause fort: »... war nur gerade beim Zahnarzt und, äh, davon tut das noch so weh, weißt du, äh, die Spritze, die wirkt glaube ich noch.« Erleichterung machte sich in ihr breit. Das war zwar keine tolle Notlüge, aber einigermaßen glaubwürdig war sie doch, so kam es ihr jedenfalls vor. Sie entspannte sich ein wenig.

»Ach so, ja, das hatte ich auch mal, nachdem mir die Weisheitszähne rausoperiert wurden«, sagte der Typ höflich und trat lieber wieder einen Schritt zurück vom Tresen. Er hätte sonst gar so nahe bei ihr gestanden.

»Jetzt ist es schon wieder gut. Die Narkose hat wohl nachgelassen«, sagte Emma ganz gefasst und fügte noch hinzu: »Kann ich denn helfen?«

»Ja, ich denke schon«, sagte er dann sehr schnell, sodass Emma ihn kaum verstand. »Ich möchte etwas kaufen. Für eine Freundin.« Die letzten Worte verschluckte er fast.

»Äh, wie bitte?«, fragte Emma.

»Ich möchte gerne Wäsche für meine Freundin kaufen«, sagte er jetzt deutlicher.

»Ahh«, murmelte Emma etwas enttäuscht und dachte: die aus dem Prinzenbad. War ja klar, dass so einer vergeben ist. »Ja, was hast du dir denn da vorgestellt?«, fragte sie.

Der Lockenkopf sah sich wieder um und zuckte dann die Schultern: »Keine Ahnung, könntest du, äh, mir vielleicht helfen?«

»Natürlich kann ich helfen, dafür bin ich doch hier«, sagte Emma. Sie war wieder ganz in ihrem Element und das Lächeln ging ihr locker von den Lippen. Er sah erleichtert aus und sagte: »Prima.«

»Soll es eher was Schlichtes oder etwas Gewagtes sein? Etwas Knalliges oder in Schwarz oder Weiß?«, fing sie an zu fragen. Und er blieb sprachlos und guckte ein bisschen wie ein Auto, ein hübsches Auto.

»Keine Ahnung.« Er schüttelte den Kopf.

»Okay, dann zeige ich dir einfach ein paar Sachen, und dann sehen wir weiter. Aber welche Größe hat sie denn überhaupt?«, hakte Emma nach. Und hängte vorsichtshalber ein »So ungefähr!« dran.

»Na ja, nicht zu groß und nicht zu klein.« Emma ärgerte sich zum ersten Mal, dass sie keine Schaufensterpuppe in ihrem Laden hatte. Ins Atelier wollte sie ihn nicht gleich ziehen. Er machte eine Bewegung mit seinen Händen vor seiner Brust, als hätte er selbst einen Busen. »So?«, sagte er. Und veränderte die Handposition. »Oder so?« Etwas hilflos blickte er an sich herunter. Emma fielen dabei seine schönen Hände auf, er hatte lange Finger und trotzdem kräftige Hände, mit gepflegten, kurzen Nägeln, aus denen die weißen Monde hervorblitzten. Sie konnte gar nicht mehr wegschauen, und er probierte weiter: »Oder doch so? Ach, so wird das nichts!«, unterbrach er seine Versuche und guckte zu Emma hoch: »Eigentlich würde ich sagen: so ähnlich wie du.« Und dann wurde er ein wenig rot und drehte sich zu dem Regal zu seiner Linken um. Emma wurde auch ein wenig rot, aber das konnte niemand sehen, denn sie stand jetzt hinter ihm.

»Das finde ich ganz gut«, sagte er und zeigte auf *Inspiration*. »Aber vielleicht auch zu grün. Oder das hier«, er war einen Schritt weitergegangen und heftete seinen Blick auf *Only Me,* einen sehr zarten BH mit Schmetterlingen auf weißem Oldschool-Rippenunterwäschestoff. »Vielleicht zu romantisch? Dann vielleicht das hier.« Er hatte zwei Laden darüber *For The Night* entdeckt, ein Negligé aus nachtblauer Seide und heller Spitze. »Ach, ich kann mich nicht entscheiden.« Er drehte sich wieder zu ihr um.

»Was würdest du denn nehmen?«, fragte er dann.

Emma war verdutzt, darauf wusste sie keine Antwort. Eigentlich würde sie ja alles nehmen, ist doch klar. Sie hat die Wäsche schließlich gemacht. Andererseits hatte sie jedes einzelne Stück für eine andere genäht. Inspiriert von einer anderen.

»Schwierige Frage«, sagte sie zu ihm. »Ich habe ja alle gemacht.« Da fiel er ihr schon ins Wort: »Die sind alle von dir?« Er war beeindruckt. »Wow!« Er pfiff durch die Lippen. »Wirklich jedes einzelne Teil?«

»Ja, jedes einzelne Teil«, sagte Emma. Sie spürte, wie stolz sie war, und wurde daraufhin sofort wieder rot. Peinlich.

»Also bist du Designerin? Und dann ist das auch dein Laden? Nur deiner?«, fragte er. Und Emma sagte: »Ja, ich bin Designerin und das ist mein Laden. *Emma Wilmers' Wäscheladen*. Ich heiße Emma. Emma Wilmers.« Der Lockenkopf begriff ihre Worte als offizielle Vorstellung und streckte ihr seine Hand entgegen: »Freut mich! Ich heiße Milosch. Milosch Stastny.«

Emma war etwas verwundert, griff aber nach der Hand, die ihre fest und warm drückte; ganz trocken und angenehm, ein guter Händedruck, fiel ihr auf. So was sagt doch so viel über einen Menschen aus, ging es ihr durch den Kopf. Und eigentlich sollte man das immer machen: sich die Hand geben, bevor man überhaupt etwas miteinander zu tun hat. Dann weiß man, woran man ist. Sie lachten sich an und schüttelten einander die Hände, bis sie diesen Moment erreichten, der kein Händeschütteln, sondern ein Händeversinken ist. Schnell zog Emma ihre Hand wieder weg. Der sollte bloß nicht denken, dass ..., dachte sie und dann wurde ihr ein bisschen schwindelig. Sie wollte sich kurz, nur ganz kurz, hinsetzen, um wieder zu sich zu kommen. Dafür griff sie nach dem Hocker, den ihr Milosch sofort abnahm und hinstellte.

Der soll aufhören, dachte Emma, der soll jetzt aufhören, alles richtig zu machen. Außer eine Freundin zu haben natürlich, die hatte sie nicht vergessen. Und für die sollte ein BH her.

»Dann fangen wir mal an, oder? Mmmh ... Welche Wäsche?«, überlegte Emma laut und tippte sich mit dem Zeigefinger auf die Oberlippe, während sie da auf dem Höckerchen saß.

»Okay! Was ist sie denn für ein Typ?«, fragte sie schließlich, stand auf und guckte ihm fest in die dunklen Augen.

»Was? Die Wäsche?« Milosch guckte verwirrt.

»Nein! Deine Freundin!«

»Ach so!« Er schlug sich mit der Hand auf die Stirn. »Die! Natürlich!«, rief er und zögerte.

»Also gut, vielleicht wäre das ja was.« Emma ging auf die gegenüberliegenden Regale zu.

»Nein! Ich meinte …«, er stockte, »das meinte ich … ach egal.« Er holte tief Luft und erklärte schließlich: »Ja, natürlich ist sie auf jeden Fall.« Er lächelte ein bisschen.

»Dann würde ich jetzt nicht so was ganz Auffälliges nehmen. Vielleicht einfach Weiß, nicht zu viel Spitze, Rosa. Trägt sie Rosa?«, fragte Emma ganz geschäftig.

»Rosa …« Er überlegte. »Nee, eher nicht«, sagte er dann, und schüttelte energisch den Kopf und die Locken: »Nein. Kein Rosa.«

»Was trägt sie denn sonst so für Wäsche? BHs mit Bügeln oder ohne? Eher Hipster oder Tanga? Mag sie Bustiers oder BH-Hemdchen, davon hätte ich auch ein paar ›natürliche‹ da.« Emma bombardierte ihn mit Fragen und warf mit Fachbegriffen um sich. Milosch wusste überhaupt nichts mehr zu sagen und konnte die Worte nicht entschlüsseln. Nicht seine Welt, nicht seine Sprache. Er war sicher Ingenieur oder Tontechniker oder etwas Ähnliches.

So guckte er sie mit einem beständigen Kopfschütteln an, kratzte sich den Dreitagebart, und all die Fältchen um seine Augen wurden ganz eng und ganz viel und ganz beeindruckend, fand Emma. »Okay, ich habe noch eine Idee.« Sie holte einen roten BH aus einer der unteren Laden. »Das ist *Rush, Rush,* den mag ich persönlich sehr. Die Spitze ist besonders sanft und pikt nicht, wie es oft der Fall ist«, erläuterte Emma. »Die hat einen großen Seidenanteil, das ist wirklich was ganz Spezielles.«

Milosch nahm die seidige rote Spitze in die Hand und befühlte den Rand am Körbchen. Ja, der war wirklich ganz sanft und glatt. »Hübsch«, sagte er. »Aber ich weiß nicht so genau. Gefällt mir schon gut, aber ob das der Richtige ist?« Er hielt den feuerroten BH in der Hand und guckte ihn sich ganz genau an. Ließ die Bügel durch seine schönen Finger gleiten und drehte das ganze Teil einmal wie einen Rosenkranz in seinen Händen herum, bis er am Verschluss ankam. Der war mit einer zweireihigen Hakenleiste versehen.

Emma beobachtete genau, wie Milosch versuchte, die Haken zu lösen und den BH zu öffnen. Er schaffte es nicht und Emma musste schmunzeln. Männer, dachte sie und lächelte. Genau in dem Moment hob er den Kopf und guckte sie an. »Was denn?«, fragte er und zerrte weiter an dem Verschluss. »Nichts!«, kicherte Emma.

Er probierte es weiter, drückte, zog und auf einmal: »Geht doch!« Stolz hielt er den geöffneten BH in der Hand. Grinste sie an. Sie grinste zurück. »Und schaffst du das auch an einer Frau?«, fragte sie und fühlte sich ein bisschen fies. Bis ihr einfiel, dass sie flirtete.

»Wie an einer Frau?«, fragte er, aber Emma glaubte nicht, dass er nicht verstanden hatte. »Ich finde das nicht so leicht!«, gab er dann entschuldigend zu und drückte ihr den BH in die Hand. Emma reagierte sofort. »Das ist ja auch nicht leicht. Aber wenn man es einmal raushat, dann geht es«, sagte sie, und verschloss den BH wieder.

»Ach ja?«, fragte Milosch. »Und wie bitte schön? Was ist das große Geheimnis des BH-Öffnens?«

Emma zeigte ihm, wie man die beiden Enden gegeneinander drücken musste, um die Haken aus den Ösen zu lösen. Sie machte es wieder und wieder, ganz nah vor seinen Augen, und er sah fasziniert zu.

»Und jetzt am lebenden Objekt!«, sagte er und guckte voller Vorfreude in Emmas Augen.

»Aber …«, sagte sie und tat so, als ziere sie sich. Aber nur ein wenig. »Ich habe eine Schneiderpuppe«, bot sie an.

»Ach was Schneiderpuppe!«, rief Milosch. »Die bewegt sich ja nicht und ist ganz steif, völlig unrealistisch. Ich muss das doch auch so können, in echt«, sagte er. »Wenn schon, denn schon!«, versuchte er Emma zu überreden und schickte noch ein aufmunterndes »Los! Los!« hinterher.

Und dann zog sich Emma kurzerhand den knallroten BH *Rush, Rush* über ihr dunkelblaues Cordkleid mit weißen Schiffchen drauf. Die Trikolore war perfekt, dachte die frankophile Modedesignerin in ihr.

Aber merkwürdig musste es schon aussehen, ging es der flirtenden Frau durch den Kopf: Unterwäsche als Überwäsche. Der BH passte zum Glück, aber Emma musste die letzte Hakenleiste verwenden, das Kleid nahm eben ganz schön viel Platz ein. Und ihr Busen war nun ziemlich betont. Ich mache mich lächerlich, hoffentlich kommt jetzt niemand rein, dachte Emma und ging schnell zur Ladentür, um das Schild umzudrehen. Sicher war sicher. Und das Licht löschte sie auch noch im Laden. Es war ja hell genug hier drin. Dann stemmte sie die Hände in die Hüften und stellte sich mit erhobener Brust vor Milosch.

»Jetzt versuch's mal«, sagte sie ganz cool, aber ihr Herz schlug bis zum Hals. Milosch zögerte kurz – wo war sein Mut geblieben? – und trat erst einen kleinen Schritt zu ihr vor und dann wieder zurück. Dann fasste er sich ein Herz und beugte den Kopf zur Seite, um Emma nicht genau ins Gesicht zu sehen. Er war kaum eine Atemlänge entfernt. Er roch ihr Parfüm und hätte gerne genauer am Hals geschnuppert, aber er konnte sich gerade noch zügeln. Er schlang seine Arme um ihren Rücken, darauf bedacht, sie nicht allzu sehr zu berühren, fand den BH-Verschluss und versuchte, ihn zu öffnen. Es klappte nicht.

Emma stand ganz ruhig da und hörte ihr Herz laut klopfen, manchmal kitzelten Miloschs Locken ihre Wange und ihren Hals. Wo seine Hände ihren Rücken berührten, wurde ihre Haut unter dem Kleid ganz heiß. Ihr blieb die Spucke weg, so aufgeregt war sie. Oh Gott! Das halte ich nicht aus!, dachte Emma und versuchte, unter dem steten Einfluss seines Geruchs direkt vor ihrer Nase die Vorstellung von Eis und Lippen und Lecken zu verdrängen. Es klappte nicht.

Milosch versuchte weiter und zerrte an dem Verschluss, »gegeneinanderdrücken«, sagte Emma jetzt ganz nahe an seinem Ohr, »du musst sie gegeneinanderdrücken.«

»Das versuche ich ja!« Milosch zuppelte weiter, kitzelte weiter, zerrte weiter. Emma atmete schwer ein und aus und gab sich Mühe, das möglichst leise zu tun. Hoffentlich rieche ich gut aus dem Mund, wenn er das schon abbekommt, dachte sie und schielte heimlich auf die sprießenden Härchen auf seiner Wange. Und wenn sie die Augen ganz doll verdrehte, konnte sie sogar seine Wimpern sehen. Ganz lange schwarze Wimpern. Emma schickte ein Stoßgebet gen Himmel, dass er es endlich, endlich schaffen würde, den BH zu öffnen. Andernfalls müsste sie wegspringen, um ihn nicht aus Versehen zu küssen. Denn das wollte sie am allermeisten. Am allerallermeisten.

Und dann, wie von zarter Geisterhand, öffnete sich der BH und Milosch löste sich von Emmas Körper. Mit ihm der schönste Geruch auf Erden – für Emma. »Geschafft!«, erklärte er glücklich. »Das ging doch ganz schnell!«

Na ja, dachte Emma und sagte nach einem Räuspern: »Herzlichen Glückwunsch!«

»Aber jetzt gleich noch mal«, sagte er und schon schlang er wieder seine Arme um sie, um den BH ein weiteres Mal zu öffnen, nur zur Übung. Emma lächelte etwas gequält, bog ihre Arme nach hinten, um *Rush, Rush* zunächst zu verschließen. Dabei berührten sich plötzlich ihre Hände und Emmas waren ganz kalt und seine waren ganz warm, und Emma zuckte zurück und Milosch sagte: »Oh! Entschuldigung!«, und rückte von ihr ab. Er wartete, bis sie fertig war hinter ihrem Rücken, dann versuchte er es wieder. Diesmal ging es wirklich ziemlich schnell und Emma schloss den Verschluss erneut und Milosch öffnete ihn erneut. Ermutigt von seinem Erfolg verkündete er: »Und jetzt mit einer Hand!«

Emma trat einen Schritt von ihm weg und schüttelte den Kopf: »Niemals!«, sagte sie. »Niemals darfst du den BH an einer Frau nur mit einer Hand öffnen!« Fast hätte sie den Zeigefinger drohend erhoben.

»Wieso?«, fragte Milosch. »Manchmal hat man doch nicht beide Hände frei. In so einer Situation.«

»Das mag sein, aber trotzdem: Niemals! Ein Mann, der den BH einer Frau mit nur einer Hand öffnet, ist ein Poser. Und mit Posern geht man nicht ins Bett. Okay?« Emma meinte es ernst.

»Na gut«, entgegnete Milosch. »Wie du meinst. Aber dann will ich es jetzt noch ein letztes Mal mit beiden Händen probieren. Los!«

Emma fügte sich ohne Murren. Sie schloss den BH, den sie immer noch über ihrem Kleid trug, und stellte sich wieder in Position. Milosch schlang die Arme um sie herum und war diesmal aber nicht ganz so schnell bei der Sache. Er verharrte einen Augenblick, als er seine Finger um den Verschluss gelegt hatte. Emmas Rücken wurde an dieser Stelle schon wieder ganz prickelnd heiß. Er atmete neben ihrer Wange hörbar langsam ein und aus, wieder ein, hielt dann leise die Luft an, um den BH ganz bedacht und sanft zu öffnen, so sanft wie nie zuvor, als wäre er leicht wie eine Feder. Und obwohl der Verschluss schon geöffnet war, hielt er die beiden Enden noch in seinen Händen und blieb so stehen. Erstarrte. Eine Sekunde, zwei Sekunden. Emma bewegte sich keinen Millimeter und spürte in all die Punkte ihres Körpers hinein, an denen Milosch sie berührte, ganz leicht.

Kurz über den Ellenbogen an beiden Seiten. An ihrer linken Schulter. An ihrer linken Wange. Durch den Zug des BHs unter ihren Brüsten. Ihr wurde plötzlich schwindelig und sie konnte sich nur mit Mühe gerade auf den Beinen halten, ohne dass ihr die Knie schlotterten. Trotzdem wollte sie diesen Moment auf keinen Fall unterbrechen, auch wenn die Spannung kaum noch auszuhalten war. Sie hielt aus und wartete, wartete. Dann drehte sie ihren Kopf in seine Richtung und er drehte seinen in ihre und für den Bruchteil einer Sekunde schauten sie sich in die Augen. Emma wagte sich sogar noch ein kleines Stück weiter vor in Richtung seiner Lippen, als die Tür mit einem eindringlichen Glöckchenläuten geöffnet wurde.

»Na was ist denn hier los?«, ertönte die schrille Stimme von Melanie beim Anblick der beiden. »Da hab ich euch zwei Süßen doch fast in flagranti erwischt.« Sie kam kichernd rein. »Darf ich trotzdem eintreten?«, fragte sie, obwohl sie schon eingetreten war und die Tür bereits wieder von innen geschlossen hatte. Wenn Melanie etwas Neues kaufen wollte, dann wollte sie eben etwas Neues kaufen, besonders wenn sich plötzlich ein Date für den Abend aufgetan hatte.

Emma und Milosch lösten sich sofort voneinander, beide mit hochroten Köpfen, vor allem Emma. Sie erklärte, ohne Milosch in die Augen zu schauen: »Ja, Herr ... äähh ... Stastny, dann wird es wohl das Beste sein, Sie überlegen sich das Ganze noch mal.«

Milosch grinste ein bisschen, während er ihr *Rush, Rush* in die Hand drückte, kurz ihren Blick suchte und extra laut verkündete: »Das mache ich. Und danke, Frau Wilmers. Ich werde Ihre Anregungen gut gebrauchen können. Auf Wiedersehen!« Er ging an Melanie vorbei, nickte ihr höflich zu, tippte sich an seinen nicht vorhandenen Hut und schon klingelten wieder die Glöckchen.

»Auf Wiedersehen!«, flötete Melanie, und als Milosch die Tür hinter sich geschlossen hatte, ging sie auf Emma zu und packte ihre Schulter. »Ist das nicht der vom letzten Mal?«, fragte sie. »Du hast einen guten Männergeschmack, Emma, das muss man dir lassen.« Emma war übel. Mit trockenem Mund sagte sie: »Er ist ein Kunde.«

»Ja, ja, ein Kunde ...«, meinte Melanie ironisch und dann fiel ihr Blick auf *Rush, Rush* in Emmas Hand. »Was ist das denn?«, quiekte sie und hob ihn mit ihren goldfarbenen Fingernägeln hoch. »Der ist ja entzückend!«

»Ja, das ist er«, sagte Emma. »Das ist er wirklich.« Sie ging hinter Melanie zur Umkleide. Den Versuchs-BH gab sie nur schweren Herzens aus ihren Händen.

*

Als sie wieder alleine im Laden war, kam es über sie. Dieses Gefühl, einen peinlichen Moment bitte nie erlebt zu haben, ihn aber eben doch erlebt zu haben. Schlimm war, dass sie wie eine Schießbudenfigur vor Melanie gestanden hatte. Schlimmer war, dass sie Milosch fast geküsst hätte, mit einem BH über ihrem Kleid. Ich bin 31 Jahre alt und mache mich total lächerlich. Für einen Typ, der eine Freundin hat, mache ich mich zum Deppen, dachte Emma. Als sie sich die Situation noch einmal genau ausmalte, wand sie sich innerlich. Sie schämte sich für sich selbst. So sehr.

Während sie das Geld in der Kasse zählte, überlegte sie, wie sich das wieder geradebiegen ließe. Sie könnte ihn ja noch mal treffen, außerhalb des Ladens, und ganz sachlich mit ihm sprechen. Vielleicht liefen sie sich auch zufällig über den Weg. Bei dem Eisladen am Lausitzer Platz etwa, da kommt man doch öfter vorbei. Und schon entschwebte Emma in ihre Wiedergutmachungsfantasie:

Milosch sitzt alleine an einem der Tischchen der Tanne B, sie selbst kommt gerade vom Markt. Oder vom Brillenladen. Oder vom Pizza-Essen bei Rocco's. »Hey, hallo, was machst du denn hier?«, fragt Milosch und bietet ihr einen Platz neben sich an. Emma, in ihrem schönsten Sommerkleid, das mit den Kirschen, würde fantastisch aussehen und sich zu ihm setzen. Vor ihr diese hübschen dunklen Augen mit dem Wimpernkranz und die hübschen kleinen Fältchen und die hübschen dunklen Locken. Nur seine leicht gebogene und große Nase, die bricht das Hübsche und macht sein Gesicht besonders.

Milosch bietet ihr etwas von seinem Eis an, und bevor sie etwas zu ihm sagen kann, schiebt er ihr bereits einen Löffel in den Mund, kalt und süß, verführerisch und geheimnisvoll. »Was ist das?«, fragt er und Emma überlegt. Sie verlangt mehr, bekommt mehr, schüttelt mit dem Kopf und überlegt weiter. Dann nascht er selbst von dem sahnigen Zeug und Emma kann nicht mehr an sich halten. Sie muss ihm ein kleines bisschen Eis von der Lippe küssen, nur um endlich seine Kugel zu sein. Und dieser Kuss ist so passend und verheißt so viel, dass sie sich auf seinen Schoß setzt und weiterküsst. Und er zurückküsst, heftig. Da legt sich eine Hand auf ihre Schulter und rutscht bis zu ihrem Busen. »Kann ich noch etwas bringen?«, fragt die Kellnerin und Emma schaut nach oben und erkennt Steffi.

Genau in dem Moment fiel ihr eine Münze runter und Emma erwachte an ihrem Tresen vor der Kasse. Sie schüttelte ihren Kopf, Eisessen mit Milosch ist wohl nicht so eine gute Idee, dachte sie. Vielleicht lieber einfach einen Kaffee trinken. Ja, das nächste Mal wollte sie ihn auf einen Kaffee treffen und diese peinliche Situation aus der Welt schaffen. Sie zählte das Geld noch mal von vorne und verstaute die Kasse im Schrank, als Jule durch die Tür kam und eine etwas in sich versunkene Emma entdeckte, die so gut aussah wie seit Monaten nicht mehr. Rosige Wangen und einen Glücksschimmer auf dem Gesicht, der ihre Augen strahlen ließ.

»Emma! Was ist denn mit dir los?«, fragte ihre Freundin und umarmte sie. Vorher musste sie jedoch die vielen, vielen Einkaufstüten, die sie dabeihatte, vor der Vitrine abstellen.

»Nichts, wieso?«, fragte Emma und grinste etwas debil.

»Ach, ich weiß auch nicht genau, aber du hast so einen ... Glanz im Blick«, meinte Jule und strich Emma dabei über die gerötete Wange.

»Quatsch, heute war einfach ein erfolgreicher Tag!«, sagte Emma und drehte sich Richtung Atelier. »Willst du einen Kaffee?«, fragte sie und ging schon mal vor.

Sie setzte eine Kanne auf und holte ein paar Haferkekse aus der Dose im Küchenschrank. Julia schaute sich im Atelier um, in dem sie schon eine ganze Weile nicht mehr gewesen war.

»Schön hier, so ordentlich«, sagte sie. »Und – irgendwie anders.«

»Ja, ich habe heute rumgeräumt und aussortiert, das war echt mal wieder nötig«, erklärte Emma und stellte ein geblümtes Milchkännchen auf die weiße Arbeitsplatte. Sie schob die Stoffe zur Seite, die da noch lagen. »Was treibt dich her?«, fragte sie Jule. »Du warst ja seit Ewigkeiten nicht mehr hier.«

»Da haste recht. Ach, ich wollte dir ein paar Sachen zeigen, die ich gekauft habe – für die Hochzeit. Und Matthias ist da irgendwie ein Scheißratgeber«, sagte Julia und stand auf, um die Tüten nach hinten zu holen.

»Schließ doch dann mal bitte den Laden ab und dreh das Schild um, wenn du vorne bist!«, bat Emma sie und gab ihr den Schlüssel in die Hand, während der Kaffee kochte.

Jule fing schon in dem Ladenraum an, mit lauter Stimme zu erzählen; von ihren Einkäufen im Kiez, aber auch auf dem Ku'damm. In welchen Geschäften sie überall gewesen war, und was es so gekostet hatte. Dann veranstalteten die beiden Freundinnen eine kleine Modenschau mit Kaffee und Keksen, viel Lachen und einer herumwuselnden Emma, die dieses oder jenes an dem einen oder anderen Kleid ändern wollte oder könnte, wenn Jule sich denn dafür entscheiden würde. Es war wunderbar. Als es draußen schon dunkel wurde, hatten sie von oben die Flasche Rosé geholt, die Emma noch im Kühlschrank stehen hatte, und sich kurz vor Mitternacht für ein Kleid als Hochzeitsoutfit entschieden. Es war bodenlang und hellgrau, mit einem wunderschönen zarten Blumenmuster in Koralle und einem ganz besonderen Ausschnitt: tief am Busen, seitlich aber hoch geschnitten mit einem kleinen Stehkragen. Jetzt fehlte nur noch der passende BH …

Emma erzählte Jule schließlich auch von ihrem *Lucky Lover* Rick und wie sie ihn abgeschossen hatte. Triumphal war Jules Lachen und ihre Freude darüber, dass die Sache endlich vorbei war. »Mit dem Arsch«, wie sie sagte. »Ich sage nur: Fotoproduktion. Und Lecken!« Und dann prusteten sie wieder, schenkten sich den letzten Rest Rosé ein und stießen auf ihre Freundschaft an. Jule überredete Emma sogar, noch in den Monarch zu gehen. Nur schnell ein bisschen aufgehübscht und los. Ausgelassen hüpften die beiden dann die ganze Nacht auf der Tanzfläche herum und fielen sich albern in die Arme – wie früher. Emma fühlte sich so gut wie lange nicht mehr.

*

In nicht mal mehr einem Monat heiraten Julia und Matthias, dachte Emma, als sie am nächsten Abend oben in ihrer Küche wartete, bis die Tiefkühlpizza fertig gebacken war. Sie guckte auf die Einladung, die am Kühlschrank hing, neben dem Foto, das ihr Rick geschenkt hatte. Rick. Der hatte auch vier Mal angerufen in den letzten Tagen, aber Emma war nie rangegangen. Keine Lust. Doch das Foto von ihm, das wollte sie hängen lassen. Schön war es, und eigentlich hatten sie ja auch viele schöne Momente gehabt. Dieses Frühstück etwa war grandios gewesen. So ein schlechter Typ ist er nun auch nicht, für ein paar nette Wochen hatte es zumindest gereicht, dachte Emma. Da war keine Traurigkeit, wenn sie in sich hineinfühlte, kein bisschen. Eigentlich war alles ganz gut gerade. Was Emma fast ein wenig erstaunte.

Sie aß ihre Thunfischpizza und trank Milch dazu, wie früher als Kind. Da hatte sie immer Milch zur Pizza getrunken, eine gute Kombination, wie sie fand. Dann rief sie bei Céline in Paris an, um sich für das Paket mit den Stoffen zu bedanken. Und Céline ging ran und hatte Zeit. Zwei Stunden später legten die beiden Frauen auf. Emma war etwas ermüdet vom Französischsprechen, wobei sie immer wieder auch zum Englischen übergegangen waren, der Einfachheit halber. Während des Telefonats war ihr endlich eine Idee gekommen, was sie Jule zur Hochzeit schenken würde: Wäsche. Und zwar nicht für danach, sondern für dabei. Passend zu dem Kleid, für das sie sich entschieden hatte. Bei der Farbauswahl konnte Emma sicher sein, denn Julia hatte eine SMS geschickt, dass sie alle anderen Kleider wieder weggebracht und nur dieses behalten hätte. Die passenden Schuhe waren auch schon gefunden: in Koralle, passend zu dem Muster auf dem Kleid.

Um kurz vor Mitternacht ging Emma runter ins Atelier und machte das Licht an. Zum Glück hatte sie jetzt die ganzen Stoffe sortiert. Sie fand die neue orange-rote Spitze aus Célines Kiste auf Anhieb. In einer anderen Lade waren die weißen und hellgrauen Stoffe, von denen sie sich jeweils einen heraussuchte. Dann fand sie noch ein paar Schleifchen in Koralle, die sie der Hochzeit wegen als Verschluss nehmen wollte – über den normalen Häkchen. So könnte Matthias zumindest einen Teil des BHs öffnen, ohne sich zu blamieren.

Morgen, morgen wollte sie anfangen, heute nicht mehr. Heute Abend wollte sie nur noch ein bisschen von dem Lockenkopf träumen. Wieder oben in ihrer Wohnung angekommen, machte sie sich in der Küche ein Schälchen mit Vanilleeis zurecht und ging damit ins Bett.

7. Kapitel

Forever And Ever

Was für ein Traum! Emma schlug mit der flachen Hand auf den Wecker, um das Piepen abzustellen. So eine Gemeinheit, ausgerechnet jetzt, dachte sie. Schon die dritte Nacht hintereinander hatte sie von Milosch geträumt, und eben gerade, da wäre es fast passiert – der erste Kuss. Nachdem sie vorgestern im Traum mit ihm tauchen war, ihn gestern bei einer Art Ball von ganz weit hinten erspähte und doch nicht durch die maskierten Massen bis zu ihm durchkam, war sie ihm eben gerade auf einem Berg in einer merkwürdigen Naturlandschaft à la Neuseeland ganz nahe gekommen. Noch näher als bei der BH-Ausziehhilfe. Und längst nicht so unbeholfen! Rasch, rasch wäre sie wirklich gerne noch ans Ziel gelangt, aber nein, der Wecker musste genau jetzt klingeln.

Emma rieb sich die Augen, streckte die Arme weit von sich und gähnte noch mal herzlich, bevor sie aufstand. Sie schob die Harry-Belafonte-CD in die Anlage und machte sich tänzelnd fertig. Auch wenn es nicht zum Kuss gekommen war, das gute Gefühl vom Traum blieb haften und verschönte ihr die Laune, genauso wie einem ein schlechter Traum den Tag vermiesen konnte. Besser war es so herum. Emma zog sich ihr grünes Lieblingskleid an und einen weißen Cardigan, fertig. Noch wollte sie dem Sommer eine Chance geben. Schließlich war sie gestern früh sogar im Prinzenbad gewesen – trotz der morgendlichen Frische. Aber die Sonne schien vom Himmel und nach den ganzen Tagen im Laden und im Atelier war ihr nach Bewegung gewesen.

Eine Stunde vor der Ladenöffnungszeit machte es sich Emma an ihrer Nähmaschine gemütlich und nähte die Unterwäsche für Julia. *Forever And Ever* würde sie heißen, dieser korallenfarbene Traum mit ganz zarten hellgrauen Initialen an den Brustspitzen und in der Mitte des Höschens: J&M. Passend zu BH und Höschen, wollte Emma noch ein Hemdchen nähen, denn im Oktober würde es ja noch etwas kühler sein als jetzt, und Jule sollte nicht frieren in ihrem Kleid auf dem Standesamt.

Emma betrachtete den BH etwas näher. Es hatte ein wenig gedauert, bis sie das richtige Design dafür gefunden hatte. Nach etlichen missglückten Zeichnungen und Versuchen war jetzt dieses schlichte und gleichzeitig aufregende Stückchen Wäsche dabei herausgekommen. Sie legte den roten Faden in die Maschine, den Stoff wieder unter die Nadel und tippte mit ihrem Fuß auf den Motor. Hoffentlich gefällt es Jule, dachte Emma. Und Matthias! Schließlich begleitete es die beiden mit in die Ehe und auch in die Hochzeitsnacht.

Apropos Hochzeitsnacht. Es war Emma nicht nur schwer gefallen, ein gutes Design zu finden, noch viel schwerer war der Schritt davor gewesen: sich die beste Freundin beim Sex vorzustellen! Nie hätte sie gedacht, dass es da solche Blockaden geben würde, ausgerechnet bei Julia, deren Körper sie nackt kannte, von deren detaillierten Sexerzählungen sie früher die Schnauze voll hatte und die sie rein äußerlich sehr hübsch fand. Aber in ihrem Kopf tat sich zunächst gar nichts, als sie an Julia und ihre Wirkung dachte. Ganz im Gegensatz zu sonst.

Dann aber zwang sich Emma, Julia wieder von außen zu sehen. So, als würde sie sie nicht kennen. Als begegnete sie ihr zum ersten Mal. Sie versuchte, sich vorzustellen, wie es war, sie an der Uni zu sehen, so wie sie sie damals an der Hochschule der Künste gesehen hatte – so hieß die ja da noch.

Julia, diese große, schlanke Frau mit den braunen Haaren, die sie meist am Hinterkopf zu dem modernen Dutt – einem umgeschlagenen Zopf – trug, dem geraden Pony, den sie schon vor der Ponymode hatte, und diesen großen braunen Augen. Julia, diese Intelligenzbestie, die in ihren Seminaren immer die Beste war und sich trotzdem gegenüber den Professoren aufsässig gab. Und Julia, die auf der Bühne aus sich herausgehen und Brüste und Haare im Takt herumschleudern konnte, dass einem als Frau beim Zuschauen der eigene Körper wehtat.

Und dann klappte es. Dann hatte sie plötzlich dieses Bild vor Augen, wie Julia sich beim Sex aufbäumte und laut stöhnte. Wie sie von hinten genommen wurde, selbst dabei noch Hand anlegte und mehrmals hintereinander kam, um dann noch mehr von dem Typ zu verlangen, ihn lange, lange nicht kommen zu lassen. Und wie sie es schaffte, ihn zu ein paar Experimenten zu überreden, die er niemals mit Julia in Verbindung gebracht hätte. Und dieser Typ sah dann sogar ein bisschen aus wie Matthias.

Masturbieren konnte Emma auf ihre Vorstellungen nicht, was aber vielleicht auch an dem Handyklingeln lag, als es fast so weit gewesen wäre. Dort an der Nähmaschine in ihrem Atelier. Rick rief schon wieder an, genauso wie einen Tag später und gestern auch. Emma ging immer noch nicht dran.

Sie nähte, vertieft und still, als Magdalena um elf Uhr von außen den Laden öffnete und vom Glöckchengebimmel begleitet nach hinten ins Atelier kam. »Guten Morgen«, sagte Magdalena und ihr schmaler Mund mit den vielen Falten zog sich zu einem freundlichen Strich hoch. Sie lächelte. »Morgen Magdalena!« Emma schaute von ihrer Arbeit auf. »Wie geht es dir?« Magdalena war fast ein wenig überrascht ob dieses Interesses. »Gut, gut, kann nicht klagen, danke, Liebchen.

Und dir?« Sie zog ihren leichten Mantel aus, hängte ihn an den Haken und setzte Kaffeewasser auf.

»Mir geht es auch gut. Wir haben ein paar wunderschöne neue Stoffe, und ich sitze an der Unterwäsche für die Hochzeit meiner Freundin Julia, du weißt doch, die große Brünette.«

»Ja, ja, sicher. Schön«, entgegnete Magdalena, als sie sich die Hände am Küchentuch abgewischt hatte und auf den BH *Forever And Ever* schaute und vorsichtig über das fertige Höschen strich. »Sehr schön. Und so elegant. Wird sicher ein voller Erfolg«, verkündete Magdalena und blieb dabei ganz ernst. Solche Anspielungen kannte Emma gar nicht von ihr, und so musste sie ein wenig schmunzeln. Na hoffentlich wird es ein voller Erfolg! Die Schneiderin setzte sich etwas schwerfällig auf ihren gelben Stuhl und pustete in ihren heißen Kaffee. »Heute ist ein guter Tag«, sagte sie noch, machte das kleine Licht an ihrer Nähmaschine an und legte los.

*

»Fertig!« Stolz hielt Emma die Hochzeitswäsche von Julia in der Hand und betrachtete sie im Gegenlicht, überprüfte noch einmal die Nähte und Verschlüsse. Alles prima. Sie war zufrieden mit ihrer Arbeit. Darin konnte Julia verführen und verführt werden. *Forever And Ever* stand auf dem kleinen Wilmers-Wäscheetikett.

Als Emma in der Weinkiste an der Wand nach einem passenden Beutel für die Wäsche suchte, die Magdalena weiter fertiggestellt hatte, fiel ihr der taubenblaue Stoff mit den Lovebirds in die Hände. Ach ja, den gab es ja auch noch. Zwei der Vögel von den sechs auf einem Ast sitzenden waren sich zugeneigt, gehörten zusammen, ein schönes Motiv und ein schöner Stoff. Er gefiel Emma so sehr, wie ihr lange kein Stoff mehr gefallen hatte. Er berührte etwas in ihr, ganz tief. Sie strich über das Baumwoll-Seide-Gemisch. Was mache ich bloß damit?, fragte sie sich. Emma schloss die Augen, um nachzudenken. Im Hintergrund hörte sie Magdalena eine Kundin vorne im Laden bedienen. Das machte sie ganz selten, aber heute hatte sie ihre Hilfe sofort angeboten, als sie gesehen hatte, wie versunken Emma in ihre Arbeit war.

Das Gespräch war bloß als ein Murmeln wahrzunehmen, nur Magdalenas rollendes R hob sich von dem anderen Einerlei ab und schwebte manchmal durch den Raum, in Emmas Gedanken rein, die noch keine Form hatten, sich aber sammelten, ordneten. Ein Wäscheensemble, aber für wen? Welche Frau kam ihr in den Kopf? Emma konzentrierte sich, aber da kam niemand. Plötzlich öffnete sie ihre Augen, weil ihr genau in dem Moment etwas aufging: Wie lange war sie nicht mehr draußen gewesen, um sich inspirieren zu lassen? Tage, Wochen, Monate? Nein, Monate konnten es doch unmöglich sein, was war denn die letzte Wäsche gewesen, die ganz neu entstanden war? Oder eher: Wer war denn die letzte Frau gewesen? Julia zählte ja nicht. Und die Überarbeitungen an *Dark Desire I bis IV* zählten auch nicht.

Emma legte den taubenblauen Stoff auf die Arbeitsplatte und überlegte weiter, indem sie sich mit dem Finger auf die Lippen tippte. Da war doch ... »Entschuldige, Emma!« Magdalena stand plötzlich hinter ihr, sodass Emma erschrocken zusammenzuckte. Ihr Herz raste. »Ja, was ist denn?«, fragte sie ein wenig schroff.

»Entschuldigung, aber ich brauche deine Hilfe. Da ist eine Kundin, und ich weiß nicht, was sie will. Sie sagt immer irgendwas von *Slip, Slip* und ich zeige ihr dann die Slips, aber das ist nie richtig.« Magdalena flüsterte jetzt, damit man sie vorne im Laden nicht hören konnte.

»Ich komme!«, sagte Emma sofort, stand auf und ging nach vorne, ließ *Forever And Ever,* den schönen Stoff und auch Magdalena zurück.

»Guten Tag! Wie kann ich Ihnen helfen?«, fragte sie die falsche Blondine, die offensichtlich nicht nur an ihren Haaren etwas hatte machen lassen.

»Meine gute Freundin Alice hat mir Ihren Laden empfohlen«, sagte die etwa 50-jährige Frau in auffällig goldiger Designerkleidung mit einer sehr angenehmen Stimme, die so gar nicht zu ihrem Äußeren passen wollte. »Sie hat hier bei Ihnen ein Korsett gekauft, das sie über alles liebt: *Slip, Slip*!«

»*Strip, Strip,* meinen Sie!«, fiel ihr Emma ins falsche Wort. »Ja, natürlich, ich erinnere mich an Ihre Freundin.«

Die Kundin strahlte faltenlos über das ganze Gesicht.

»Leider hat sie das letzte Modell von *Strip, Strip* erstanden, das war noch aus der alten Kollektion. Es gibt aber ein neues Korsett: *Luscious Lady,* auch sehr schön, ähnlicher Schnitt, doch ein ganz anderer Stoff«, erklärte Emma und ging schnell zu der richtigen Lade, um das Schnürteil zu holen. Es war lila. »Größe 38, Körbchengröße 75 C?«, fragte Emma mit ihrem geschulten Blick und die Blondine nickte beeindruckt mit dem Kopf.

»Gut. Und dann hätte ich noch den Klassiker *All Night Long* in Ihrer Größe in Schwarz da«, fügte Emma hinzu und brachte gleich auch noch davon ein Modell mit zu der Kundin.

»Lila ist eigentlich überhaupt nicht meine Farbe, aber das ist ja sehr außergewöhnlich, dieses Lila. Lavendel! Erinnert mich an die Provence«, sagte sie anerkennend und nahm *Luscious Lady* mit ihren goldberingten Fingern in die

Hand. Und nachdem sie das Korsett in der für sie perfekten Größe anprobiert und für gut befunden hatte, kaufte sie es und orderte genau das gleiche auch noch in ihrer Lieblingsfarbe Apricot. Als Sonderanfertigung – für einen Sonderpreis natürlich.

Als die Kundin den Laden verlassen hatte und Emma wieder nach hinten ins Atelier kam, schaute Magdalena von ihrer Nähmaschine auf. »Sag ich doch: Ein guter Tag!« Und Emma lächelte.

*

Noch lange nach Feierabend saß sie weiter auf ihrem Lederdrehsessel, der eigentlich mal ein Chefsessel in irgendeinem Büro gewesen sein musste, so Respekt einflößend fühlte sie sich darauf. Magdalena war schon vor Stunden gegangen. Emma hatte die Wäsche für Julia bereits festlich eingepackt und ein Kärtchen geschrieben, nun grübelte sie wieder über dem Lovebirdsstoff. Sie hörte Nina Simone und hatte sich ein rotes Curry beim Thai um die Ecke geholt. Und als sie das Bier ausgetrunken hatte und Nina »He needs me« sang, da hatte sie auf einmal ein Bild im Kopf: wie sie sich mit der Lovebirdsunterwäsche auf einem großen bequemen Bett rekelte. Natürlich! Das war ihr Stoff! Sie musste sich selbst daraus Wäsche nähen! Die Emma vor ihrem inneren Auge lockte sie mit dem winkenden Zeigefinger neckisch näher heran.

Dass ich da nicht sofort darauf gekommen bin, dachte Emma. So aufgeregt und freudig sie war, so melancholisch wurde sie dann auch für einen kleinen Moment. Die Gedankenblase platzte. Früher hatte sie immer alle Sachen für sich selbst genäht und auch heute noch entwarf sie ein Kleid oder ein Top für sich selbst, aber Unterwäsche, die hatte sie seit Jahren nicht mehr für sich alleine gemacht. Sie trug sie – aber gemacht war sie immer für andere, inspiriert von einer anderen. Und das seit den ersten Jahren mit Tom, schätzte Emma und betrachtete das Foto von sich am Ostseestrand, das er von ihr gemacht hatte. Eigentlich traurig. Es ist also längst mal wieder an der Zeit, dass ich meine eigene Inspiration bin, dachte sie.

Sie machte es sich in ihrem Sessel gemütlich, rollte ein Stück nach hinten und legte die Füße auf der Arbeitsplatte ab. So konnte sie prima nachdenken. Emma versuchte, das Bild wieder heraufzubeschwören, das Bild von sich selbst im Kopf. Aber es kam und kam nicht zurück und die Erinnerung daran war nicht genau genug, um den Schnitt und das Gefühl dafür hinzubekommen. Wie funktionierte das denn noch mal sonst? Bei den anderen?

Emma ging in Gedanken all die Frauen durch, für die sie in den letzten Jahren Lingerie gemacht hatte, die sie sich beim Sex vorgestellt hatte, deren Liebesleben sie besser kannte als ihr eigenes und denen sie als Höhepunkt ein Stück Wäsche auf den Leib geschneidert hatte. Ein paar der Gesichter liefen vor ihrem inneren Auge ab wie ein Musikclip. Da erschienen die unterschiedlichsten Frauen jeden Alters, mit sämtlichen Haarfarben und Kleidungsstilen, die man sich nur denken konnte.

Natürlich waren es die besonderen, die schönen, die auffälligen, die in Emmas Kopf am längsten herumschwirrten. Sie vermischte sie in Gedanken mit den Frauen, die bei ihr eingekauft und einen bleibenden Eindruck hinterlassen hatten, die für immer und ewig mit dem einen oder anderen Wäscheteil verbunden sein würden, mehr sogar, als es die Inspiration gewesen war. Und in dem Moment fielen ihr auch die letzten Frauen wieder ein, für die Emma etwas genäht hatte: Es waren die junge Rothaarige, für die sie *Inspiration* entworfen hatte, und Steffi, der sie *Kick Ass* verdankte, genau.

All das Besondere, all das Einzigartige und Schöne, das Verführerische, Erotische und Liebenswerte, das sie diesen Frauen in ihrer Fantasie zugesprochen hatte, all das floss jetzt in den Entwurf ein, den sie auf Papier für ihr eigenes Wäschestück zeichnete. Natürlich ging es eigentlich immer um sie selbst. Emma realisierte, dass in jedem einzelnen Entwurf für eine andere auch ein Stück Emma steckte, dass sie ihnen etwas zuschrieb, was sie gerne gehabt hätte, was ihr abging, wie sie die Welt sah.

Sie zog energische Striche mit dem weichen Bleistift, verwarf die Idee, zerknüllte das Papier und setzte erneut an. Sie hatte da schon so eine Ahnung im Kopf, aber es fehlten noch ihre eigenen Erfahrungen und Erlebnisse. Also ging Emma all die Männer durch, mit denen sie im Bett gewesen war, die guten und die schlechten – wobei sie sich eher auf die guten konzentrierte. Sie brachte diese außergewöhnlichen Sexmomente an die Oberfläche, die sie irgendwo in ihrer Erinnerung vergraben hatte, weil sie unvergesslich, rekordverdächtig oder einfach nostalgisch waren.

Es war schon mitten in der Nacht und Emma hatte sich von oben ihre Patchworkdecke geholt, die sie zwei Mal um ihren Körper schlang, bevor sie sich wieder in ihren Sessel setzte. So war es gemütlicher und wärmer. Oben in der Wohnung war sie kurz versucht, die große, alte Zigarrenkiste mitzunehmen, in der sich sämtliche Fotos und Briefe ihrer Beziehungs- oder einfach nur Sexvergangenheit befanden, aber sie tat es nicht. Alles, was jetzt zählte, war die Erinnerung. Emma wollte sich nicht auf Bilder und Worte verlassen; sie dachte, das Herz sei ehrlicher. Und ihr Herz spuckte die besten Erlebnisse mit Alex, Charly, Peter, Thomas, David und Sebastian an die Oberfläche, die schönsten Momente mit Sven, Christoph und Malte, natürlich auch die mit Tom und sogar Rick hatte seinen Beitrag zu leisten.

Anschließend tauchten all die unvergesslichen Männer auf, die sie während der Pubertät angehimmelt und nicht abgekriegt hatte. Dann die Männer, die sie abgekriegt hatte. Die aus ihrem Studium in Berlin und Paris, außerdem Männer, die sie nur ein oder zwei Mal gesehen hatte, die aber ihre Sehnsüchte über Monate ausfüllten. Dann ging es weiter mit den Promis: Robert De Niro, Richard Gere aus *Atemlos,* David Bowie und der frühere Schimanski (hatten ihre Freundinnen nie verstanden), Brad Pitt und der junge Paul Newman.

Emma hatte die Beine breit genug gemacht, damit ihre linke Hand unter der Patchworkdecke hindurch in ihre Unterhose auf der Klitoris landen konnte. Beim bloßen Nachdenken über all die Kerle und Sexszenen, die besten Orgasmen, die schönsten Schwänze, die flinksten Finger, die gekonntesten Zungen, die aufregendsten Momente, die schärfsten Männerposen und die eigene Unwiderstehlichkeit war sie unglaublich feucht geworden. Wie gerne hätte sie jetzt einen von ihnen dagehabt oder am liebsten alle zusammen!

Der Musikclip in Emmas Kopf ging weiter, diesmal aber waren es statt Frauen Männer, und alle waren nur auf eine Einzige scharf: sie. Emma trug bloß die Wäsche mit den kleinen Vögeln drauf, ein cooles, scharfes Teil, in dem sie sich unwiderstehlich fühlte und das die Typen magisch anzog. Da brauchte es gar keinen lockenden, neckischen Zeigefinger mehr.

Am Ende ihres Kopfkinofilms sah Emma, wie sie von vielen, vielen Händen und Zungen und Schwänzen getragen, hochgeworfen und wieder aufgefangen wurde, wieder hochgeworfen und aufgefangen und noch einmal hochgeworfen und aufgefangen, bis sie zerplatzte vor Hochgefühl und Glück. Es war wie Stagediving und Sex zusammen. Emma kam und stöhnte auf ihrem quietschenden Sessel, sie kam und kam und kam immer noch, als sie schon längst die Augen wieder geöffnet hatte.

»Mannomann!«, sagte sie mit letzter Kraft und sackte ein Stück tiefer in sich zusammen. Zum Glück fing der Sessel sie warm und weich auf. Ihr Finger war feucht und ihre Muschi war feucht und sie streichelte sich noch ein bisschen weiter, einfach, weil es so angenehm war. Dann kam der Energieschub. Sie zog die Hand unter der Decke hervor, stand etwas taumelig auf und wusch sich die Finger, bevor sie sich wieder an die Arbeit machte: Mit sicheren Strichen zeichnete sie den Entwurf fertig, detailreich und von allen Seiten. Dann pinnte sie ihn an die Wand, betrachtete ihn zufrieden, löschte das Licht und ging nach oben in ihre Wohnung. Es war genug für heute, und außerdem war es schon drei Uhr morgens. Emma kuschelte sich ins Bett und schlief so gut wie lange nicht mehr. Träume aber hatte sie keine mehr diese Nacht, jedenfalls keine, an die sie sich erinnern konnte.

*

Lovebirds oder *Fearless*? *Fearless* oder *Lovebirds*?, fragte sich Emma, als sie am nächsten Morgen schon wieder an der Nähmaschine saß und nebenher ein Ohr auf die Glöckchen im Laden hatte. Magdalena hatte heute frei, und sie wollte unbedingt weiter an ihrer Wäsche arbeiten. Es brannte in ihr, sie fertig zu machen, aber wie sie heißen sollte, das wusste sie noch nicht.

Gerne wäre sie so angstfrei und sicher, was Männer angeht, wie in ihrem Tagtraum gestern. Auf diese Weise könnte sie jeden Mann haben, den sie haben will, einfach, weil sie denkt, dass sie ihn haben kann. Also *Fearless*. Andererseits sind da die Vögel drauf und wie gerne wollte Emma sich auch mal wieder so richtig jemand anderem zuneigen, so sehr zu jemandem gehören, wie Lovebirds das tun. Also *Lovebirds*.

Erst mal nähen, dachte sie dann und guckte sich ihre Zeichnungen von gestern Nacht an. Nicht schlecht, schöner BH. Das Höschen war noch nicht perfekt und zur genauen Größenbestimmung müsste sie sich mal wieder ausmessen, das war auch schon so lange her. Hätte ich das gestern doch mal gemacht, dachte Emma, denn jetzt so im Laden? Sie rollte mit dem Stuhl zur Tür vor und guckte in den Verkaufsraum. Alles fein, keiner da, das Licht war schön, schon wieder schien die Sonne. Was für ein super September, dachte Emma und rollte zurück zu ihrem Arbeitsplatz.

Sie war kurz versucht, sich auszuziehen und auszumessen, aber gerade als sie ihr T-Shirt nach oben zog, klingelten die Glöckchen. Und ab dem Moment gaben sich die Kundinnen ständig die Klinke in die Hand. Erst am frühen Nachmittag wurde es mal wieder für eine längere Zeit ruhiger, und Emma schaffte es, von sich selbst Maß zu nehmen. Einmal oben, einmal unten, alles noch so wie vor einem Jahr, als Magdalena das gemacht hatte. Emma war zufrieden. Sie hatte sich gerade angezogen, da bimmelte es schon wieder. Sie seufzte kurz auf, blickte sich im Spiegel an, ordnete ihr Haar und ging dann nach vorne.

»Guten Tag!«, wollte sie gerade sagen, aber ihr blieb beim ersten T der Satz im Munde stecken. »Gut …!« Da stand Rick und strahlte sein strahlendstes Lächeln. Er hatte sich die Haare abgeschnitten, keine strubbeligen Fetthaare samt Tolle mehr. Eher Drei-Millimeter-Kurzhaarschnitt. Stand ihm gut, auch wenn es seine Segelohren betonte.

»Hallo, Emma Wilmers!«, sagte er und ging auf sie zu, um ihr auf die Wange zu küssen. Ein Mal, zwei Mal. Emma bewegte sich kein Stück und stotterte: »Ha-hallo.« Dann gewann sie ihre Fassung wieder und fragte ihn mit skeptisch zusammengekniffenen Augen: »Was willst du denn hier?« Ein wenig unfreundlich klang das.

»Also, ich habe mehrfach versucht, dich anzurufen, um dich vorzuwarnen, aber du bist ja nicht rangegangen. Ich will hier Fotos machen.« Er hielt Emma den Mund zu, weil sie gerade etwas sagen wollte. »Warte, lass mich ausreden. Ich will hier die Fotos machen, die ich damals für die *Zoé* gemacht hätte. Und mit den Negativen sowie mit den Abzügen kannst du dann machen, was du willst. Die gehören dir. Du kannst sie für Werbung für den Laden benutzen oder an Zeitschriften schicken oder was weiß ich. Ich will dir einfach gute Fotos schenken, Emma Wilmers. Als Wiedergutmachung, weil das damals mit der angekündigten Fotoproduktion nichts geworden ist.«

Er war fertig mit reden und so nahm er seine Hand von Emmas Mund wieder runter. Sie atmete kräftig ein und wieder aus und wollte etwas sagen, aber wusste nicht so genau was. »Ähhh … nette Frisur«, kam es ihr deshalb über die Lippen. Erst mal geschickt abgelenkt, dachte sie. Rick sagte nur: »Danke, musste mal sein. Also, ich hol dann meine Sachen aus dem Wagen. Hast du den überhaupt schon gesehen?«, fragte er Emma und zog sie am Arm mit nach vorn zum Fenster.

»Guck mal, ist der nicht schön?«, sagte er voller Stolz und Liebe in seiner Stimme. Da stand ein lindgrüner Mustang. Wunderschöne Form, wunderschöne Farbe, fand Emma und pfiff bewundernd.

»Den hab ich mir aus Amerika liefern lassen. Ein Shelby Mustang Baujahr 1967, der Hammer! Damit bin ich schon an die Ostsee gefahren, das habe ich dir doch erzählt! Du musst unbedingt mit auf eine Spritztour kommen.« Rick guckte Emma aufmunternd von der Seite an, dann fiel sein Blick wieder auf sein neues Baby. »Jetzt wird aber erst mal gearbeitet«, sagte er dann und öffnete die Ladentür, um seine Fotosachen aus dem Wagen zu holen. Emma beobachtete ihn und konnte immer noch nicht ganz glauben, was da vor sich ging. Rick schloss die Beifahrertür bedächtig und kam mit Kameratasche, Licht und noch mehr Licht wieder zurück in den Laden.

»Los geht's, du machst einfach, was du immer machst.« Er stellte seine Sachen im Türrahmen zum Atelier ab und ging wieder nach vorne, stellte sich vor das Fenster und begutachtete es ganz genau. »Prima, hat Magdalena also geputzt, wie verabredet«, murmelte er.

»Wie? Was hat Magdalena?«, fragte Emma und kam ganz nah ans Fenster. Tatsächlich. Blitzeblank. Der Fensterputzer hatte vor drei Wochen seinen Job gemacht, aber so sauber wie jetzt waren die Glasflächen noch nie gewesen. Rick sagte nichts und packte sein Zeug aus.

»Sag, was hat Magdalena?«, fragte Emma wieder und zupfte ihn am Hemd.

»Ich hab ihr natürlich Bescheid gesagt, dass ich komme, damit es hier nicht wie im Saustall aussieht. Da hat sie auch noch die Fenster geputzt, damit auf den Fotos keine Streifen zu sehen sind«, erklärte Rick wieder mit diesem väterlichen

Ton, den Emma immer noch furchtbar fand. Wann hatte sie das denn gemacht?, dachte sie. Ach egal, das hier war eine wirklich nette Geschichte. Mal sehen, was dabei herauskam. Emma dachte nur an die Fotos, an nichts anderes.

»Okay, das ist ja wirklich alles richtig geplant von dir«, sagte sie. »Dankeschön.«

»Sehr gerne, aber jetzt lass mich mal machen.«

»Ja, ja, schon gut.« Emma guckte sich im Ladenraum um. Im Vitrinenschrank im Fenster lagen immer noch *Inspiration* und *Dark Desire I bis IV.* Irgendwie hatte sie vergessen, die auszuwechseln. Aber wenigstens die weiße Lilie in der grünen Vase war frisch. Sie räumte noch ein wenig in den Regalladen hin und her, zupfte Wäsche zurecht und rückte ein paar Bilder an der Wand gerade. Währenddessen hatte Rick zwei Leuchten aufgebaut, die aber wohl kaum nötig waren. Die Nachmittagssonne schien in den Laden, es war das schönste Licht, das man hier überhaupt haben konnte. Emma lächelte und schüttelte noch mal den Kopf; so wenig hatte sie mit so einem Überfall gerechnet. Dann ging sie ins Atelier und ließ ihn alleine machen.

Wo war sie noch mal gewesen? Ach ja, ihre Wäsche. Emma setzte sich auf den Sessel und stand sogleich wieder auf, um Musik anzumachen. »Musik?«, rief sie laut nach vorne, damit Rick sie hörte. »Ja, gerne«, rief er zurück und Emma suchte nach etwas Passendem in den CDs, die sich neben der kleinen Anlage stapelten. Sie griff zu den Beach Boys, einfach, weil es so sommerlich klang. »Sehr gute Wahl!«, rief Rick und Emma setzte sich wieder auf ihren Ledersessel. Sie schaute auf die Entwürfe vor sich und dann auf den Stoff in ihren Händen und fing an zu schneiden. Aber mittendrin hielt sie an und stand auf. Ihr war nicht danach, ihre persönliche Wäsche zu nähen, wenn Rick nebenan arbeitete. Also stellte sie sich in den Türrahmen und sah ihm zu, wie er Fotos machte, viele Fotos. Erst als die Sonne hinter den Häusern verschwunden war, begann er, seine Sachen zusammenzupacken. »Das war's, die Bilder kriegst du in den nächsten Tagen«, erklärte er und guckte auf seine Uhr.

»Magst du was trinken?«, fragte Emma.

»Ich hab eigentlich keine Zeit mehr, bin verabredet.«

»Mit wem denn?«, wollte sie wissen.

»Mit einer hübschen jungen Frau.« Rick schmunzelte. Emma war nicht sonderlich überrascht, aber es erstaunte sie doch, dass diese Aussage ihr nicht ganz egal war.

»Na gut, Emma, komm! Ich lade dich noch schnell auf was Kleines um die Ecke ein«, sagte er und so stellten sie sich einfach an die Bar in der Sofia, nachdem Emma sich ein Jäckchen übergeworfen und den Laden abgeschlossen hatte.

»Nein, das ist nichts Ernstes«, entgegnete Rick auf Emmas weiteres Nachfragen. »Nur eine kleine Geschichte. Die mag ich ganz gern gerade, die kleinen Geschichten.« Er grinste in sich hinein.

»Ich möchte keine kleinen Geschichten«, meinte Emma. »Ich möchte große Geschichten!« Sie trank einen sehr großen Schluck Bier.

»Du bist eben ein hoffnungslos romantischer Fall, Emma Wilmers«, sagte Rick. »Auf den hoffnungslosen Fall!« Er stieß mit seiner Bierflasche gegen ihre.

»Ich bin überhaupt nicht romantisch! Und hoffnungslos schon gar nicht!«, wehrte sich Emma.

»Natürlich bist du romantisch.« Rick zündete sich eine Zigarette an. Raucherkneipe sei Dank. »Hoffnungslos vielleicht schon weniger. Aber du bist *seeeeehr* romantisch.« In

Emmas Ohren klang das wie ein Vorwurf. Bevor sie aber nochmals widersprach, überlegte sie kurz und gab dann zu: »Na gut, vielleicht bin ich ein bisschen romantisch. Aber hoffnungslos, das bin ich nicht!«

»Nein, sag ich doch auch gar nicht mehr. Aber vielleicht ist es nicht so leicht, das erfüllt zu bekommen, was du dir so sehnsüchtig wünschst. Das glaube ich.« Rick guckte nachdenklich auf den Rauch, der von seiner Kippe in kleinen Wellenbewegungen aufstieg. Mann, der hatte sich ja richtige Gedanken über mich gemacht, dachte Emma und fragte sich, ob Rick recht hatte mit dem, was er sagte. Was will ich denn?, dachte sie und kam nach einem weiteren Schluck Bier darauf, dass Liebe eigentlich nicht zu viel und nicht zu wenig verlangt wäre.

»Ich will mich verlieben. Ich will lieben und geliebt werden und all das«, verkündete sie dann. »Und das ist nicht zu viel verlangt, denke ich.«

»Sag ich doch: hoffnungslos romantisch«, bestätigte Rick sich selbst und stieß noch mal mit ihr an. Emma stieß zurück und sagte nichts mehr. Sollte er doch, ihr war es egal. Es drängte sie danach, zurück ins Atelier zu gehen und die Wäsche fertig zu machen. »Ich lade *dich* ein!« Sie zahlte bei dem charmanten Barmann mit den langen Koteletten, der sie unerwartet lang anlächelte. Der flirtet mit mir, dachte sie und war verwirrt. Sie nahm sich vor, mal wieder in der Bar vorbeizuschauen. Als sie vor Ricks Auto standen, nahmen Rick und Emma sich zum Abschied kurz in den Arm. Sehr freundschaftlich. Und es fühlte sich gut an. Emma war gar nicht nach mehr oder weniger zumute.

»Bis die Tage«, verabschiedete sich Rick. »Ich bringe dann die Fotos vorbei.«

»Alles klar, bis die Tage! Und danke noch mal«, antwortete Emma ihm durch das heruntergekurbelte Fenster. Dann ließ er den schicken alten Wagen an und fuhr weg.

Das war ja mal was, dachte Emma bei sich. Der Rick ist eben immer für eine Überraschung gut. Sie schloss den Laden auf und von drinnen wieder ab. Sie lief durch den dunklen Raum bis nach hinten zum Atelier, wo sie nur die Stehlampe anmachte und das kleine Licht über ihrer Nähmaschine. Der Stoff lag halb angeschnitten auf der Arbeitsfläche und glänzte matt unter der Glühbirne. So schön, dachte Emma, der ist so schön. Sie hielt ihn an ihren Körper und betrachtete sich im Spiegel. Er passte toll zu ihrem Teint und fühlte sich ganz wunderbar an, fest und glatt. Woher der wohl stammt, dachte Emma und setzte sich wieder in ihren Sessel. Sie machte die Nähmaschine an und legte den Entwurf neben sich. Und dann nähte sie. Nähte ihre Wäsche wie im Wahn, bis sie halb drei Uhr morgens endlich das Licht in ihrem Atelier ausknipste.

*

Auch wenn es schon viel zu spät war, sie wollte noch nicht schlafen gehen. Das Ensemble, bestehend aus einem sexy Bügel-BH und einem schmal geschnittenen Höschen, legte Emma auf ihr Bett, bevor sie es zum ersten Mal ohne Stecknadeln anziehen wollte. Es war ein feierlicher Moment, also machte sie Frank Sinatra an und schoss ein Foto. Sie stellte sich unter die heiße Dusche, rasierte sich und cremte sich ein, legte Chanel No. 5 auf und dachte an Marilyn Monroe. Diese Nacht wollte sie nur ihr Parfüm und ihre Wäsche tragen.

Emma betrachtete sich nackt im Badezimmerspiegel und fand sich schön. Sie hatte leichte Ringe unter den Augen aufgrund des Schlafmangels und ihr Magen knurrte, aber darauf konnte sie jetzt keine Rücksicht nehmen. Sie ging in ihr Schlafzimmer und schloss das Fenster. Ihr Handy blinkte vom Nachttisch, das hatte sie heute Morgen dort vergessen. Es war Julias Nummer, nur ein Mal, also konnte es nichts Dringendes gewesen sein. Emma machte die kleinen Lämpchen neben dem großen Spiegel an und besah sich von Kopf bis Fuß. Es war einer dieser Tage, die ihr gut standen, an denen das Haar und die Haut glänzten, ihre Kurven nicht zu scharf waren und Emma nichts gegen sich einzuwenden hatte. Es war einer dieser richtig guten Tage.

Als sie bereit war, nahm sie das Höschen vom Bett und schlüpfte hinein. Dann griff sie sich den BH, öffnete ihn und legte ihn verkehrt herum um die Taille, damit sie ihn vorne schließen könnte, bevor sie ihn richtig herum drehte und die Träger hochzog. Er saß perfekt. Als Emma sich wieder zum Spiegel drehte, erstarrte sie. Die Wäsche sieht so toll aus, wie noch nie etwas an mir ausgesehen hat, dachte sie. So wunderschön. An die Ränder der Körbchen hatte sie schmale braune Spitze genäht, die sich auch am Höschen wiederholte und perfekt zu dem Braun der Vögel passte. Die saßen einmal auf dem BH zu sechst auf dem Ast und dann noch mal seitlich auf dem Höschen bis zum Po. Der Schnitt hob Emmas Beine hervor und ihr Dekolleté, schmeichelte ihren Rundungen und betonte ihre figürlichen Vorzüge. Es war magisch.

Emma stieß einen kleinen Freudenschrei aus und hüpfte vor Glück auf und ab, kreiste ihre Hüfte ein paar Mal. Dann ging sie von der hinteren Wand des Zimmers langsam und sexy auf den Spiegel zu und machte das Ganze gleich noch mal, so toll fand sie sich. Sie holte sich den Stuhl zum Spiegel und setzte sich darauf, posierte, flirtete, modelte. Bald fing sie an, sich über die Haut zu streicheln, die Beine entlang und den Bauch; dabei guckte sie sich immer wieder an. Sie stellte sich vor, wie sie einen Mann verführen würde, und als Erster kam ihr Milosch in den Kopf. Der war auf einmal da. Und wurde zum Opfer ihrer Wäsche.

Emma malte sich aus, wie er vor ihr stand, ganz nah, genau wie er bei den BH-Öffnungsversuchen vor ihr gestanden hatte. Sie erinnerte sich an den feinen Geruch, der von seinen Locken ausging; sie erinnerte sich an die langen Wimpern, die Stoppeln in seinem Gesicht und um den schönen Mund. Er griff derweil hinter ihren Rücken und öffnete den Vögelchen-BH, sanft und schnell, dann streichelte er mit warmen und trockenen Händen über ihre Haut und ließ den BH fallen. Seine Lippen landeten auf ihren und waren so weich und fordernd zugleich, dass Emma kurz die Luft wegblieb und nicht anders konnte, als ihre Lippen zu öffnen, um durch ihn zu atmen.

Bald bedeckte er ihre Busen mit seinen Locken und kitzelte sie mit seinen Bartstoppeln. Er leckte mit der Zunge über ihren Bauch und landete im Höschen. Er zog es ihr aus und leckte sie jetzt richtig, heftig, voller Hingabe und Lust, so treffsicher, dass Emma zwei Mal hintereinander kam, *Ice, ice Baby.* Dann löste er sich aus ihrem Schoß, hielt sie fest in seinen Armen, während er in sie eindrang und immer härter wurde, um sie schließlich auf dem Stuhl vor dem Spiegel zum dritten Orgasmus zu bringen. Um vier Uhr landete Emma müde und erschöpft auf ihrem Bett und schlief ein. Nur in Chanel No. 5, die neue Wäsche lag daneben.

8. Kapitel

Come With Me

Magdalena saß an ihrem Platz und nähte. Es war schon nach elf, als Emma am nächsten Morgen runter in den Laden kam. Sie hatte sich ihren Kaffee mitgebracht und schlürfte ihn laut, heute schmeckte er irgendwie besonders gut. Sie setzte die Tasse vom Mund ab und sagte fröhlich: »Guten Morgen, Magdalena.«

»Morgen, Emma, geht es dir gut?«, fragte Magdalena ohne erkennbaren Unterton.

»Ja, es geht mir gut. Entschuldige, dass ich so spät dran bin, ich habe lange genäht gestern«, log Emma ein bisschen.

»Das sieht man an deinem Arbeitsplatz.« Magdalena lächelte schmal. »Was hast du denn mit diesem schönen Stoff gemacht?«

Erst jetzt sah Emma, dass sie gestern Nacht alles hatte stehen und liegen lassen, die taubenblauen Stoffreste, die braune Spitze, die Nähspulen, die Notizen, alles.

»Oh! Daraus habe ich mir Wäsche genäht, einen BH mit Bügeln, der sich ganz leicht und angenehm trägt, und dazu ein passendes Höschen. Sehr sexy«, sagte Emma und schmunzelte. »Ich wasche beides gerade mit ein paar anderen neuen Stücken zum ersten Mal, sonst würde ich sie dir zeigen.«

»Ich kann es mir gut vorstellen, vor allem mit diesen hübschen Vögelchen. Sehr, sehr schön.« Magdalena zwinkerte Emma zu, bevor sie sich wieder dem Nähen widmete. Emma ging vor in den Laden und schaute nach dem Rechten. Der Blick aus dem großen Fenster verhieß nichts Gutes: Es war neblig trüb und ein bisschen traurig. Dabei wollte sie doch eigentlich später schwimmen gehen, die letzten Tage nutzen, die das Prinzenbad noch offen war. Emma sagte Magdalena Bescheid, dass sie kurz zum Blumenladen gehen würde, und holte sich von oben ihren Trenchcoat. Die Luft draußen war so, wie es vom Fenster her ausgesehen hatte: neblig trüb. Also kaufte Emma einen Strauß bunter Gerbera und ging mit den Blumen zurück zum Laden.

Da stand Ricks schicker Mustang vor der Tür. Ihn selbst sah Emma durch das Fenster mit Magdalena am Tresen ein Schwätzchen halten. Als sie die Tür öffnete, wisperte er gerade noch etwas zu der grauhaarigen Tschechin und nickte Emma nur kurz zu. Als er fertig mit Wispern war, zog sich Magdalena ins Atelier zurück und ließ die beiden alleine vorne im Laden stehen.

»Hallo Rick!«, sagte Emma und begrüßte ihn mit einer schnellen Umarmung. Dabei waren die Blumen ein bisschen im Weg und seine Lederjacke quietschte. Er roch nach Tabak. Rick küsste sie auf beide Wangen, das ließ er sich nicht nehmen. »Hey! Grüß dich. Alles gut?« Er wartete keine Antwort ab, sondern redete gleich weiter: »Emma, ich hab hier was für dich.«

Während Emma die Blumen ablegte, zückte Rick einen großen Umschlag aus seiner Fototasche. Er schob die Blumen auf die Seite und breitete den Inhalt seines Umschlags auf dem Glas des Tresens aus. Mehrere Abzüge in DIN A4, die gesamten Negative und Kontaktbögen, ein paar kleine Testpolaroids.

Das erste Foto, das Emma sah, ließ ihr Herz höher schlagen. Es zeigte ihren Laden in einem wunderschönen warmen Licht, mit Akzenten auf die Wäsche im Fenster. Das Lindgrün in *Dark Desire* und *Inspiration* strahlte richtig und fand sich in der Vase daneben und dem Mustang vor dem großen Schaufenster wieder. Perfekt! Ihr Laden sah auf dem Foto so aus, wie Emma immer wollte, dass ihr Laden wahrgenommen wurde: geschmackvoll und auf eine schöne Art altmodisch; dabei alles andere als trutschig, trotz der alten Möbel und Tapeten. Vielmehr stylisch, edel und gemütlich zugleich, voller Leben und Geschichten. Und die Wäsche war auch noch zu erkennen. »Oh Rick! Die sind ja großartig, absolut großartig!« Emma blätterte zum nächsten Foto, das Details des ersten Fotos zeigte, genau wie die danach folgenden. Immer war es das Licht, das die Wäsche erstrahlen, das Holz der altmodischen Herrenausstatterregale schimmern und die kleinen Bilderrahmen an der Wand mit den Fünfzigerjahrewäschefotos samt Spitzen-BH und enger Korsage noch plastischer werden ließ.

»Ich habe erst mal ein paar Abzüge gemacht, aber hier hast du die Kontaktbögen und wenn du noch andere Bilder haben willst, sag mir einfach Bescheid. Ich brauche dann nur die Negative. Die sind hier drin.« Rick zeigte ihr alles und Emma war so überwältigt und freute sich so sehr, dass sie die ganze Zeit auf und nieder hüpfte und »Danke, danke, danke!« sagte. Ihr war ganz heiß geworden in ihrem Mantel. Den musste sie sofort ausziehen und an einen Haken neben der Umkleide hängen. Dann hüpfte sie wieder vor Rick auf und ab, klatschte ein paar Mal in die Hände und lachte ihn an, bevor sie ihn fest umarmte. »Super Fotos, super Fotograf! Vielen Dank!« Sie guckte sich die Kontaktbögen noch einmal genauer an. Rick hatte tatsächlich die schönsten Bilder abgezogen, aber da war sicher noch das eine oder andere, das sie auch haben wollte.

»Am wichtigsten für dich ist aber vielleicht eh das hier«, erklärte Rick und gab ihr die CD, auf der er alle Fotos abgespeichert hatte. In verschiedenen Auflösungen. »Für deine Homepage oder Kunden oder was weiß ich.«

»Super, danke!« Emma fasste Rick am rechten Arm, streichelte ihn durch die Lederjacke und sagte: »Ich freu mich ja so!« Das war im Grunde völlig unnötig, denn dass sie aus dem Häuschen war, das merkte Rick auch so. Und er freute sich, dass sie sich so freute. Dann umarmte sie ihn noch einmal und drückte ihn extra feste. »Au, au! Ist ja gut!«, meinte Rick. Da klingelten die Glöckchen und eine fremde Frau kam herein, die sich etwas unsicher umguckte und dann mit großen Augen fragte: »Ist geöffnet?«

»Ja, ja«, sagte Emma. »Kommen Sie rein.« Und zu Rick gewandt: »Möchtest du noch einen Kaffee oder so was?«

»Nein, danke. Du hast zu tun und ich muss auch weiter. Meld dich einfach wegen der Abzüge.« Er schloss seine Tasche.

»Danke noch mal!« Emma klopfte ihm mit der flachen Hand auf die Brust.

»Schon gut. Sehr gerne. Ich hatte schließlich was gutzumachen. Und so kommt endlich diese graue Wäsche, die du extra für mich genäht hast, zur Geltung.« Rick gab ihr noch einen Kuss auf die Wange. »Tschüs, Emma Wilmers.«

»Tschüs, Richard Grau.« Emma gab Rick einen Kuss auf die andere Wange, bevor er aus dem Laden stapfte. Es war nicht das letzte Mal, das fühlte sie.

»Wie kann ich helfen?«, fragte Emma dann die junge Frau, die sich etwas schüchtern an den Regalen entlangdrückte.

*

Als sie wieder alleine im Laden war, ging sie nach hinten zu Magdalena, die keinen Mucks mehr von sich gegeben hatte, und zeigte ihr die Fotos.

»Guck mal, Magdalena, sind die nicht toll?« Emma blätterte stolz durch die großen, glänzenden Farbfotos mit weißem Rand. Magdalena hob den Kopf und streckte ihre Hand aus: »Darf ich?«

»Na klar.« Emma gab ihr die Bilder. Magdalena schaute sich jedes einzelne ganz genau an, studierte die Details und entdeckte hier und da etwas, das ihr vorher so nicht aufgefallen war. Dann sagte sie: »Sehr schön. Wie der Laden.« Und gab die Bilder an Emma zurück. Die suchte sich ein besonders hübsches heraus und überreichte es Magdalena: »Hier für dich. Dir habe ich die ganze Aktion ja auch zu verdanken – von wegen Fensterputzen und so«, sie kniff vielsagend ein Auge zu. »Außerdem vergisst du dann nie, wie es hier aussieht.« Emma wusste nicht, wie lange Magdalena noch für sie arbeiten wollte.

»Das würde ich nie!«, sagte Magdalena, guckte sie fast strafend an und strich dann vorsichtig über das Foto, um es in Stoff eingewickelt in ihre Tasche zu packen. Milder, wie es sonst auch ihre Art war, fügte sie noch hinzu: »Danke, Emma.«

»Sehr gerne.« Emma strich ihrer ersten und bisher einzigen Schneiderin über die Schulter. Es war nicht oft vorgekommen, dass sich die Frauen berührten – bis auf den ersten Handschlag. Für Emma fühlte es sich aber ganz normal an. Und für Magdalena auch.

Danach stellte sich Emma mit Stift und Papier an den Tresen und machte eine Liste, wem sie die Fotos per E-Mail schicken könnte. Sie überlegte lange und dann fiel ihr eine

Handvoll Menschen ein, die sicher etwas mit den Fotos anfangen könnte, und wenn es nur darum ging, sie an Journalisten oder andere Kontaktpersonen weiterzuleiten. Zu den Namen kamen noch ein paar andere Punkte auf die To-do-Liste. Emma musste ihrem Kumpel Hannes die CD geben, damit er die Fotos auf ihrer Homepage einbaute. Dann war es auch nicht mehr lange bis zur Hochzeit von Julia und Matthias und sie brauchte unbedingt noch etwas zum Anziehen. Der Wievielte war denn heute überhaupt?

Emma schaute in den Kalender und stellte mit Schrecken fest, dass es nur noch zehn Tage bis zum Fest in Heidis Hütte und ein paar Tage bis zum Junggesellinnenabend waren. Sofort wählte sie die Nummer von Julia, um sich zu vergewissern.

»Ja, das habe ich dir doch alles erzählt, als wir im Monarch waren!« Jule konnte es nicht fassen, dass Emma den genauen Ablauf ihres letzten Mädelsabends in Freiheit vergessen konnte. »Also noch mal: Es geht am Samstagabend um acht mit Pizzaessen im Venezia los, dann gehen wir auf ein paar Drinks und Songs in die Karaoke Bar, und dann vielleicht noch tanzen! Ich wollte schon so lange mal wieder ins Bassy gehen!«, sagte Julia und lachte laut.

»Und wer kommt alles?«, wollte Emma wissen.

»Na vor allem du, meine Lady Nummer eins, dann Katharina und Molly. Die freuen sich wahnsinnig, dich endlich mal wiederzusehen – es gibt ja auch so einiges zu erzählen. Und dann noch Trixi und Johanna, das war's. Wir sind sechs, und so soll es sein.«

»Klingt gut«, meinte Emma. »Ich freue mich drauf.«

»Na hoffentlich!« Jule wollte gerade weitererzählen, aber da ging schon wieder die Ladentür auf und eine neue Kundin kam herein.

»Sorry, Jule, ich muss mal Schluss machen – bin im Laden und hab zu tun«, sagte Emma. »Also bis in drei Tagen im Venezia!«

»Ick freu mir!«, jauchzte Julia und schickte noch ein Küsschen durchs Telefon. Die Braut haut auf die Kacke, dachte Emma und bot der blonden Frau ihre Hilfe an, sobald sie gebraucht würde. Die Kundin war aber eine von denen, die sich lieber alleine umschauen, und so stand Emma weiter hinter dem Tresen und ging in Gedanken ihren Kleiderschrank nach was Passendem für Jules Abend und die Hochzeit durch. Für den Mädelsabend tat es auf jeden Fall die bunte Schluppenbluse und ihre Lieblingsschlagjeans mit den alten braunen Stiefeln von ihrer Mutter. Das war schon mal gut. Und für die Hochzeit?

Als die Kundin ein buntes Streifenhöschen mit passenden Strapsen in einer Geschenkbox bezahlt hatte und wieder gegangen war, rief Emma noch mal bei Julia an.

»Was soll ich denn zur Hochzeit anziehen?«, fragte sie in ihr Wählscheibentelefon, ohne sich mit Namen zu melden.

»Ach, Emma, als ob du nicht das Richtige finden würdest. Wahrscheinlich hängt es schon bei dir im Schrank. Du hast doch so viele schöne Sachen!« Julia überlegte einen Augenblick. Emma ärgerte sich, dass sie die Hochzeit klamottentechnisch völlig aus den Augen verloren hatte, und fühlte sich gerade verdammt unsicher, wie sie da überhaupt erscheinen wollte. Holly Golightly im kleinen Schwarzen? Kühle Marlene im weißen Hosenanzug? Ibiza-Beauty im goldenen Hängerchen?

»Warte mal. Ich bin die Braut und wenn ich es mir aussuchen dürfte, was du anziehst, dann würde ich mir dieses braune Seidenkleid an dir wünschen, das bis zum Knie geht und so einen tollen Rückenausschnitt hat. Das hast du bisher erst ein Mal zum 60. deines Vaters getragen, weil es dir zu fein für jeden anderen Anlass war.«

Emma wunderte sich, dass Julia so genau über ihre Garderobe Bescheid wusste, aber sie hatte recht. Es gab da dieses sündhaft teure Seidenkleid, zu dem sie sogar die passenden Pumps besaß. Sie hatte es wirklich erst dieses eine Mal getragen – und da war das Kleid ein voller Erfolg gewesen. Familie und Freunde der Familie waren hin und weg von Emma.

»Ach ja, keine schlechte Idee.« Emma ging im Kopf ihren Schmuck durch. Gold würde passen. Den klobigen Armreif ihrer Großmutter und das Outfit wäre perfekt. Also das Kleid sollte es sein.

»Ja, darin hast du so toll ausgesehen!«, verkündete Julia. Schließlich war sie bei dem Geburtstag dabei gewesen. Als Begleitung an Stelle von Tom, der kurz vor dem Fest mit Emma Schluss gemacht hatte. Vielleicht hatte Emma deshalb das Kleid verdrängt. Bei Julia rumorte es im Hintergrund, und sie sagte: »Du Emma, ich muss hier weitermachen, wir bekommen noch ein paar Lieferungen für das Restaurant. Aber du wirst toll aussehen in der Seide, glaub mir!«

Am Abend holte Emma das besagte Kleid aus dem Schrank, packte es aus der Schutzhülle und hielt es sich vor den Körper. Wunderschön. Jetzt musste sie das gute Seidenstück nur noch in die Reinigung bringen, die Pumps putzen und dann war alles für die Hochzeit bereit.

*

Während Emma sich für den Abend fertig machte, trank sie schon mal einen Piccolo und tanzte ein wenig zu Harry Belafonte und Miriam Makeba in ihrem Schlafzimmer hin und her. Die Dielen knackten und der Piccolo schäumte über – wie auch Emmas Laune. Sie war geduscht, eingecremt und fühlte sich frisch und duftig. Bevor sie ihre Bluse anzog, überlegte sie einen Moment, ob sie ihre neue Unterwäsche anziehen sollte. Die lag in einem passenden kleinen Stoffbeutel aus dem gleichen Design in ihrer Kommode. Emma holte den Beutel heraus und nahm vorsichtig das Ensemble in die Hände. Der Stoff glänzte matt im Licht und die Vögel schienen sich zu bewegen. Vor allem die beiden Lovebirds. Nein, für einen profanen Abend war diese Unterwäsche viel zu schade, dachte Emma. Sie würde erst zum Einsatz kommen, wenn es wirklich um was ginge. Wenn es wirklich was bedeutete. Und wenn ein Mann sie darin sah, für den es sich lohnte. So was Magisches durfte nicht einfach verschwendet werden, sagte sie sich und packte das Beutelchen zurück.

Dann zog sich Emma einen ihrer Lieblings-BHs mit bunten Streublümchen an, der ausnahmsweise mal nicht von ihr war. Er saß super und passte perfekt zu der dunkelblauen Schluppenbluse mit den Blumen. Dazu die Jeans und die braunen Stiefel, eine schöne Handtasche, perfekt. Emma schminkte sich noch, legte roten Lippenstift auf, machte sich das Haar zurecht und sprühte sich mit Chanel No. 5 ein. Als sie den letzten Schluck Piccolo aus dem Fläschchen trank, kam ihr eine Idee: Es könnte ja sein, dass sich so ein Abend doch unerwarteterweise in eine Richtung entwickelte, die das Vorhandensein ihrer besonderen Wäsche rechtfertigen würde. Vielleicht begegnete ihr ja heute Abend ein toller Typ. Man wusste ja nie!

Emma holte den kleinen Stoffsack mit ihrer Wäsche wieder hervor und steckte ihn in die weiße Plastiktüte, in der sich schon der zu einem Geschenk verpackte Stoffbeutel mit Julias

Wäsche befand. Das alles kam dann in ihre Handtasche. So bin ich für alles gewappnet, dachte Emma und lachte sich selbst im Spiegel an. Schöne Frau, schöner Abend.

Sie kam ein wenig zu spät im Venezia an, war die Strecke lieber zu Fuß gelaufen. Später würden sich die anderen ohnehin ein Taxi nehmen, wie sie Katharina und Molly einschätzte. In der einfach eingerichteten Trattoria mit den Riesenpizzen saßen die fünf anderen bereits um einen großen Tisch gleich links am Eingang. Hätte man sie nicht gesehen, hätte man sie gehört. Es war ein einziges Gegacker und Gerufe, und das erst mit wenigen Getränken intus, stellte Emma fest.

»Emma!« Sie wurde lauthals begrüßt und geküsst, Molly war die Letzte, die aufstand, und dann sah Emma auch warum: Unter ihren Brüsten wölbte sich ein eindeutiger Babybauch – sie war schwanger.

»Herzlichen Glückwunsch!«, gratulierte Emma, nachdem sie zuerst Jule und dann auch die anderen erst mal flüchtig mit einer Umarmung begrüßt hatte. Mollys Gesicht funkelte, ihre Haut war klar und frisch, ihre Haare glänzten. Sie sah so glücklich aus, wie Emma sie noch nie gesehen hatte. Die anderen setzten sich wieder hin und Emma landete neben Molly und Trixi. Sie zog umständlich ihre Lederjacke aus und stieß dabei aus Versehen gegen Mollys Bauch. »Ups, Entschuldigung!« Emma lachte etwas unbeholfen. Was war der auch so riesig!

»Kein Problem, das kann der ab«, sagte sie und streichelte über ihre Kugel.

»Wie weit bist du denn?«, fragte Emma.

»26. Woche«, sagte Molly.

»Das ist welcher Monat?«, fragte Emma. Sie hatte ja keine Ahnung.

»Siebter!«, verkündete Molly stolz.

So lange haben wir uns also nicht mehr gesehen, dachte Emma bei sich und sagte: »Weißt du schon, was es wird?«

»Ja, ein Junge.«

»Wow, aufregend.« Emma hatte sofort hundert Fragen im Kopf, wusste aber nicht, wo sie anfangen sollte. »Und wie geht es dir damit? Was sagt Jochen dazu? Freut ihr euch?«, sprudelte es dann doch aus ihr heraus. Und Molly fing an zu erzählen, ausführlich. Jule, die ein schwarzes, sehr tief ausgeschnittenes T-Shirt unter ihrer Jeansweste trug – so was konnte nur Julia tragen, ohne dass es albern aussah –, unterbrach die Mädchengesellschaft, indem sie das Glas erhob. »Auf diesen Abend«, sagte sie. »Den letzten seiner Art.«

»Auf diesen Abend.« Alle stießen miteinander an, und endlich hatte Emma auch Gelegenheit, sich die anderen genauer anzusehen.

Johanna, die gerade ihren Job bei einer Eventagentur wegen zu viel Stress gekündigt hatte, wog ein paar Kilo mehr, was ihr aber sehr gut stand. Ihr Stil hatte sich auch verändert. Sie trug ein Tuch in den Haaren und große Creolen an den Ohren. Ihr aktueller Freund kam aus Ghana, und wie Jule erzählt hatte, wünschte sie sich ein Baby von ihm.

Trixi, die in drei Bars in Kreuzberg arbeitete und des Nachtlebens niemals müde wurde. Sie sah immer noch toll aus und diesmal sogar noch toller. Ihr Lachen war lauter und ihre Witze derber. Ob das an Turbo lag, einem einschlägig bekannten Restaurant-, Bar- und Clubbesitzer aus Kreuzberg, mit dem sie seit drei Monaten zusammen war?

Katharina, die mit Jule an der Universität der Künste Schauspiel studiert hatte, aber ein paar Jahre älter war. Sie arbeitete bei verschiedenen Theaterproduktionen in Berlin und Hamburg mit und manchmal auch beim Film. Julia und Emma hatten sich öfters schlappgelacht, wenn Katharina mal wieder in irgendeiner Werbung im Fernsehen zu sehen war, wodurch diese sich finanziell über Wasser hielt. Sie hatte ein paar graue Strähnen in ihren schwarzen Haaren bekommen und Emma fand, dass es ihr prima stand. Vor allem zu den roten Lippen. An Katharinas rechter Hand glänzte der Ring, der sie seit einem Jahr als Ehefrau outete. Michael war Regisseur und Drehbuchautor. Er war nett.

Molly, die besagte schöne Schwangere, die als Sonderschullehrerin arbeitete und Katharinas beste Freundin war.

Und schließlich Jule, die glückliche Braut in spe. Sie war der brillante Mittelpunkt des Abends; keine strahlte heller als sie. Das Rouge überspielte zwar ihre leicht eingefallenen Wangen – die letzten Wochen waren nicht ohne Spuren an ihr vorübergegangen, aber heute war all das vergessen. Heute feierte sie sich selbst und ihre Freundinnen, eine Woche vor ihrer Hochzeit mit Matthias.

Und da ging Emma auf, dass sie die Einzige am Tisch war, die keine Beziehung hatte, keinen Mann, keinen Freund, keine Affäre. So war das lange nicht gewesen. Immer hatte es eine gegeben, die auch alleine war. Heute nicht. Ihr kam kurz ein sehr dunkles und saures Gefühl den Hals hoch, aber sie schluckte es mit dem Prosecco wieder nach unten. Dann kam noch Weißwein hinzu und Riesenpizza. Die halfen.

Als sie beim Tiramisù angekommen waren, hatten alle bis auf Molly schon einen ganz schönen Schwips. Vor allem Jule gab sich große Mühe, am Ende ihres Junggesellinnenabends torkelnd nach Hause zu gelangen. Amüsieren war angesagt, komme, was wolle. Und Emma machte mit. Sie unterhielt sich und lachte, erzählte vom Laden und umschiffte gekonnt das Thema Männer. Bis Katharina sie direkt fragte: »Und bei dir, Emma? Was machen die Männer?«

Emma dachte an Milosch, der eine Freundin hatte, und Rick, der keine wollte, und sagte: »Ach, ich und die Männer, wir kommen gerade auf keinen gemeinsamen Nenner.«

Sie musste zu ihrem Glück noch nicht mal weiterreden, weil Katharina sich so sehr über den Reim amüsierte und in ihr lautes, tiefes Lachen verfiel.

Dann kamen auch schon die ersten Grappas, dann die zweiten, und in dem Moment überreichten die anderen vier Frauen Julia kichernd einen Umschlag – es war ihr Geschenk zur Hochzeit.

»Für dich – und deinen Liebsten!«, erklärte Katharina, und sie und die anderen prosteten Julia zu. Die machte den Umschlag auf und zum Vorschein kamen zwei schwarze Nippelquasten und eine rosa Karte mit einem schwarzen Strumpfband umwickelt. Es war ein Gutschein für einen Burlesque-Workshop, bei dem am Ende ein Auftritt vor Freunden anstand. Julia kreischte. Sie stand zwar nicht auf die blasse Dita Von Teese, aber auf die Bühne stand sie sehr. Endlich konnte sie mal allen zeigen, dass ein sexy Showgirl in ihr steckte. »Wahnsinn! Ist das cool!« Sie umarmte die Mädels und als sie auch Emma zum Dank umarmen wollte, sagte diese: »Nee, ist nicht von mir.« Also umarmte Julia eine weiter.

Und das war der Moment, in dem Emma innerlich zusammenklappte. Vielleicht lag es gar nicht an diesem Gemeinschaftsgeschenk, das ihr noch mehr das Gefühl gab, außen vor zu sein. Sie wusste ja, dass sie wohl diejenige gewesen war, die sich bei den anderen nicht zurückgemeldet hatte. Es passierte einfach. Ihr Herz erstarrte und Emma merkte, wie ihr übel wurde. Während die anderen lautstark über die

Kunst des Striptease diskutierten, musste sie dringend aufs Klo verschwinden. Sie hielt es hier nicht mehr aus.

»Entschuldigt mich«, sagte sie und zwängte sich vom Tisch. Der Alkohol trübte ihren Blick auf dem Weg durch das Restaurant, und als sie endlich auf dem Klo vor dem Spiegel stand, war ihr danach, heimlich nach Hause zu gehen. Sie wusste aber, dass das nicht ging und ließ stattdessen kaltes Wasser über ihren Puls an den Handgelenken laufen. Langsam fühlte sie sich besser. Da klopfte es energisch an der Tür und Emma sagte: »Besetzt!«

Es klopfte wieder und jemand sagte leise: »Emma, ich bin's, lass mich doch rein!« Emma öffnete die Tür und da stand Julia. »Ich muss ganz dringend pinkeln«, sagte sie und kam herein. Sie schloss die Tür, schob den Minirock hoch und schwebte schon mit dem Po über der Kloschüssel.

»Was für ein cooles Geschenk!«, schwärmte Julia, während sie pinkelte. »Findest du nicht?«

»Doch, super.« Emma quälte sich ein Lächeln ab.

»Was ist denn los mit dir, Emma? Stimmt was nicht?« Jule wischte sich ab, zog die Strumpfhose wieder hoch und den Rock wieder runter.

»Nee, schon gut. Mir ist nur ein bisschen schlecht«, sagte Emma. Sie wollte auf keinen Fall ein Problemgespräch, hier auf dem Klo, während die anderen draußen feierten.

»Zu viel getrunken?« Auch Jule lallte ein bisschen. Mit kräftiger Hand strich sie Emma über den Rücken. Das tat gut.

»Ja, wahrscheinlich.« Emma guckte Jule an und ihr schossen ein paar Tränen in die Augen.

»Emma, was ist bloß los?«, fragte Jule ganz erstaunt und nahm Emma in den Arm. Eine Weile hielten sie sich einfach und Jule streichelte ihr weiter über den Rücken.

»Das ist irgendwie alles gerade ein bisschen viel«, schluchzte Emma.

»Was ist viel?«, wollte Jule wissen.

»Du heiratest. Und alle heiraten. Und alle kriegen Kinder«, erklärte Emma. »Nur ich nicht.«

»Ach so ein Quatsch!« Jule löste sich von Emma und hielt sie nur noch an den Schultern fest, sah ihr dabei in die Augen. »Das ist totaler Bullshit, Emma. Hör auf, so eine Scheiße zu reden. Und außerdem wirst du heiraten. Und Kinder kriegen.«

»Ich hab ja noch nicht mal 'nen Mann dafür«, sprach Emma weinerlich.

»Ja, gerade nicht. Aber das ändert sich doch sowieso wieder.« Julia drückte Emmas Schultern gerade. »Versprochen«, fügte sie an. »Und so lange genießt du dein Leben, wie es ist – das ist nämlich so schlecht auch nicht. Und jetzt wasch dir das Gesicht, atme tief ein und aus und komm wieder mit raus. Wir machen uns das schön. Und ohne dich ist dieser Abend sowieso nichts wert!« Julia streichelte ihr die nasse Wange.

»Okay«, schniefte Emma. Aber als Jule gerade die Tür aufschließen wollte, sagte sie: »Halt! Ich habe doch noch was für dich.« Und wühlte in ihrer Handtasche.

»Das kannst du mir doch auch draußen geben.«

»Ich will's dir aber lieber alleine geben«, entgegnete Emma und überreichte Jule den eingepackten Stoffbeutel.

»Was ist das denn? Wie aufregend«, murmelte Julia und las die kleine Karte zu dem Geschenk. »Ach Emma!«, sagte sie dann ganz gerührt, machte das Papier auf und guckte in den Beutel. Sie holte die Wäsche heraus und hielt *Forever And Ever* in den Händen. »Wow! Die ist ja wunderschön!«, schrie sie und jetzt war es Julia, der die Tränen kamen. »Wow, was für ein toller, toller Schnitt! Und die Farben passen perfekt zu meinem Hochzeitskleid. Das ist spitze! Danke, Emma, danke!« Wieder umarmten sich die Freundinnen, aber diesmal fühlte sich Emma schon viel besser. Julias Freude über die Wäsche war so groß, dass sie in Emma sämtlichen Platz einnahm und ihre schlechten Gefühle fast vollständig beiseiteschob.

»Ich werde sie nur zu besonderen Anlässen tragen und ich bin sehr gespannt, wie Matthias sie finden wird. Vielen Dank, Süße!« Julia drückte Emmas Hand. »Aber jetzt gehen wir wieder raus.« Emma spritzte sich noch ein wenig Wasser ins Gesicht und lief dann an Julias Hand durch das Restaurant zurück zu dem Tisch. Das »Wo wart ihr denn?« der anderen vier war schnell verklungen, weil Julia den BH an einem Träger an ihrer rechten Zeigefingerspitze herumwirbeln ließ. Das Korallenrot zog sämtliche Frauenblicke auf sich, und alle wollten sofort die Wäsche genauer betrachten. Sie waren begeistert.

»Wo hast du die denn her?«, »Emma, ist die von dir?«, »Zeig doch mal!«, riefen alle durcheinander.

»Ganz ruhig, Mädels.« Julia setzte sich mit der Wäsche in der Hand hin. Sie fegte mit ihrer anderen Hand die letzten Pizzakrümel vom Tisch und legte die Wäsche auf die saubere Fläche. »Das ist mein Hochzeitsgeschenk von Emma«, sagte sie stolz und lächelte Emma zu. »Ich werde sie den ganzen Tag unter meinem Hochzeitskleid tragen – und die halbe Nacht.« Die anderen pfiffen und jubelten wie eine Horde Fußballfans. Dann redeten sie wieder alle durcheinander und griffen nach der Wäsche, bis Julia sie einer nach der anderen zeigte. »Vorsicht! Vorsicht! Die muss noch was aushalten!«

Johanna, Molly und Trixi scharten sich um Emma. »Mit der Wäsche wird Jule ja ganz sicher eine heiße Hochzeitsnacht haben …«, rief Katharina verschwörerisch und klopfte ihr auf die Schulter. Emma wurde ganz rot und freute sich über so viel Aufmerksamkeit und ihre komischen Gefühle von vorhin waren fast vergessen.

Nachdem Julia gezahlt hatte, machten sich die sechs auf ins Bellmanns nur zwei Straßen weiter, um dort in gemütlicher Atmosphäre weiterzutrinken. Die Box in der Karaokebar war erst in etwa einer Stunde frei. Julia bestand bis dahin auf eine Flasche Champagner, und wenn sie darauf bestand, wollten es ihr die anderen nicht ausreden. Sogar Molly trank einen Minischluck. »Das ist gut für den Kreislauf«, verkündete sie, und alle stießen an. »Auf Julia!«

Und ob es am Champagner oder einfach daran lag, dass dieser der letzte Abend seiner Art war, jedenfalls sagte Molly: »Weißt du, dass wir das Kind in deiner Wäsche gezeugt haben?« Sie guckte dabei Emma an.

Alle anderen Augen waren auf die Schwangere gerichtet. »Wirklich?«, fragte Emma.

»Ja!«, sagte Molly und trank ihr Gläschen aus, um einen großen Schluck Wasser hinterherzutrinken.

»Erzähl!«, sagte Trixi ganz neugierig. »Ja, erzähl!«, sagten dann auch die anderen.

Und Molly erzählte.

*

»*Come With Me* habe ich etwa vor zwei Jahren bei dir im Laden gekauft«, sagte Molly, und Emma erinnerte sich in dem Moment sofort wieder an das Dessous.

»Ein Triangel-BH ohne Bügel und eine passende, am Bauch ganz hoch geschnittene Unterhose im Stil der Fünfzigerjahre, dunkelblau mit weiß-blauen Ringeln am Bündchen, nach außen hin eher bieder«, erklärte Molly. »Aber das Höschen hat da diesen Schlitz unten, der es jemandem ziemlich gut ermöglicht, von außen schnell reinzukommen, wenn ihr wisst, was ich meine …«

Die anderen Mädels raunten und Trixi sagte: »Also eher *Come Into Me*!« Molly ließ sich nicht aus dem Konzept bringen und erzählte weiter: »Jedenfalls war das Höschen ein echter Renner bei Jochen und mir, als ich es ganz neu hatte. Wir haben uns einen totalen Spaß daraus gemacht, in den unterschiedlichsten Situationen von dem Schlitz Gebrauch zu machen. Keine Ahnung – auf dem Küchentisch, im ICE zu meinen Eltern und auch im Bett natürlich gerne. Es war halt mal was anderes. Aber dann landete das Höschen irgendwann aus Versehen ganz unten in meiner Wäscheschublade. Ich habe neue Sachen gekauft und es geriet in Vergessenheit. Den BH trug ich weiterhin und auch sehr gerne, aber von dem Höschen dachte ich bald, dass es verschwunden sei. Dann, vor ziemlich genau sieben Monaten, haben wir uns einen neuen Schrank angeschafft und die kleine Truhe mit meiner Unterwäsche flog aus dem Zimmer. Und beim Rausräumen fiel mir die Hose wieder in die Hände! Ich war so froh und erleichtert darüber, dass sie nicht weg war, dass ich sie gleich anzog. Jochen und ich waren für den späten Nachmittag verabredet, wir hatten lange keine Zeit mehr miteinander verbracht, die Schule fraß irgendwie unsere ganze Energie – ach, ist ja egal.« Molly schweifte ab und musste sich kurz konzentrieren, um weiterzuerzählen. Dabei strich sie sich zärtlich über den Bauch. »Jedenfalls war es Ende April und zum ersten Mal ein bisschen wärmer. Wir fuhren zusammen in den Tierpark und ich trug *Come With Me* und Overknees und einen wärmeren

Rock. Wir liefen durch den Zoo und es war eine total schöne Stimmung, kurz vor Schluss unter der Woche, und es waren kaum Leute da.«

»Ihr habt es nicht im Tierpark getan, oder?«, fragte Johanna ungläubig, aber Molly ignorierte sie: »Es war irgendwie romantisch und wir waren ganz allein, und dann habe ich Jochen von meinem Tag erzählt, wie glücklich ich war, als ich die Unterhose gefunden hatte und dass ich sie endlich wieder tragen würde, und er fragte nur so ›Die mit dem Schlitz?‹, und ich sage: ›Ja, genau!‹ Und dann wollte er noch wissen, ob ich die jetzt gerade anhätte, und ich sagte: ›Ja.‹ Und auf einmal zieht der mich hinter so ein Häuschen, wo Besen oder was weiß ich aufbewahrt werden, und fängt an, mich wie wild zu knutschen und meine Brüste zu kneten. Ich hatte Angst, dass jemand kommt, aber gleichzeitig war ich auch so erregt, und ich kam sofort, als er mich fingerte – durch das Höschen! Leider kam es nicht zu mehr, weil der Lautsprecher, der über uns die letzten Gäste hinausbat, so ohrenbetäubend laut war, dass wir uns schnell zum Ausgang bewegten.«

»Wie, das war's? Und das Kind?«, fragte Jule und die anderen guckten Molly mit großen Augen an.

»Nein, das ist noch nicht alles«, beschwichtigte Molly und guckte verschwörerisch in die Runde. »Kennt ihr das, wenn ihr mit dem Typ morgens Sex gehabt habt, und er kommt nicht, lässt euch erst mal kommen und kommt eben nicht, weil keine Zeit mehr ist oder so, und dann bleibt da aber den ganzen Tag so eine Restschärfe. Also eine Geilheit, die erst beim nächsten Mal Sex mit Orgasmus für ihn weggeht? Und bis dahin ist er noch viel verrückter nach einem?«

»Klar«, rief Jule.

Katharina lachte. »Jau, kenn ich auch.«

»Ich auch!«, verkündete Emma, die das mit Tom sehr oft erlebt hatte.

»Ich nicht.« Johanna schaute etwas zweifelnd.

»Ich auch nicht«, sagte Trixi. »Bei mir kommt er immer«, fügte sie lachend hinzu. »Ja, bei mir auch!«, freute sich Johanna.

»Na ja, jedenfalls ist das bei uns so«, nahm Molly den Faden wieder auf. »Und so war es auch an diesem Tag. Als wir mit der S-Bahn nach Hause fuhren, hielt Jochen mich die ganze Zeit im Arm und küsste mich, und ich habe sofort gemerkt, dass er es kaum erwarten kann, bis wir wieder zuhause sind. Ich hatte ja auch noch Bock auf mehr, aber der war so richtig angefixt«, erzählte sie. »Die Wochen davor war ja nicht so wahnsinnig viel gelaufen. Schon bei uns im Flur sind wir total übereinander hergefallen. Das war echt so, als hätten wir uns Monate nicht gesehen. Er hat mich an die Wand gedrückt und umgedreht, mir zwischen die Beine gegriffen und mich überall geküsst: im Gesicht, am Hals, an den Ohren, überall. Und dann hat er mich ins Schlafzimmer getragen und ich musste so lachen, weil: Ich bin doch viel zu schwer – auch ohne Schwangerschaft –, und dann haben wir beide einen Lachanfall bekommen. Jochen war aber irgendwie schon früher wieder bei Sinnen, denn er zog mir den Rock aus und sich die Hose und die Unterhose, aber ich behielt *Come With Me* an. Und die Overknees auch.« Molly musste kichern und die anderen guckten sich mit vielsagenden Blicken an. »Und dann?«, fragte Johanna, die es kaum noch erwarten konnte.

»Dann hat er mich durch den Schlitz geleckt, das war aber ein bisschen blöd; der Stoff war immer im Weg. Deshalb hat er mich lieber gefingert und ich habe ihm einen runtergeholt.« Molly sprach jetzt leiser, damit nicht der ganze Laden mitbekam, wie ihr Kind gezeugt wurde. »Und dann habe ich mich hingekniet und er hat mich von hinten genommen und ich habe es mir dabei noch mit der Hand selbst besorgt, und dann sind wir zusammen gekommen.«

»Zusammen?«, fragte Emma ungläubig. Es war kaum vorstellbar, dass ihre Wäsche so schicksalsträchtig sein konnte.

»Ja, zusammen. Und drei Wochen später war der Schwangerschaftstest positiv.«

»Aber woher weißt du, dass das der Zeugungssex war? Habt ihr nicht vielleicht noch an den Tagen danach miteinander geschlafen?«, wollte Johanna wissen.

»Ja, haben wir. Aber es ist an diesem Tag passiert. Ich weiß das einfach.«

»Ich fühle mich irgendwie geehrt.« Emma streichelte Mollys Hand, die lächelte nur selig.

»Schöne Geschichte. Die kannst du dann mal deinen Kindern erzählen.« Julia und alle lachten und stießen miteinander an.

»Ich habe übrigens auch eine Geschichte mit deiner Wäsche, Emma. Aber die ist nicht ganz so romantisch«, erzählte Katharina. Alle Köpfe wandten sich ihr zu.

»Wir müssen aber eigentlich gleich los, Kats.« Jule blickte auf die Uhr. »Die Box wartet.«

»Die Geschichte ist ganz schnell erzählt. In der Kürze liegt nämlich die Würze, wie ihr gleich merken werdet!«

»Fünf Minuten. Dann rufe ich das Taxi und du erzählst dort weiter.«

»Schöne Aussicht«, lachte Trixi.

»Geht klar. Also: Vor sieben Jahren habe ich auf einer Party einen Typ kennengelernt: Tim. Er war der einzige Lichtblick an diesem Abend; ansonsten hingen da nur so Schickimicki-Fuzzis ab. Keine Ahnung, wie ich da überhaupt hingekommen bin ... Egal! Auf jeden Fall hatte ich mir an dem Abend so einen Body von dir angezogen, den du damals im Studium für Jule und mich genäht hast. Der hatte, glaube ich, noch nicht mal einen Namen. Er war schwarz-weiß, schönes Muster, das weiß ich noch.«

»Jaaaa, ich erinnere mich. Davon gab es echt nur zwei Stück.« Emma war mit dem Teil damals nicht so richtig zufrieden gewesen, das wusste sie noch, aber das verschwieg sie jetzt lieber.

»Irgendwann haben Tim und ich angefangen zu knutschen, und das war unglaublich schlecht: Er küsste wie ein Propeller! Seine Zunge rührte immer nur im Kreis rum.« Katharina machte den Mund auf und drehte ihre Zunge im Kreis und verdrehte dabei ihre Augen. Die anderen kicherten.

»Es war nicht zu fassen! Ich hatte aber länger keinen Sex mehr gehabt und attraktiv fand ich den immer noch. Also war mir das schlechte Küssen egal.

Er fragte irgendwann, ob wir gehen sollten, und dann kam echt dieses ›Zu dir oder zu mir?‹. Wir lachten aber darüber, und ich nahm ihn mit zu mir. Da ging es relativ schnell zur Sache. Ich glaube, wir haben noch eine Tüte geraucht und schon hatten wir uns ausgezogen. Tim meinte noch, wie geil er den Body fände, und schließlich lagen wir auf meinem Bett und poppten. Ich muss dazu sagen, dass er einen wirklich kleinen Schwanz hatte, was ja nicht unbedingt schlimm ist, aber der war wirklich klein.«

Katharina zeigte mit ihrem Daumen und Zeigefinger eine Größe, die die anderen Mädels entweder kichern, prusten oder ungläubig den Kopf schütteln ließ.

»Oh Scheiße, wir müssen los, Kats«, rief Julia mit einem Blick auf die Uhr.

»Bin sofort fertig!« Katharina erzählte weiter: »Und dann lag er auf mir und machte total abgefahrene Bewegungen, sodass sonst was passierte: Jedenfalls kam ich auf einmal total heftig – und ich komme so gut wie nie in der Missionarsstellung!«

»Na, das ist doch super!«, sagte Trixi.

»War ja auch super. Wir lagen da jedenfalls so nebeneinander und rauchten und ich fragte ihn, ob das irgendwas aus dem Kamasutra wäre, was er da mit seinen Hüften gemacht hätte. Und der sagte dann doch echt ganz trocken: ›Nee, aus den Anatomievorlesungen.‹«

Katharina machte eine künstliche Pause, um ihren Worten den nötigen Nachdruck zu verleihen, und guckte in die Runde. Als die anderen gebannt auf die Erklärung warteten, war sie zufrieden und fuhr fort: »Er sagte, er sei Arzt und habe eben im Medizinstudium bei Anatomie ganz besonders gut aufgepasst, als es um die weiblichen Geschlechtsorgane ging. Der hat nach dem Medizinbuch gefickt, weil er einen kleinen Schwanz hatte! Das ist doch unglaublich!«, endete Katharina.

»Also, ich finde das toll«, verkündete Johanna. »Der behilft sich wenigstens. Und auf das Ergebnis kommt es doch an, oder nicht?«

»Ich finde das auch nicht schlimm.« Molly zuckte mit den Schultern. Jule zog sich schon mal den Mantel an. »Aber ein bisschen merkwürdig ist das ja schon. So technisch.«

»Hat auch nicht für mehr gereicht zwischen Tim und mir. Aber vergessen werde ich den nie. Und deinen Body auch nicht, Emma!« Katharina strich Emma kurz über den Arm. Dann machten sich die sechs mit einem Großraumtaxi auf nach Friedrichshain.

*

Emma war betrunken. Molly war schon gegangen, das Kind im Bauch mache sie so müde, hatte sie gesagt, und die anderen vier sangen *Walk like an Egyptian.* Sie waren sicher schon seit drei Stunden in dieser Box, die Luft war schlecht, und jetzt, wo Molly weg war, rauchten Trixi und Johanna auch noch heimlich. Sogar Jule zog mal an der Zigarette. Dabei hatte sie doch vor zwei Jahren aufgehört, genau wie Emma.

Emma ging kurz vor die Tür, um frische Luft zu schnappen, neue Getränke zu holen und die allgemeine Lage zu checken. Draußen war der Laden voll. Aus jeder Box drang Gesang, Gekreische oder Gegröle. Die Bar war bis auf den letzten Platz besetzt und auch auf den Sofas war nichts mehr frei. Junge amüsierwillige Leute mit guter Laune und wilden Frisuren unterhielten sich, spielten Kicker und lachten, und Emma kam sich auf einmal ziemlich alt vor, als sie an der Bar von einem etwa 21-Jährigen angegrinst wurde. Hier passte niemand in ihr Beuteschema, dachte sie beim erneuten Umgucken und befühlte ihre Wäsche durch die Plastiktüte in der Handtasche. Was für eine Verschwendung, ging es ihr durch den Kopf.

Dann lief sie erhobenen Hauptes zurück zur Box und verschüttete dabei noch nicht mal was von dem Wodka. Drinnen stellte sie sich wieder ans Mikro und sang ihre Erwachsenenmelancholie mit alten Madonnasongs weg. Es klappte. Zusammen mit Johanna, Trixi, Katharina und Jule blieb Emma in der Karaokebar, bis ihre Stimmen versagten. Es war sechs Uhr morgens, als sie nach Hause fuhren. An Tanzen war nicht mehr zu denken.

9. Kapitel

Luscious Lady

Der Kater war schlimm. Früher hatte sie so einen Abend leichter weggesteckt, ging es Emma durch die matschige Birne – aber früher war vieles nicht so, wie es jetzt war. Sie lag alleine in ihrem Bett, gegen Mittag war sie zum ersten Mal aufgewacht, dann noch mal zwei Stunden später, und jetzt, mit einer Flasche Apfelschorle und Rührei mit Toast im Bauch, war die Übelkeit zwar fast weg, die Schwermut aber nicht. Emma hörte Elliott Smith und weinte ein wenig, weinte über seinen frühen Tod, weinte über ihre Kopfschmerzen und weinte aus Selbstmitleid.

Die Bilder von gestern Abend saßen tief in ihrem Kopf fest, und mit einem Mal ging ihr auf, dass sich etwas ändern musste in ihrem Leben. Nach so langer Zeit hatte sie Molly, Katharina, Johanna und Trixi wiedergesehen, und es kam ihr so vor, als wäre im Leben ihrer Freundinnen so viel passiert, was für sie noch in weiter Ferne lag. Sie liebten und setzten Kinder in die Welt. Sie heirateten und schafften es trotzdem, beispielsweise ein Restaurant zu eröffnen. Dass sich bei Johanna und Trixi vielleicht beruflich nicht so viel getan hatte wie bei ihr, darüber dachte Emma nicht nach. Ihr Beruf und ihr Laden erschienen ihr vielmehr gerade wie ein Klotz am Bein, der sie am Vorankommen hinderte. Am Vorankommen mit den Männern. In der Liebe.

In ihrem Schlafzimmer dämmerte es langsam, und als die Musik verstummte, war es früher Sonntagabend. Jetzt kriegte Emma richtig Hunger und an die frische Luft wollte sie auch noch kurz. Also ein Spaziergang raus zum Hähnchenstand. Sie quälte sich aus den warmen Laken und ging ins Bad. Als sie mit dem Taxi zuhause angekommen war, hatte sie sofort ausgiebig geduscht. Das machte sie immer so, wenn sie es nach Partys noch schaffte, so stanken die Haare nicht so eklig im Bett und überhaupt fühlte man sich besser. Trotzdem stellte sie sich jetzt noch einmal unter das warme, brausende Wasser.

Aufgefrischt zog sie sich danach an und löste sich eine Kopfschmerztablette auf – besser spät als nie. Dann ging sie raus. Auf der Straße war es noch ein bisschen hell, aber das nicht mehr lang. Es war der 29. September und Emma fiel ein, dass morgen der letzte Tag im Prinzenbad war. Da wollte sie hin, auch wenn es ein Montag war und sie wieder arbeiten musste. Ein letztes Mal draußen schwimmen, dachte sie, als sie in den Görlitzer Park einbog.

Pärchen spazierten Hand in Hand an ihr vorbei, Pärchen küssten sich auf der Wiese und Pärchen spielten mit anderen Pärchen in der Dämmerung Frisbee. Emma versuchte, sie zu ignorieren, und musste doch immer wieder den Kopf zu ihnen hindrehen. Sonntags alleine, das war fast am schlimmsten. Da war es doch praktisch, dass sie den ganzen Tag verschlafen hatte. Jetzt wollte sie nur noch ein krosses Hähnchen mit Pommes und eine Cola mit nach Hause nehmen, um beim Essen gemütlich ihre Lieblingsserie auf DVD zu gucken. Das hatte sie lange nicht mehr gemacht. Und allemal besser als Schnulzenfilme im Fernsehen. Also ging sie schnurstracks zum Hähnchenmann und machte sich danach einen faulen Abend vor dem Fernseher.

*

Am nächsten Morgen schaffte sie es wirklich, ins Prinzenbad zu gehen. Es war der letzte Tag der Saison, ziemlich kühl, und Emma zog ihre Bahnen mit anderen Stammgästen, um dem Sommer Lebewohl zu sagen. Und als sie bei den letzten Zügen dieses Jahres die Bäume weit über sich genau betrachtete und schon die ersten braunen Blätter fielen, da nahm sie sich vor, in diesem Winter zu verreisen. Sie musste mal wieder raus aus Berlin und ein wenig Fremde schnuppern. Zudem hatte sie in letzter Zeit tatsächlich was ansparen können. Die Vorstellung an ein fremdes Land ließ Emma lächeln, denn jetzt konnte sie sich überlegen, wohin die Reise gehen sollte. Thailand? Afrika? Vielleicht nach Indien? Oder endlich mal nach Polynesien! Mit diesen Zielen im Kopf tat auch der Abschied vom Berliner Sommer nicht allzu weh.

Zurück im Laden war sie alleine. Magdalena hatte sich für heute abgemeldet, sie musste ihren Mann zum Arzt begleiten. Die ersten Stunden kam niemand herein, und so hatte Emma Zeit, die Wäscheauslagen im Fenster zu ändern. Ihr kam die Idee, mehrere der Stoffbeutel in die oberen Schubladen des Vitrinenschranks zu legen, aus denen dann die Wäsche hervorlugte. Hübsch sah das aus. Es kam immer noch niemand rein und so kümmerte sie sich endlich um die Geschäftspost, die sie unter dem Tresen gesammelt hatte. Dabei fiel ihr der Umschlag mit den Fotos wieder in die Hände, und Emma schaute sich die Bilder noch einmal an. Die sind so wunderschön geworden, dachte sie. Hat Rick echt super gemacht. Und eigentlich ist er ja auch super.

Emma kratzte sich am Kopf. Sie erinnerte sich an die schönen Momente mit Rick, an den French Toast und sein Lächeln, wie er »Emma Wilmers« sagte und sie küsste, wie sein Schwanz aussah, wenn er sich ihr entgegenreckte, und welchen

Spaß sie doch mit Rick gehabt hatte. War es nicht vielleicht ein bisschen albern, dass es für sie am Lecken scheiterte? Oder an seiner Untreue? Sie hatte doch nie was anderes verlangt! Vielleicht ist die Liebe einfach nicht mehr das, was sie früher mal für mich war, dachte Emma. Mit Tom. Vielleicht ist so was vorbei und kindisch. Hat ja auch nicht funktioniert!

Und dann kam ihr eine Idee: Sollte sie ihn nicht vielleicht als Begleitung auf Jules Hochzeit mitnehmen? Sofort schossen ihr mehrere Gründe in den Kopf, warum das unmöglich ginge. Der gewichtigste davon war, dass Jule Rick hasste. Aber davon mal abgesehen – Rick hatte sich in letzter Zeit mehr gut als schlecht benommen. Mit ihm wäre das Fest sicher sehr lustig. Und die Vorstellung, da alleine aufzutauchen, fühlte sich gar nicht gut an. Wenn alle anderen schon mit ihren Heinis ankamen! Emma zerknüllte einen Zettel vom Notizblock zu einer ganz besonders kleinen Kugel, die sie in den Mülleimer werfen wollte. Wenn ich treffe, frage ich ihn. Wenn nicht, dann nicht, nahm sie sich vor – und warf. Sie traf. Und sie freute sich, getroffen zu haben, ballte die Faust und rief ein jubilierendes »Ja!« aus. Also fragen, dachte Emma, und wählte Ricks Nummer, bevor sie es sich noch einmal anders überlegen konnte.

»Grau hier, hallo!«, polterte er ins Telefon.

»Hi Rick, hier ist Emma.«

»Emma!«, freute er sich. »Was verschafft mir die Ehre, Emma Wilmers?«, fragte er.

Emma wollte eigentlich nicht sofort mit der Tür ins Haus fallen, aber jetzt blieb ihr nichts anderes übrig. »Hallo. Ich wollte dich mal fragen, ob du Lust hast, mit mir am Samstag auf eine Party zu gehen.« Das war zumindest nicht gelogen, dachte sie.

»Warte mal, Samstag, Samstag, da war doch was. Aber vielleicht auch nicht. Ich gucke mal in meinen Kalender ... nee, da steht nix. Was ist das denn für eine Party?«, fragte er.

Jetzt kam Emma nicht mehr drum herum, ihm die Wahrheit zu sagen. »Ach, eine Freundin von mir feiert in ihrem neuen Restaurant in Neukölln Eröffnung. Und gleichzeitig auch Hochzeit«, fügte sie noch etwas leiser hinzu.

»Hört sich interessant an. Jemand, den ich kenne?«, fragte Rick.

Scheiße, dachte Emma, und sagte: »Flüchtig vielleicht. Es ist Julia. Meine beste Freundin Julia.«

»Ach die!«, rief Rick. »Klar erinnere ich mich. Die war doch immer so ein Feger.«

»Ja. Jedenfalls wird das sicher nett.« Emma wunderte sich ein wenig, dass er nie gemerkt hatte, dass Jule ihn nicht mochte.

»Und ich soll deine Begleitung sein?«, fragte Rick mit diesem Unterton, der seinen Triumph nicht verbergen konnte.

»Äh, ja. Das wäre schön«

Rick freute sich richtig. »Dafür hole ich doch glatt meinen Smoking aus dem Schrank!«

»Du hast einen Smoking?« Emma war erstaunt.

»Natürlich! Einen Vintage-Designer-Smoking versteht sich.«

»Ja gut, dann ist der Punkt Kleidung ja schon mal geklärt.«

»Schämen musste dich nicht mit mir! Wann soll ich dich denn abholen? Ich komme natürlich mit dem Mustang«, sagte Rick.

»Um zehn vor acht, das wäre perfekt.«

»Also dann, Lady Wilmers, I'll be there.« Rick schnalzte mit der Zunge durch das Telefon.

»Prima. Bis dann!« Sie legten zeitgleich auf. Auch ein Kunststück, den anderen nicht in der Leere der Verbindung zurückzulassen. Danach widmete sich Emma wieder der Post und den Papieren, die sie so lange vor sich hergeschoben hatte, und dann fand sie den Auftrag, den sie vor zwei Wochen angenommen hatte – *Luscious Lady* in Apricot! Das Korsett sollte heute fertig sein, gegen 18:30 Uhr wollte die Kundin es abholen. »Oh nein!« Emmas Herz klopfte ganz besonders schnell. Wie spät war es denn jetzt? Sie schaute auf die Küchenuhr im Atelier, fast zwei; ihr Herz klopfte schneller. Würde sie das schaffen? Sie trommelte mit ihren Fingern auf das Glas, bis sie davon noch nervöser wurde. Also, wenn keine Kundinnen reinkommen, dann müsste es eigentlich gehen, dachte sie bei sich. Sie verschloss die Tür, drehte das Schild um und suchte in der Stoffanrichte nach dem richtigen Seidenstoff in Apricot. Und dann ging der Wahnsinn los.

*

Es war halb sieben, als Emma den letzten perlmuttfarbenen Knopf annähte, der das Korsett ganz oben verschloss. Sie hatte es geschafft. Zum Glück war alles, was sie für *Luscious Lady* brauchte, vorrätig und zum Glück war zwischendurch nichts schiefgegangen. Emma war zufrieden, als sie das kleine Licht an ihrer Nähmaschine löschte und das Korsett in einen schwarzen Seidenbeutel packte. Den hatte sie nämlich nicht auch noch aus dem Apricotstoff nähen können. So sah es aber auch sehr gut aus.

Dann fiel ihr ein, dass sie das Etikett vergessen hatte. Emma suchte in den Pastisgläsern und fand keines. Sie kramte in den Schubladen im Küchenschrank und unter etlichen anderen Schnipseln fand sie das Richtige: »Von Wilmers. *Luscious Lady*«. Als sie gerade den Faden ins Nadelöhr einführen wollte, klopfte es energisch von der Ladentür. Oh, die war ja noch zu! Emma sprang auf und lief stechenden Schrittes nach vorne in den Laden. An der Tür lugten zwei Frauen durch das Glas und dann sahen sie Emma. Die öffnete und begrüßte die blonde Kundin sowie eine sehr attraktive Brünette mit tollen Haaren, die ihr sofort bekannt vorkam. Richtig: *Strip, Strip*!

»Hallo, kommen Sie rein, Entschuldigen Sie bitte, dass die Tür verschlossen war, aber ich musste gerade noch etwas fertig machen«, erklärte Emma.

»Guten Abend, guten Abend. Und ich dachte schon, Sie hätten mich vergessen! Aber dann habe ich doch das Licht gesehen«, sagte die mit Gold behangene Frau mit den künstlichen Gesichtszügen und der sexy Stimme.

»Nein, auf keinen Fall habe ich Sie vergessen!« Emma schritt durch den Laden. »18:30 Uhr, *Luscious Lady* in Apricot. Ich gehe es nur schnell holen, damit Sie es anprobieren können. Kann ich Ihnen einen Kaffee anbieten? Oder etwas anderes?«

»Für mich gerne einen Kaffee!«, sagte die brünette Mittvierzigerin mit den tollen Haaren und dem prächtigen Busen, der in einem schlichten blauen Etuikleid steckte. Sehr elegant, dachte Emma und nickte ihr freundlich zu.

»Für mich nichts, danke«, entgegnete die andere und schaute sich im Laden um.

Während Emma Kaffee aufsetzte, nähte sie schnell noch das Etikett in die Korsage, dann war das Teil endlich richtig fertig. Mit Milchkännchen, gepunkteter Kaffeetasse und passender Zuckerdose auf einem Tablett in der einen und dem schwarzen Seidenbeutel in der anderen Hand kam Emma zurück nach vorne. Die brünette Frau stand direkt am Tresen und war in die Fotos vom Laden vertieft. Ihre Freundin guckte ihr über die Schulter und Emma war kurz unsicher, was sie machen sollte.

Sie stellte das Tablett auf dem Tresen ab und schaute der neugierigen Frau ins Gesicht, wartete. Die konnte ihren Blick nicht von dem ersten Foto abwenden, auf dem der ganze Laden und Ricks Auto zu sehen waren.

»Entschuldigen Sie bitte, dass ich so unhöflich herumschnüffele, aber diese Fotos lagen hier ganz offen und … und … ich weiß gar nicht, was ich sagen soll, aber die sind ja wunderbar! Wer hat die denn gemacht?«, wollte sie wissen und schaute jetzt auch Emma an.

»Ein befreundeter Fotograf. Wollen Sie Milch oder Zucker in Ihren Kaffee?«, fragte Emma.

»Nein, ich trinke ihn schwarz, danke.« Die Frau nahm noch ein paar Fotos in die Hand. »Die sind wirklich fantastisch. Als stammten sie aus einer anderen Zeit, aber dennoch modern und … ja, wie soll ich es sagen? Cool?«, sie guckte Emma an. Dann legte sie die Fotos auf den Tresen und trank einen Schluck viel zu heißen Kaffees. »Wissen Sie was? Ich würde die Bilder gerne in meiner Agentur in Mitte ausstellen! Groß aufgezogen in tollen Rahmen.«

Sie kramte in ihrer Handtasche nach ihrem Portemonnaie und zückte eine Visitenkarte: »Alice Schwertmann ist mein Name. Ich leite eine große Künstleragentur und würde mich sehr freuen, wenn wir da irgendwie zusammenarbeiten könnten.«

»Wie meinen Sie das, zusammenarbeiten?«

»Nun, ich meine einfach, dass Sie erstens damit einverstanden sein müssen, dass die Fotos bei mir ausgestellt werden, und zweitens, dass der Fotograf natürlich auch damit d'accord sein muss.« Alice nahm noch einen Schluck Kaffee.

»Ja, ich denke schon. Das hört sich doch eigentlich gut an. Würde das denn etwas kosten?«

»Aber nein!« Alice verschluckte sich fast an dem Kaffee und setzte die Tasse ab. »Ich will ja etwas von Ihnen.«

»Wenn Ihr das noch klären wollt, könnte ich derweil vielleicht schon mal meine Korsage anprobieren?«, erklärte die Blondine lächelnd. Sie hatte sich die ganze Zeit ruhig im Hintergrund gehalten.

»Oh ja, natürlich! Bitte sehr, hier ist sie.« Emma überreichte ihr den Beutel.

»Entschuldige, Brigitte.« Alice sprach den Namen französisch aus, und als Brigitte mit ihrem Korsett in die Umkleide ging und den Vorhang zuzog, sagte sie an Emma gerichtet: »Ich finde Ihren Laden so wunderbar, Emma. Das ist doch Ihr Name, oder? Emma?«

»Ja, Emma Wilmers, genau.«

»Sehr schöner Name. Und heutzutage wieder sehr populär, habe ich gehört. Aber in Ihrer Generation, da ist er sicher selten, oder?«

»Ja, das ist wohl so. In meinem Geburtsjahr erschien die erste *Emma,* meine Mutter war Fan, und so bekam ich den Namen«, erklärte Emma. »Aber ich bin ihr nicht böse drum, muss ich sagen. Der Name gefällt mir.«

»Ja, sehr hübsch, sehr hübsch.« Alice nickte. »Aber jetzt noch mal zurück zu Ihrem Laden. Also ich bin begeistert. Und ich bin mir sicher, meine Kunden werden es auch sein, wenn sie die Fotos sehen. Wissen Sie, es kommen viele berühmte Persönlichkeiten in meine Agentur, und ich kann mir gut vorstellen, dass dabei irgendwas für Sie herausspringen könnte.«

»Meinen Sie?«, fragte Emma und freute sich, dass sie so vielleicht weitere Kontakte knüpfen könnte.

»Auf jeden Fall. Und wenn ich bedenke, was ich Ihnen zu verdanken habe, dann haben Sie sowieso den größtmöglichen Erfolg verdient!« Sie strich sich das Kleid an der Seite glatt und blickte lächelnd nach unten. Als sie wieder aufschaute und ganz leicht ihre Haarpracht schüttelte, erläuterte sie: »Diese Korsage, die ich bei Ihnen gekauft habe – *Strip, Strip,* sie hat mir die Liebe meines Lebens beschert!«

Emma wurde rot. Komplimente machten sie ganz unsicher, aber jetzt wollte sie schon gerne wissen, was genau denn Alice passiert war. Doch die schwieg vielsagend.

»Wow, das ist ja … großartig. Und es freut mich ganz besonders, dass meine Wäsche damit zu tun hat.« Emma strahlte.

»Ich kann Ihnen die Geschichte ja vielleicht mal bei Gelegenheit erzählen«, sagte Alice gerade, als Brigitte aus der Umkleide rief: »Sie sitzt perfekt!« Um sich zu präsentieren, schob sie schnell den Vorhang beiseite. Emma hatte wieder mal wundervolle Arbeit geleistet – und das in nur etwas mehr als vier Stunden.

Nachdem die Wäsche bezahlt war und Emma und Alice sich für die kommende Woche in der Agentur verabredet und per Handschlag verabschiedet hatten, war Emma wieder alleine im Laden. In dem Moment, als die Glöckchen verstummten, sackte sie völlig fertig am Tresen zusammen. Sie konnte nicht mehr, so gut der Tag auch gewesen war, sie konnte nicht mehr.

*

Der Rest der Woche verging schnell und ohne aufregende Zwischenfälle. Magdalena und Emma arbeiteten wieder schweigend nebeneinander, Emma bediente Kundinnen und fand in ihrem neuerdings so geordneten Stoffschrank wirklich immer das, was sie suchte. Sie nähte alte Unterwäsche nach und schaute abends DVDs oder las ein Buch. Manchmal dachte sie enttäuscht an Milosch, der nie wieder aufgetaucht war, und öfter dachte sie an Rick.

Der September ging vorüber und die Hochzeitsglocken von Jule und Matthias läuteten den Oktober und eine neue Ehe ein. Nur dass es keine echten Hochzeitsglocken gab, denn am Mittag des 1. Oktobers wurden sie im kleinen Kreis im historischen Standesamt Neukölln getraut. Emma und Hotte, Matthias' bester Freund, waren die Trauzeugen, und ansonsten waren noch Hottes Freundin Anette und die Eltern und Geschwister der Brautleute mit ihren Partnern anwesend. Bei der ganzen Aufregung hatte Emma nur kurz vorher Jules Eltern begrüßt, die Schneiders kannte sie schon von früher. Jules Bruder Leonhard war ein paar Jahre älter als Jule und mit einer unscheinbaren Christina verheiratet. Eigentlich hatte er auch Kinder, ging es Emma am Anfang der Zeremonie durch den Kopf, aber sie waren wohl nicht mitgekommen. Frau Schneider hatte ihren Vater untergehakt, Opa Hans, den Emma noch nie getroffen hatte. Er sah ganz rührend aus, fand sie sofort.

Matthias' Familie war aus dem Ruhrgebiet angereist und auch ohne zu wissen, wer zu wem gehörte, konnte Emma die Familiengrenzen erkennen. Es war deutlich, dass Herr und Frau Fahrenbach einige Jahre mehr und ein paar Tausender weniger als Jules Eltern auf dem Buckel hatten. Matthias' Geschwister, zwei Brüder und eine Schwester, waren mit ihren jeweiligen Partnern da, aber Emma konnte nicht sagen, wer von ihnen blutsverwandt war und wer nicht. Hotte hatte die Ringe dabei und Emma weinte ein paar Tränen, als sie in ihrem grauen Hosenanzug neben Jule stand. Jule weinte auch ein wenig, als sie »ja« sagte. Sie sah wunderschön aus in ihrem Hochzeitskleid und dem silbrigen Pelzjäckchen ihrer Oma, fand Emma. Und Matthias passte perfekt dazu in seinem grauen Anzug mit hellroter Krawatte.

Nach der Trauung gab es bei schönstem Herbstsonnenschein Sekt und Reis und Glückwünsche und noch mehr Tränen vor dem imposanten Backsteingebäude. Jules Vater fotografierte die ganze Zeit mit seiner Profi-Digitalkamera und seine Frau zischte ihm immer wieder zu, er solle sie nicht ständig ablichten. Emma fühlte sich ein wenig als Beobachterin des Ganzen, sie war als Einzige ohne Partner erschienen und die Leerstelle an ihrer Seite wurde ihr besonders bewusst, als Matthias' Mutter sie fragte: »Und Ihr Mann, wo ist der?« Sie hätte fast lachen müssen, so absurd fand sie die Situation, und erwiderte: »Ich bin Single – und das ist auch gut so.« Jules Schwiegermutter nuschelte ein leises »Ah, verstehe ...« vor sich hin; dann drehte sie sich um und ging zu einem ihrer Kinder. Sollte die Alte sich doch heute Abend fragen, wer der coole Typ an meiner Seite ist!, dachte Emma bei sich. Sie hielt die Hand schützend über ihren Augen, um gegen das Sonnenlicht Jule zu erspähen. Sie hoffte, ihre Freundin würde ihren Blick erwidern. Tatsächlich suchten auch Jules Augen nach ihr. Sie kam glückstrahlend auf Emma zugelaufen. Die hatte ihr zwar schon gleich nach der Trauung gratuliert, sie nahm sie aber noch mal in die Arme. »Meine Süße.« Emma musste wieder weinen. »Ich wünsche dir alles Glück der Erde mit Matthias!«

»Danke!« Julia löste sich aus Emmas Umarmung. »Hach, das ist ja alles so aufregend, jetzt bin ich verheiratet, ich kann es gar nicht fassen, nach fünf Jahren haben wir es wirklich getan.« Sie guckte sich kurz um. »Und dann mit unserer ganzen Familie! Und die vielen Cousinen und Cousins kommen ja erst heute Abend.« Sie verdrehte ein wenig die Augen. »Ich hoffe so, dass im Restaurant alles glatt geht!«

»Na klar, wird schon.« Emma wischte sich eine Träne weg.

»Ach ja, die Wäsche trägt sich fantastisch!« Julia zwinkerte Emma zu. Dann kam schon Matthias, der ganz aufgeregt mit den Armen ruderte und die Gesellschaft zu den Autos lenkte. Es ging weiter in das Opernpalais Unter den Linden, wo es noch Kaffee und Kuchen gab, bevor sich alle erst wieder am Abend im Restaurant einfinden würden. Als Emma sich gerade mit Jules Opa Hans unterhielt, der mit 92 Jahren der Älteste auf der Hochzeit war, piepste ihr Handy. Sie lächelte dem charmanten älteren Herrn zu, der in seinem feinen Zwirn mit Weste und Hut alle anderen anwesenden Männer stiltechnisch in den Schatten stellte, und entschuldigte sich höflich. Auf der Damentoilette nahm sie das Handy aus der Tasche und las die SMS: »Sorry, Emma, ich schaffe es nicht, dich heute Abend zu begleiten. Mir ist was Wichtiges dazwischengekommen. Kuss, Rick.«

»Typisch!«, rief Emma spitz aus, löschte die SMS und schmiss das Handy wütend zurück in die Tasche. Dann war ihr kurz danach zu heulen und sie spürte, wie sich ihre Gesichtsmuskeln verzogen und zum Weinen ansetzten. Aber sie wehrte sich, wusch sich stattdessen mit kaltem Wasser die Hände und guckte sich im Spiegel fest in die Augen. »Mir doch egal!«, sagte sie dann trotzig und trocknete sich ab. Auf dem Weg nach draußen gab sie sich die Klinke mit Matthias' Mutter in die Hand, die sie schief anlächelte.

Zurück bei der Gesellschaft setzte sie sich wieder neben Opa Hans und nahm sich vor, den ganzen Abend an seiner Seite zu bleiben. Er war unterhaltsam und interessiert, nur hörte er leider ein wenig schlecht, sodass Emma oft etwas wiederholen musste. Aber besser mit einem Schwerhörigen als mit einem Schwein zu reden, dachte sie, und dann kam wieder die Wut in ihr hoch, dass Rick noch nicht mal angerufen hatte, um persönlich abzusagen. Aber da fing Opa Hans, der zu allem Glück auch noch gebürtiger Wiener war, an, sie über ihren Laden auszufragen, von dem ihm seine Enkelin schon so viel erzählt hatte, und Emma schob Rick einfach in ihren Gedanken weg.

*

Nach dem Kaffee hatten Hotte und Anette Emma bei sich zu Hause rausgelassen und sie legte sich mit ihrem leichten Sekt-, Kaffee- und Kuchenrausch erst einmal aufs Bett. Sie hatte noch über zwei Stunden Zeit, bevor es wieder losging, da konnte sie eine Runde schlafen. Also zog Emma sich aus, schminkte sich ab, wusch sich das Gesicht und legte sich im Nachthemd ins Bett. Sie stellte sich den Wecker auf eine Stunde später und dann lag sie da – und konnte nicht schlafen. Denn jetzt war die Wut wieder da. Dieser Scheißkerl!

In Emmas Kopf schwirrten die Bilder von der Hochzeit, von Jule in ihrem eleganten und sexy Kleid, von sich selbst, wie sie nach der Trauung ein wenig verloren abseits der Gesellschaft stand, und von Opa Hans mit Hut. Sie überlegte, wen und wie er wohl geliebt hatte in seinem Leben. Sie dachte an die Party am Abend, wie sich das anfühlen würde, dass Rick jetzt nicht mitkam. Da würde sie die ganzen Pärchen wieder alleine ertragen müssen, wie ätzend. Und überhaupt Rick, was fiel dem eigentlich ein, so kurz vorher abzusagen, und dann auch noch per SMS, geschmackloser ging es doch gar nicht. Dabei hatte sie sich schon so gefreut auf die Fahrt im Mustang und die Augen von Matthias' Mutter, wenn sie da mit einem Mann auftauchte, sie der Single; und sie wollte doch Rick noch fragen, was er von der Anfrage dieser netten Alice Schwertmann hielt. Aber eigentlich hatte er ihr ja die Fotos geschenkt, fiel es Emma ein, und sie konnte damit machen, was sie wollte, das hatte er gesagt. Ach Rick!, dachte Emma noch und dann schlief sie ein.

Als der Wecker vierzig Minuten später klingelte und gleichzeitig das Radio losplärrte, wachte sie aus einem tiefen Traum auf, in dem ein verjüngter Opa Hans gerade um ihre Hand anhielt. Sie haute auf das Gerät und hätte sich am liebsten umgedreht und weitergeschlafen, aber das war unmöglich. Sie musste sich langsam fertig machen. Emma döste noch zehn Minuten, bevor ihr Alarm wieder anging. »Ist ja gut, ich steh ja schon auf!«, sagte sie grummelig und stellte sich unter die lauwarme Dusche, die sie am Ende auf kalt stellte, um richtig aufzuwachen.

Ihr war eigentlich überhaupt nicht mehr danach auszugehen. Als sie sich da so mit nassen Haaren im Spiegel betrachtete, kam sie sich ziemlich schwach und traurig vor. Die Ringe unter ihren Augen waren auch ganz schön groß. Und dieser Zug um den Mund, der war gar nicht gut. Emma besah sich von ganz nah und tat sich selbst ganz schrecklich leid. Jetzt hatte Rick sie nicht nur sitzengelassen, jetzt sah sie auch noch scheiße aus!

Sie war einen kleinen Moment wirklich kurz davor, Jule eine SMS zu schicken, um abzusagen, aber dann fiel ihr ein, wie enttäuscht ihre Freundin wäre. Und wie sie das andersherum fände. Unmöglich! Wegen so einer Kleinigkeit darf ich so einen Abend nicht hinschmeißen, dachte Emma und zurrte das große Handtuch fester um ihren Busen. Sie rief stattdessen Rick an. Er sollte wenigstens den Grund nennen, warum er ihr abgesagt hatte. Sie horchte aufgeregt in das kleine Telefon, als der Freiton kam. Nach mehrmaligem Klingeln ging aber nicht Rick, sondern seine Mailbox ran. Mit offenem Mund legte Emma auf, sie hatte der Maschine nichts zu sagen. Das war ja nicht zu fassen! Da ging der noch nicht mal an sein Telefon, ausgestellt hatte er es aber auch nicht.

Die feige Sau!, dachte Emma und stapfte ins Schlafzimmer, zog sich mit ruppigen Bewegungen einfache braune Spitzenunterwäsche an, ihr Seidenkleid über und erst im Badezimmer ließ sie ihrer Wut freien Lauf, indem sie ein Mal laut aufschrie und die Fäuste ballte. Dann wusch sie sich das Gesicht mit eiskaltem Wasser und machte sich vor dem Spiegel zurecht. »So lasse ich nicht mit mir umspringen!«, sagte sie sich und griff zu Concealer und Puder. Als sie parfümiert, fertig zurechtgemacht und angezogen war und schon die Haustür hinter sich schließen wollte, ging sie noch einmal in ihre Wohnung und packte den Beutel mit ihrer Wäsche in ihre Tasche. Man konnte ja nie wissen.

*

Perfekt geschminkt kam Emma überpünktlich in ihrem braunen Seidenkleid mit den braunen Pumps und Großmutters dickem goldenen Armreif unter dem Trenchcoat mit dem Taxi in Heidis Hütte an. Vor der Tür war kein Parkplatz, die Autos mit den Bochumer und Hamburger Kennzeichen verrieten die Brautfamilien, aber von außen konnte Emma noch nicht viele Gäste sehen. Durch ein großes Fenster blickte sie in das fertige Restaurant.

Die vielen Kerzen verbreiteten neben den beiden gelblichen Kronleuchtern ein warmes Licht in dem braun-goldfarben gestrichenen Raum und betonten die Balken an der Decke. Als Emma durch die schwere Tür ging, empfing sie ein warmer Essensduft, in den sich der intensive Geruch eines großen Straußes Lilien mischte. Es lief leise Jazzmusik. Der Schachbrettboden glänzte unter ihren braunen Pumps und die dunklen Stühle und die Tischreihe mit den weißen Tischdecken machten alles so festlich, dass Emma kurz andächtig am Eingang stehen blieb. Heidis Hütte war wunderschön geworden!

Jule entdeckte Emma und winkte sie herein. Sie ließ sich gerade von dem jungen Barmann zwei Sektgläser füllen, Matthias kam hinzu, fasste sie um die Hüfte und küsste seine Braut zärtlich auf die Wange. Als Emma die beiden begrüßte, sah sie, dass sonst nur die Fahrenbach-Familie aus dem Ruhrgebiet da war; zwei, drei Kinder liefen auch herum. Ach, und in dem Kaminzimmer da hinten saß Familie Schneider inklusive Opa Hans. Sie wärmten sich an dem prasselnden Feuer.

»Toll siehst du aus!«, sagte Jule. »Matthias, sieht sie nicht toll aus?«, fragte sie ihren Mann. Der nickte höflich und lächelte Emma kurz an: »Ja, toll«, und begrüßte dann ein paar andere Gäste, die durch die Tür hereinkamen. »Du siehst wirklich ganz bezaubernd aus, Emma!« Julia betrachtete sie von oben bis unten und nahm ihr dann den Mantel ab.

»Vielen Dank, liebe Frau Fahrenbach, das Kompliment kann ich nur zurückgeben. Und euer Restaurant sieht auch toll aus!«, sagte Emma.

»Ja, es ist schön geworden, nicht wahr?« Julia nahm Emmas Mantel und brachte ihn zur Garderobe. Sie reichte Emma ein Sektglas. »Auf uns!«

»Nein, auf euch!«, entgegnete Emma.

»Ach Quatsch, auf Matthias und mich wird heute noch genug angestoßen. Ich möchte auf uns beide trinken, auf unsere Freundschaft, und alles, was wir noch zusammen erleben werden.« Sie stieß ihr Glas an Emmas. »Ich lieb dich sehr, Emma.« Emma überforderte dieser Gefühlsüberschwang ein wenig, andererseits empfand sie auch viel Liebe für ihre Freundin. Wenn es keine anderen Worte dafür gab als die der Liebenden, warum dann nicht diese. »Ich lieb dich auch«, sagte sie und die Freundinnen stießen miteinander an. Dann ging das Fest los.

Nacheinander trudelten die restlichen Familienmitglieder und die vielen Freunde ein, drei Kellner und zwei Kellnerinnen kamen aus dem Nichts und trugen Stühle und brachten Mäntel weg. Nun vermischten sich auch die Schneiders und die Fahrenbachs, obwohl man bei genauerem Hinsehen immer noch die Blutsgrenzen erkennen konnte. Frau Fahrenbach trug jetzt ein kleines grünes Hütchen auf ihrer grauen Dauerwelle. Sie sah ein bisschen aus wie die Queen, dachte Emma, und etwas Ähnliches dachte wohl auch Frau Schneider. Immer wenn Matthias' Mutter nicht hinsah, wurde sie von Jules Mutter von der Seite gemustert, ganz subtil natürlich.

Auch die anderen fünfzig Gäste waren in Abendgarderobe – vom kleinen Schwarzen über das bunte Vintagekleid mit Turnschuhen bis zum langen Balldress war bei den Frauen wirklich alles vertreten. Die Männer erschienen im Anzug, mal mit Krawatte, mal ohne, mal mit Weste, Fliege, Jeans oder T-Shirt. Alle sahen herausgeputzt aus, oder zumindest hatten sie sich Mühe gegeben. Sogar Turbo, Trixis Freund, der sonst nur Vans und Kapuzenpulli trug, hatte sich die Haare gewaschen, ein Jackett übergeworfen und alte, braune Budapester angezogen – er sah richtig schnieke aus.

Zum Essen nahmen alle an der langen Tafel Platz, die wie ein U geformt war. Für die Kinder gab es einen Katzentisch, bevor sie im Hotel ins Bett gebracht wurden. Emma saß in der Nähe vom Brautpaar und Opa Hans, aber auch neben Katharina, die mit ihrem Mann Michael, der schwangeren Molly und Jochen gerade Jule und Matthias beglückwünschten. Die ersten Häppchen wurden auf großen Tabletts hereingebracht. Matthias hatte das österreichische Menü erstellt, nicht aber gekocht – das übernahm heute ein befreundeter Küchenchef.

Der Geräuschpegel war hoch, alle redeten durcheinander, die Kinder genossen die Aufmerksamkeit und rannten vor tätschelnden Tanten weg. Emma fiel auf, dass sich die Familien und Freunde nicht sonderlich mischten. Die Fahrenbachs waren in großer Anzahl vorhanden, inklusive der zehn Cousinen und Cousins, von denen einer bereits Emma im Blick hatte. Das war ihr aber noch nicht aufgefallen.

Sie saß an ihrem Platz und lauschte der Musik. Emma brauchte ein wenig, bis sie Charles Aznavour erkannte. Er half ihr, für einen Moment in sich selbst zu versinken. Sie ignorierte die Gespräche um sich herum, das Glasgeklapper und die Essensgerüche. Weil sie nicht mit geschlossenen Augen auf einer Hochzeitsfeier sitzen konnte, ohne sofort angesprochen zu werden, ließ sie sie offen, aber sah das alles, als wäre es ein Film, ein Fassbinder-Film vielleicht mit österreichischem Einschlag. Passte ja. Sie sah Pärchen, die sich anlächelten und unter dem Tisch traten, Väter, die jetzt schon zu viel tranken und sicher für einen Eklat sorgen würden; sie sah fremde Tischnachbarn, die wenige Stunden später eng umschlungen miteinander tanzen und vielleicht sogar ein Hotelzimmer teilen würden. Und sie sah ein Brautpaar, das sich auf die ersten Stunden für sich alleine freute und doch stolz auf das war, was sie geschaffen hatten. Dann weckte eine Kellnerin Emma aus ihren Träumen: »Welchen Wein hätten Sie denn gerne zur Terrine? Weiß oder Rosé?«

Emma schaute dem Mädchen ins Gesicht, sie war hübsch – weibliche Figur, lange rote Haare, stechende grüne Augen, ein toller Porzellanteint; sie wirkte ein wenig arrogant. »Äh, Rosé bitte«, antwortete Emma nach einer kleinen Pause. Als die Rothaarige ihr einschenkte, beobachtete Emma sie stirnrunzelnd von der Seite und fragte die Kellnerin dann: »Kennen wir uns nicht von irgendwoher?«

Das Mädchen schaute sie etwas gelangweilt und kühl an und erwiderte: »Nicht dass ich wüsste.« Sie zwang sich ein Lächeln heraus und wandte sich Katharina mit ihren Weinflaschen zu.

»Dann muss ich Sie wohl verwechselt haben, Entschuldigung.« Emma schüttelte ihren Kopf ganz leicht und probierte von der Terrine und dem Vogerlsalat. Beides war köstlich.

Matthias, der Bräutigam, unterbrach nun die essende Gesellschaft. Er stand auf und stieß mit einem Löffel an sein Glas. Dies sollte die erste von vielen Reden an diesem Abend werden und immer, immer wieder wurde auf das Brautpaar angestoßen. Matthias bedankte sich für das Erscheinen der Gäste und stellte das Menü vor, das nun folgen würde. Dann sagte er noch ein paar Worte über Julia und welches Glück er hätte, sie getroffen zu haben, und wie viel mehr Glück er noch hätte, dass sie ihn jetzt geheiratet hätte, denn er könnte sich kein größeres Glück vorstellen, als mit dieser Frau sein Leben zu teilen, und dann erzählte er noch ein paar lustige Anekdoten ihres Kennenlernens und wie besonders Jule sei, und dann stieß er auf sie an und als er sich wieder setzte, hatten alle Frauen im Raum Tränen in den Augen und manche Männer auch.

Dann brachten die Kellner und Kellnerinnen schon den Hauptgang, das Dreierlei vom Perlhuhn. Die haben vielleicht aufgefahren, dachte Emma, aber dann fiel ihr wieder ein, dass Jules Vater ziemlich wohlhabend war. Sonst wäre das alles hier sicher überhaupt nicht möglich gewesen.

Sie amüsierte sich jetzt, trank und unterhielt sich mit Katharina, Jule, Jules Mutter und Opa Hans. Der alte Gentleman wurde und wurde nicht müde und sprach in seinem schönsten Wiener Schmäh auf sie ein. Er hatte wohl mittlerweile auch begriffen, dass Emma ohne Begleitung auf der Feier war – und machte ihr Komplimente. »Sie sind wirklich zum Anbeißen, Fräulein Wilmers! Zum Anbeißen!«, ließ er mehrfach fallen und Emma dachte: Oh je, nicht dass nachher mein Traum wahr wird – und ich in meiner Verzweiflung auch noch »ja« zu ihm sage! Die Wäsche in dem Beutel in der weißen Plastiktüte in ihrer Handtasche würde sie jedenfalls nicht für Opa Hans anziehen, da war sie sich sicher. Dann trank sie mit ihm noch einen Obstler, denn darauf bestand er.

*

Emma war wie die anderen Gäste schon angetrunken. An manchen Ecken des Raumes war es stiller, an anderen wurde sich lautstark amüsiert und es gab Extrarunden an Alkohol. Alles ging aufs Haus, was manche mehr als ausnutzten. Turbo, Hotte und ein paar andere Jungs waren jedenfalls schon gut dabei, genauso wie Julias Vater, der aber auch im Rausch seine Haltung wahrte.

Und dann war da der Cousin. Emma fielen seine fordernden Blicke zum ersten Mal auf, als sie nach dem Perlhuhn auf die Toilette ging. Er war ein paar Jahre jünger als sie und grinste sie von der Bar aus mit seinem glatten Gesicht an. Emma war kurz verwirrt, weil er so guckte, als kannten sie sich, bis ihr auf dem Klo aufging, dass da jemand mit ihr flirtete – neben Opa Hans. Auf dem Weg zurück ins Restaurant stellte sich ihr der Typ in den Weg.

»Hallo, ich bin Roman, der Cousin von Matthias, und du musst Emma sein.« Er blickte feist drein. Seine grundsolide, aber mordslangweilige Ausstrahlung und die geschmacklose Brille machten Emma überhaupt nicht an, genauso wie seine von sich selbst überzeugte Art. Den Ruhrpottslang hingegen hatte sie bis dato eigentlich immer gemocht.

»Ja, hallo«, sagte sie und wollte weitergehen.

»Ich habe schon sehr viel von dir gehört«, hielt er sie auf, und da wurde Emma doch neugierig. Wer wäre so blöd, diesen Typen mit ihr verkuppeln zu wollen?

»Ach ja, und von wem?«, fragte sie.

»Das ist ein Geheimnis«, schmunzelte er und hielt ihr ein Glas Sekt hin. Emma nahm das Glas, sagte »Danke« und ließ den Kerl alleine an der Bar stehen.

Jule werde ich so was von die Leviten lesen, dachte sie und trank den Sekt in einem Zug aus. Zu denken, dass sie mich so einfach verkuppeln könne. Sooo nötig habe ich es nun auch nicht, ging es ihr durch den Kopf, als sie sich wieder setzte. Opa Hans freute sich.

Nach dem Dessert – Kaiserschmarrn, Marillenknödel und Sachertorte, gefolgt von einer österreichischen Käseplatte – standen einige Gäste an der Bar, manche saßen im Kaminzimmer und andere wiederum waren nach draußen vor die Tür zum Rauchen gegangen. Emma blieb weiter sitzen, weil sie den Alkohol ganz schön merkte und ihren Kreislauf nicht überfordern wollte. Opa Hans fielen neben ihr schon manchmal die Augen zu. Der hässliche Cousin saß ihr jetzt schräg gegenüber und grinste sie immer wieder an. Emma ignorierte ihn.

Die Musik wurde lauter und souliger – irgendeine Motown-Girlband – und sechs kleine Kinder wippten auf einmal vor ihrem Katzentisch. Sie waren aufgestanden und tanzten den Kindertanz. Mal hielten sie sich an der Hand, mal schüttelten sie ihre kleinen Körper ganz alleine. Das war so lustig anzusehen, dass sich fast alle Erwachsenen im Raum umdrehten und dem Schauspiel zuschauten, das ihnen ein Lächeln auf die Lippen zauberte und den Eltern ein beschämtes »Das macht der sonst nie« oder ein stolzes »Sie steht wohl gerne im Rampenlicht« entlockte, je nachdem.

Dann wurden die Tische an die Seite geschoben, das Licht gedimmt und der DJ neben der Bar drehte die Musik lauter. Das Brautpaar tanzte den ersten Tanz zu Billie Holidays *My Man,* und wer mit im Raum war, betrachtete die beiden fasziniert. Manche lösten sich langsam aus dem umstehenden Kreis und fingen ebenfalls an zu tanzen, ein paar wenige erst und dann mehr.

Emma unterhielt sich mit Trixi über die Familien des Brautpaars und wie komisch das sei, mit den Eltern zu feiern und dabei natürlich nicht so vollkommen aus sich herausgehen zu können. Emma spürte die Blicke des Cousins auf sich, lugte jedoch selbst zu dem hübschen DJ, nur um kurz darauf festzustellen, dass dessen Freund ganz in seiner Nähe stand und ihm Getränke brachte. Sie seufzte innerlich, denn er war wirklich der einzige attraktive Mann an diesem Abend, der eventuell noch zu haben gewesen wäre. Außer Opa Hans natürlich. Der schlief aber schon auf seinem Stuhl, den schicken Hut tief ins Gesicht gezogen.

Julia kam auf einmal auf Trixi und Emma zu und riss Emma fast um, wirbelte sie um ihre eigene Achse und fiel ihr dann in die Arme, um mit ihr zu einem Hit aus Dirty Dancing zu tanzen, den sie dem DJ aufgezwungen hatte.

»Du siehst so super aus«, lallte Julia ein bisschen, sie war noch weit davon entfernt, richtig betrunken zu sein, aber ein Glas Wasser würde ihr jetzt sicher guttun, dachte Emma. Und mir auch. »Danke. Sollen wir mal an die Bar gehen?«, fragte sie die Braut und manövrierte sie durch die tanzende Menge zum Tresen.

»Ein schönes Fest!«

Julia grinste Emma an. »Ja, nicht wahr?« Sie orderte einen Wodka-Tonic beim Barmann.

»Trink doch mal lieber etwas Wasser zwischendurch, Jule. Danach kannste ja weitermachen«, erklärte Emma und bestellte zwei Wasser. Jetzt war nicht der richtige Zeitpunkt für das Cousin-Kuppel-Gespräch.

»Och nö!« Jule trank ihr Wasser dann aber doch in einem Zug leer.

»Sollen wir mal an die frische Luft gehen?«, fragte Emma ihre Freundin.

»Ja, sehr gut! Eine rauchen!« Julia freute sich. Emma zog sich ihren Mantel über, Jule den kleinen Vintage-Pelz, und die beiden stolperten fröhlich durch die Tür in die frische Herbstluft hinaus. Da standen auch schon Trixi, Turbo, Hotte, Johanna und ihr Freund Rachid, rauchten ihre Kippen oder Joints und unterhielten sich. Man hörte immer noch die Musik von drinnen und es herrschte eine flirrend gute Stimmung, wie früher vor einem Club. Vielleicht lag es daran, dass hier draußen fast nur Freunde des Brautpaars standen und keine älteren Familienmitglieder. Man war unter sich.

»Kann ich auch eine haben?«, schnorrte Jule Trixi an, und die gab ihr sofort eine Zigarette. »Du auch?«, fragte sie Emma, aber die zog lieber an Turbos Tüte. Als alle mit Feuer versorgt waren, setzten die Gespräche wieder ein. Nur Johanna neigte ihren Kopf zu Emma. »Du, ich wollte dir noch was erzählen«, flüsterte sie ihr ins Ohr.

»Was denn?«, fragte Emma und reichte ihr den Joint weiter. Sie hatte Angst, dass ihr schlecht werden würde.

»Komm mal her.« Johanna zog Emma ein ganzes Stück von dem Eingang und den anderen weg.

»Was habt ihr denn für Geheimnisse?«, wollte ihr Freund Rachid wissen, aber weil niemand ihm antwortete, fragte er auch nicht weiter und lachte mit Hotte. Johanna und Emma standen jetzt vor einem türkischen Reisebüro, das um diese Zeit natürlich geschlossen hatte. Es war ganz dunkel hier und ein bisschen unheimlich, dachte Emma. Gefühltes tiefstes Neukölln bei Nacht.

Auch Johanna duckte sich ein wenig. Aus Angst, die Dunkelheit könnte mithören, sprach sie ganz leise: »Als Katharina da letzte Woche erzählt hat, was ihr in der Wäsche von dir passiert ist, wollte ich meine Geschichte eigentlich auch schon erzählen.« Sie zog kräftig an der Tüte und schmiss sie dann weg. »Aber irgendwie hab ich mich nicht getraut in der großen Runde.«

»Okay«, sagte Emma gespannt.

»Ich hatte nämlich auch ein Erlebnis mit einer Unterhose von dir.« Johanna machte eine Pause. »Das war so ziemlich am Anfang von meiner Beziehung mit Paul. Ist jetzt schon eine Weile her.«

»Ja, ich erinnere mich an Paul.« Emma merkte, wie betrunken und breit sie auf einmal war.

»Ich hatte mir diese geblümte Unterhose bei dir gekauft: *Wet Dreams*. Und Paul kann eigentlich nicht gewusst haben, wie die hieß, wirklich nicht. Also zumindest glaube ich das. Wir waren da auf jeden Fall zugange, heavy Petting und so, also der Moment, bevor man eben miteinander schläft. Und dann sagt der doch zu mir: ›Du kleine Pfütze!‹ Weil er wohl fand, dass ich so feucht war, oder was weiß ich! Aber darüber macht man sich ja wohl nicht lustig!« Johanna war immer noch ganz getroffen, das merkte Emma jetzt, und sie legte ihr zum Trost eine Hand auf die Schulter und streichelte sie leicht.

»Ich war echt total verstört, denn im ersten Moment habe ich verstanden: ›Du kleine Fotze‹, und im zweiten Moment dachte ich so: Ja, aber auch wenn er ›Pfütze‹ gesagt hat, ist es irgendwie ekelhaft. Also habe ich gefragt: ›Wie bitte?‹ Er hat ganz erstaunt geguckt und mit den Schultern gezuckt, und ich habe ihn gezwungen, den Satz zu wiederholen, und dann hat er noch mal gesagt: ›Du kleine Pfütze.‹ Und dann hatten wir da echt unsere erste Krise! Ich habe Paul klargemacht, dass das für mich nicht geht, und an dem Abend lief gar nichts mehr. Irgendwann war es natürlich wieder in Ordnung, und er hat so was auch nicht wieder gemacht, aber vergessen werde ich das nie!«

»Ja, das ist ja krass.« Emma schluckte. Ihr Mund war ganz trocken, was aber vielleicht auch vom Kiffen kam. »Wirklich ein blöder Spruch«, fügte sie noch hinzu, bevor Johanna ihre Hand ergriff und meinte: »Ja, das war's, aber jetzt ist auch gut. – Wollen wir wieder reingehen? Mir ist etwas kalt.« Emma merkte erst jetzt, wie kühl es allmählich geworden war. Auf dem Weg ins Warme ließ sie ihre Gedanken bezüglich der Namensgebung ihrer Unterwäsche im unheimlichen Dunkel zurück. Jules Vater mit der rothaarigen Kellnerin hatte sie dort nicht bemerkt.

*

Die anderen waren auch schon wieder in Heidis Hütte und tanzten. Nur drei junge Türken guckten interessiert von außen, was in dem Raum vor sich ging, in dem sich schick angezogene Leute mit schweißnassen Haaren zu Aretha Franklins *Respect* verbogen. Aus dem Restaurant war jetzt ein Sechzigerjahre-Soul-und-Funkclub geworden. Der DJ gab sein Bestes, um die tanzende Meute zu unterhalten, darunter auch ein paar ältere Semester. Emma trank und tanzte und tanzte und trank, bis beides nicht mehr voneinander zu unterscheiden war. Zwischendurch lachte sie, ging raus zum Rauchen und unterhielt sich mit den Mädels – sie hatte Spaß. Die Party hatte sich mittlerweile gelichtet, die meisten Kellner und ein ganzer Schwung Familienmitglieder waren bereits gegangen, Opa Hans anscheinend mit ihnen, und Emma hatte ihm leider nicht mehr Auf Wiedersehen sagen können. Das machte sie traurig und sentimental, denn Opa Hans würde sie wohl nicht noch einmal sehen.

Etwas ernüchtert stellte sich Emma an die Bar, um eine Cola zu trinken. Sie wischte sich den Schweiß und das Haar aus dem Gesicht und steckte die Strähnen, die sich überall gelöst hatten, mit den Klammern wieder fest. Wie schön wäre es jetzt, wenn …, träumte sie einen Moment, als ihr plötzlich jemand von hinten ins Ohr flüsterte: »Hallo, schöne Frau!« Erschrocken und erwartungsvoll zugleich drehte sie sich um. Da stand der Cousin und grinste sie betrunken an. Auf diesen Moment hatte er nur gewartet. Denn er ließ keine weitere

Sekunde verstreichen, um Emma den Arm um die Schulter zu legen und seinen Kopf an ihren zu lehnen. Emma wurde fast schlecht, so eklig roch er nach scharfem Schweiß und einem Eigengeruch, den sie einfach nicht abkonnte.

»Entschuldigung, aber würdest du dich bitte woanders anlehnen!«, sagte sie, während sie den schweren Arm von ihren Schultern hob und ein Stück zur Seite ging.

»Och komm, nur ein bisschen«, bettelte der Cousin und war schon wieder dabei, ihre Nähe zu suchen.

»Nein, auch kein bisschen.« Emma trat ein weiteres Stück zur Seite, nahm die Cola vom Barmann entgegen und ging wieder zur Tanzfläche. James Brown sang »This is a man's world ...« und bewegte immer noch ein paar Beine.

»Hallo«, hörte sie wieder hinter sich und hatte ein weiteres Mal diesen ekligen Geruch in der Nase. Sie versuchte, Roman zu ignorieren, aber als er anfing, mit einem feuchten Finger langsam über ihren Rücken zu fahren, stellte sie die Cola ab, drehte sich um und schubste ihn so feste von sich, dass er hintenüber fiel.

»Lass mich bloß in Ruhe!«, schrie sie dazu und guckte ihn hart und wütend zugleich an. Was denken sich solche Typen bloß?, dachte sie und ging zu Trixi und Johanna, die ein Stück weiter mit großen Augen die Situation verfolgten. Jule kam schnell mit Matthias im Schlepptau auf Emma zu und fragte: »Alles in Ordnung?«

»Ja, ja, nur sein Cousin nervt«, fauchte Emma und guckte Matthias an.

Dann blickte sie wieder Julia in die Augen und sagte übertrieben freundlich: »Danke übrigens!«

Matthias ging zu Roman, der noch immer auf dem dreckigen Boden lag und sich fluchend aufzurappeln versuchte.

Jule guckte Emma mit gerunzelter Stirn an: »Wofür bitte?«, fragte sie gegen die Musik an.

»Dass du mich mit diesem Ekel verkuppeln wolltest, spricht nicht wirklich für deinen Geschmack, Jule! Oder für meinen …«, fiel ihr dann ein.

»Ich wollte euch nicht verkuppeln!«, verteidigte sich Jule. »Aber ich dachte zur Aufmunterung heute Abend …«

»Sei mir nicht böse, aber so eine Aufmunterung brauche ich nicht!«, fiel ihr Emma ins Wort. Schnippisch fügte sie an: »Dann schon lieber Opa Hans!« Sie war kurz davor abzurauschen, aber als sie sah, wie Matthias den Cousin vor der Tür in ein Taxi steckte, kam sie wieder runter. Außerdem wäre sie hinterher sicher nicht glücklich gewesen, Julia so bei ihrer Hochzeitsfeier stehen zu lassen. Also fasste Emma sich ein Herz: »Hör zu, vergiss es. Ich bin einfach betrunken.«

Julia guckte sie immer noch mit großen Augen an und nahm Emma dann in den Arm. Beide waren nass vor Schweiß. Was musste es auch so heiß hier drinnen sein?

»Tut mir leid, Emma. Das war wirklich eine doofe Idee von mir«, entschuldigte sich Jule. »Aber weißt du was?« Sie löste sich aus der Umarmung und guckte Emma mit glasigen und glücklichen Augen an. »Deine Wäsche, die trägt sich wirklich so super. Ich fühle mich ganz sexy!« Jule machte eine schlängelnde Körperbewegung, wie Stripperinnen sie draufhatten.

»Das freut mich, Jule!« Emma merkte, wie die Aufregung von ihr abfiel. Sie umarmte ihre Freundin noch einmal und flüsterte ihr ins Ohr: »Das freut mich sehr, meine liebe Julia Fahrenbach!«

Dann tanzten die Freundinnen mit den anderen übrig gebliebenen Hochzeitsgästen zu den Hits des DJs, bis es draußen dämmerte.

10. Kapitel

Magic Me

»Au!« Emma zuckte zusammen, mehr des Schrecks als des Schmerzes wegen, und starrte auf ihren Zeigefinger. Dort, wo sie sich mit der Nadel tief in die Kuppe gepikst hatte, bildete sich sofort ein kleiner roter Punkt. »Au, au, au, schon wieder!«, fluchte sie weiter und leckte sich das Blut vom Finger, bevor es auf den kostbaren Stoff tropfen würde. »Ach verdammt, soll sich doch jemand anderes damit herumplagen«, sagte sie in das Dunkel des Ateliers hinein, pfefferte die taubenblaue Wäsche mit den Lovebirds in die Ecke des Arbeitstisches und holte sich erst mal ein Dinopflaster aus der Schublade unter dem Waschbecken. »Von Wilmers. *Magic Me*« stand in goldener Schrift auf dem weißen Etikett, das aus dem Häufchen Wäsche herausragte. Ein kleines Preisschild hing daran. Ausgerechnet beim Schließen der Sicherheitsnadel hatte sich Emma in den Finger gestochen.

Es war Sonntagabend, der Tag nach der Hochzeitsfeier. Nachdem Emma am frühen Morgen heimgekommen war, hatte sie noch vor dem Duschen und Schlafengehen die Wäsche aus dem Beutel genommen und auf den Minibalkon an die frische Oktoberluft gehängt. Sie hatte sie erst ein einziges Mal ganz kurz getragen und sofort danach gewaschen. Ihr Gewissen konnte es also gerade noch tolerieren, dass sie das Ensemble verkaufte.

»Schluss mit den Fantasien!«, hatte sie sich gesagt und sich alkoholtrunken im Bett gewälzt. So schön die Feier auch gewesen war, so sehr fühlte sich Emma genau wie nach dem

Junggesellinnenabend darin bestätigt, dass sie irgendwie auf dem falschen Weg war. Dass es einen anderen Weg zum Glück geben müsste, und der führte nicht über die Suche nach dem Fantasietraummann, den sie in ihrer Traumwäsche empfangen konnte. »So ein Schwachsinn!«, ging es ihr als Letztes durch den Kopf, bevor sie endlich in einen langen traumlosen Schlaf verfiel, aus dem sie erst am späten Sonntagnachmittag wieder erwachte.

Als sie *Magic Me* nun mit ihrem verarzteten Finger aus der Ecke nahm, um mit dem Ensemble durch den dunklen Laden zu gehen und es im funzeligen Schein der Stehlampe im Ladenschaufenster neben dem passenden Beutel abzulegen, wurde sie auf einmal ein bisschen aufgeregt. Ob es am Abschied oder am Restalkohol lag, konnte sie nicht sagen, aber ihr Herz schlug für ein paar Sekunden aus dem Takt, holperte und kriegte sich erst wieder ein, als Emma den feinen Stoff ein letztes Mal streichelte, dann losließ, einmal tief aus- und einatmete und zurück ins Atelier ging. Dort räumte sie Nadel und Faden weg sowie die Reste von dem kleinen Etikett, das sie extra bestickt hatte.

Auf dem Weg nach oben in ihre Wohnung piddelte sie im zugigen Hausflur noch ein wenig an dem Kinderpflaster herum, seufzte und überzeugte sich davon, dass die Wunde nicht allzu schlimm blutete. Oben angekommen wärmte sie sich eine Pizza auf, trank etwas Apfelschorle und guckte den Tatort zu Ende. Noch beim Fernsehen schlief Emma wieder ein.

*

Nach einem ruhigen Montag ohne Kundschaft, an dem Emmas einzige Worte sich an die besonders wortkarge Magdalena richteten, ging ein geschäftiger Dienstag vorüber. Sieben verschiedene Frauen kauften sieben verschiedene Dessous, darunter kostspielige Ensembles aus BH, Höschen und Hemdchen. Die Kasse klingelte und Emma kam kaum dazu, sich um irgendetwas anderes zu kümmern. Als die letzte Kundin gerade den Laden verlassen hatte und die Glöckchen sich wieder beruhigten, stand sie geschafft an ihrem Tresen, stützte sich mit den Knien am Schrank ab und überlegte gerade, ob sie sich kurz nach hinten ins Atelier setzen sollte oder doch lieber vorne auf den Fünfzigerjahresessel. Da kam Jule durch die Tür.

Sie strahlte über das ganze Gesicht, sah frisch und rotwangig aus – glücklich, dachte Emma. »Hallo Emma!«, rief Jule fröhlich beim Reinkommen und drückte Emma ganz fest, als sie bei der müden Freundin am Tresen angekommen war. »Schön dich zu sehen«, sagte Emma leise und zog Jule ins Atelier. Der Laden war noch eine halbe Stunde offen, so lange wollte sie unten bleiben – für die eventuelle achte Kundin heute. Im Atelier hatte sich Jule kaum ihren Mantel ausgezogen und auf Magdalenas Stuhl Platz genommen, als sie schon zu erzählen begann: »Oh Emma, es war soooooo schön!« Jule ließ ihren Kopf auf ihre Hände fallen, ihre Ellenbogen auf die Knie gestützt. Sie sieht aus, wie ein junges Schulmädchen, das zum ersten Mal verliebt ist, dachte Emma. Sie selbst hingegen hing wie ein nasser Sandsack in ihrem Sessel.

»Die Hochzeit, das Hotel, die Hochzeitsnacht, der Tag danach und die Nacht danach, und wir sind wieder zurück nach Hause gekommen und das Restaurant sah picobello aus, als wäre nie etwas dort vorgefallen. Der Boden war gewienert und in den Kerzenhaltern steckten neue Kerzen, und jetzt ist alles bereit für die richtige Eröffnung in zehn Tagen. Das haben unsere Familien gemacht, während wir in diesem Wahnsinnshotel waren. Das war ja unsere Hochzeitsreise eigentlich, und es war so wunderschön, das glaubst du gar nicht!«

Jule machte weder Punkt noch Komma zwischen ihren Sätzen, und Emma musste erst mal ein paar Sachen in ihrem Kopf ordnen. Alles, was sie wusste, war, dass Schneiders und Fahrenbachs dem jungen Paar zwei Tage im Designhotel Lux 11 geschenkt hatten. Dort waren Julia und Matthias direkt nach der Hochzeitsfeier hingefahren, während ihre Verwandten beim Aufräumen in Heidis Hütte halfen.

»Ja, und weiter?«, hauchte Emma. Es war inzwischen etwas dunkler im Atelier geworden und Emma machte die Stehlampe an. Da sie sich schon erhoben hatte, schaltete sie auch gleich den Wasserkocher an und brühte den Tee in der Kanne ihrer anderen Großmutter auf, der Omama. Jule erzählte bei Tee und Keksen.

*

»Das Fest war ja allein schon echt toll, finde ich.«

Emma nickte anerkennend.

»Und es hat wirklich alles super geklappt mit den Familien und dem Essen und dem Service und überhaupt, es gab ja keine Zwischenfälle. Na gut, bis auf Roman und meinen betrunkenen Vater, aber das hielt sich ja alles in Grenzen, oder?« Emma nickte Jule wieder zu.

»Wir waren am Ende echt so durchgeschwitzt und fertig, und ich war zwar nicht mehr so betrunken und Matze auch nicht, aber trotzdem ein ganz guter Pegel. Und ich dachte echt, sobald wir in unserem Superluxusbett im Lux 11 liegen, schlafen wir direkt ein. Von wegen!« Jule setzte sich wieder gerade auf, nippte an ihrem Tee und sah Emma herausfordernd an.

»Ich konnte noch nicht mal mehr duschen gehen, obwohl ich echt stank, und *Forever And Ever* war auch ganz nass, und das Kleid war nass und ich hatte es mir gerade über den Kopf gezogen, da pfiff Matze so vom Bett einmal laut, und ich drehe mich um, und er sitzt da schon ganz nackig, und ich sehe noch, wie sein Schwanz immer mehr zum Ständer wird, Zentimeter für Zentimeter wippte er weiter nach oben, und das war so lustig, dass ich echt lachen musste. »Komm her, meine Frau in deiner geilen Wäsche!«, hat er dann gesagt – vielleicht nicht wortwörtlich, aber das war die Aussage. Er streckte seine eine Hand nach mir aus und grinste dabei so geil. Ich finde ja, dass er großartig aussieht mit Ständer, und dann bin ich extra langsam auf ihn zugelaufen und meinte so: »Ich komme, mein Mann!«, und das war ein Gefühl, das ich nie, nie, nie vergessen werde! Es war, als würden wir noch mal heiraten, nur wir beide ganz alleine für uns, in diesem weißen Zimmer mit dem pinken Bettzeug, das auf mich wie das Innere einer riesigen Hochzeitstorte wirkte – was vielleicht aber auch am Alk lag.

Jedenfalls blieb ich dann kurz vor ihm stehen und fühlte mich so cool in deiner Wäsche, obwohl ich sicher stank wie fünf nasse Pferde. Aber er fand's wohl geil, denn sein Schwanz war jetzt so steif, steifer geht gar nicht, voller Vorfreude und dann streichelte er mir über die Beine und Arme und fasste den BH an und fragte: »Neu?« Und ich sagte: »Ja, hat Emma gemacht, der heißt *Forever And Ever.*« Und er so: »Sehr cool!« Hat ihm echt gut gefallen! Und auch das Ausziehen hat ihm gefallen, das sag ich dir aber, es war eine reine Freude, wie sein Schwanz an meinem Oberschenkel rieb, während er die einzelnen Schleifchen am BH öffnete. Ehrlich gesagt habe ich bei dem Verschluss ein wenig nachgeholfen.« Emma musste an dieser Stelle kurz schlucken, aber Jule ließ sich nicht aus dem Konzept bringen: »Ich habe mir dann schnell das Höschen runtergezogen und wir sind total animalisch übereinander hergefallen.«

Jule guckte Emma mit großen Augen an. »Aber dadurch, dass doch schon so eine gewisse Grundmüdigkeit vorhanden war – und auch ein gewisser Grundpegel –, konnte er ewig, obwohl er total scharf war. Hat mir die ganze Zeit gesagt, wie geil er mich findet, und ich habe die ganze Zeit so vor mich hin gedacht: Das ist jetzt mein Mann, mein Mann, das ist jetzt mein Mann! Und er roch so gut und er war so männlich irgendwie, alles fühlte sich ganz anders an als sonst oder einfach intensiver. Es war perfekt. Er konnte aus egal welcher Richtung oder Stellung seinen Schwanz in mich reinstecken – ich kam die ganze Zeit! Ich kam, als er mich an die Bettkante legte und sich davor kniete, ich kam, als er mich von hinten nahm, von oben, als ich auf ihm lag und saß, ich kam und kam und kam. Und verrückterweise kam er nicht, sondern machte es mir und machte es mir und dann legten wir eine kurze Verschnaufpause ein und dann machte er es mir wieder, und ich weiß echt nicht, wie oft ich in dieser Nacht oder eher an diesem Morgen gekommen bin: zehn, zwanzig, dreißig Mal, einfach unendlich viel! Zum Schluss hat er mich geleckt und ich hab ihm einen geblasen, bis er superheftig gekommen ist; der hat überhaupt nicht mehr aufgehört zu zucken!«

Emma seufzte kurz bei der Vorstellung. Sie dachte dabei aber nicht an Matthias, sondern ans Gelecktwerden. Sie dachte an Vanilleeis und eine weiche, hingebungsvolle Zunge. Sie dachte an einen dunklen Lockenkopf, der genüsslich zwischen ihren Schenkeln versinkt und alles zum Schmelzen bringt. Sie dachte an Milosch. Verdammt, dieser Typ ging ihr einfach nicht aus dem Kopf! Jule merkte nichts davon und erzählte weiter: »Dann sind wir irgendwann doch eingeschlafen, und ich weiß noch, wie ich am Sonntagabend wieder aufgewacht bin, und Matze lag da mit meinem BH auf seinen Augen. Er hatte ihn sich wie eine Schlafbrille übergelegt. Ich habe Matthias da so liegen sehen, neben mir, er hat ein bisschen geschnarcht, aber er sah so wunderschön aus, und dann war ich total überwältigt vor Liebe und Aufregung und Dankbarkeit und keine Ahnung was, dass ich echt heulen musste. Vor Glück!«

Jule machte eine Pause und guckte Emma an, in deren Augen sich wieder ein paar Tränen sammelten. Emma freute sich, freute sich für Jule. »Wie schön! Das ist so schön, Jule!« Dabei nahm sie Jules Hand und drückte sie ganz fest. »Wirklich wunderschön!« Jule liefen die Tränen runter und sie schaute nach unten auf ihre rechte Hand mit dem Ring. »Ja, das ist es. Und ich wollte echt noch mal Danke sagen für die Wäsche. Wer weiß, vielleicht wären wir ohne die einfach nebeneinander eingeschlafen und hätten unsere Hochzeitsnacht verpennt!«

»So ein Quatsch! Ihr wärt auch so übereinander hergefallen, der ganze Tag war ja wahnsinnig aufregend und emotional, aber dass die Wäsche diese Rolle gespielt hat, freut mich sehr. Schöner hätte ich mir das alles nicht ausmalen können.« Emma nickte Jule zu und trank ihren kalten süßen Tee aus. »Und nach so einer hervorragenden Hochzeit und Hochzeitsnacht kann ja auch nur die Ehe hervorragend werden«, fügte sie etwas melancholisch an, denn so sehr sie sich auch für Jule freute, so schwer fiel ihr der Abschied von der Zeit vor Jules neuem Nachnamen. Ihre beste Freundin war jetzt eine verheiratete Frau. Aber Hauptsache Jule war glücklich. »Und wie ging es dann weiter im Hotel?«, fragte Emma weiter, aber Jule hatte ihre leichte Schwermut sofort bemerkt.

»Schön erholsam, wir haben wirklich nur gefickt und gegessen und geschlafen und DVDs geguckt und den Zimmerservice und Massagen bestellt. Absolutes Luxuszeugs, aber sehr angenehm. Ich habe mich trotzdem gefreut, als wir wieder in good old Neukölln waren!«, sagte sie schnell, um sofort zu fragen: »Aber jetzt genug von mir, was ist denn mit dir? Bist du gut nach Hause gekommen am Sonntag?«

»Ja, kein Problem. Ich hab ein Taxi genommen und bin sofort eingeschlafen, als ich zu Hause war – ohne Supersex.« Sie hielt sich an ihrer leeren Tasse fest und guckte schnell nach oben. Was war denn bloß los mit ihr?

»Emma, was ist?«, fragte Jule und griff nach Emmas Arm, um ihn zu streicheln. Energisch. »Mmmh?«, hakte sie nach.

»Ach, ich bin gerade einfach ein bisschen zu nah am Wasser gebaut. Es passiert so viel, obwohl so wenig passiert. Also in mir drinnen«, erklärte sie. »Mir ist die letzten Wochen irgendwie klar geworden, dass ich was in meinem Leben verändern muss.« Emma stellte die Tasse auf dem Tisch ab. »Ich habe langsam das Gefühl, der Laden hat alles von mir aufgefressen, restlos. Und jetzt ist da nichts mehr für jemand anderen. So wie du noch was für Matthias übrig hast und Molly für Jochen – und sogar noch ein Kind! So wie Trixi einen Rest für Turbo entbehren kann und Katharina einen für Michael und Johanna für Rachid, und Rick hat sogar genug für mehrere andere zu geben! Ich habe nur den Laden und noch mal den Laden und noch mal den Laden!«

Emma musste lachen. Ein hilfloses Lachen. Sie wollte gerade aufstehen, nur um irgendetwas zu machen, da griff Jule wieder nach Emmas Arm. Diesmal aber nicht, um ihn zu streicheln, sondern um ihn mit festem Griff dort festzuhalten, wo er war. Sie guckte ihre Freundin ernst an: »Emma!«, ihr Griff wurde noch fester. »Weißt du, was mich wirklich an dir nervt?« Jule guckte ihre Freundin erwartungsvoll an. Diese guckte nur mit festem Blick zurück.

»Mich nervt, dass du überhaupt nicht begreifst, was du hier hast. Was du dir aufgebaut hast. Du hast einen supertollen Laden, in den du zugegebenermaßen wahnsinnig viel Energie gesteckt hast ...«

»Ja, der Laden ist meine Liebe, der Laden ist meine Familie, der Laden ist mein Kind, na toll! Und deshalb kann ich über den Mann in meinem Leben nur fantasieren oder keine Ahnung«, unterbrach Emma sie im Singsang.

»Sieh es, wie du willst, aber der Laden läuft! Das Kind ist schon groß geworden und kann jetzt auch mal ein bisschen ohne seine Mutti auskommen!«

Emma musste lachen, aber nicht aus Unsicherheit oder Hilflosigkeit wie eben, sondern weil sie die Vorstellung wirklich komisch fand – und passend.

»Du hast es geschafft, Emma! Und du glaubst gar nicht, wie oft ich dich um das alles beneidet habe: deine Kreativität und deinen Mut und deine Energie und eben auch deine ganzen Fantasien. Mit welcher Disziplin du das gemacht hast! Das war dein Weg und richtig für dich, und jetzt ist es vielleicht wirklich mal an der Zeit, auch ein bisschen an dein Leben außerhalb des Ladens zu denken, aber den Laden verfluchen solltest du deshalb nicht.« Jule ließ jetzt Emmas Arm los und guckte ihr weiter in die Augen. Sie sah, dass ihre Worte ankamen.

Dann sprach sie weiter: »Und ich bin mir wirklich so sicher, dass du einen coolen Typ kennenlernen wirst, wenn du wieder mehr ausgehst und dich nicht ständig hier verschanzt; und vielleicht auch einige deiner Erwartungen ablegst. Aber mach deinen Laden nicht dafür verantwortlich, dass du keine Beziehung hast – das hast du dir nämlich ganz alleine ausgesucht!«

»Also *ausgesucht* habe ich mir das nicht!«, wehrte sich Emma, auch wenn sie wusste, dass Jule nicht ganz im Unrecht war. »Hätte ja mal jemand Nettes vorbeikommen können.« Sie faltete die Hände.

»Jaja, der Prinz auf seinem Pferd, klar.« Jule lachte laut auf. »Vielleicht musst du ihn aber auch ohne Pferd nehmen.«

»Wieso, ein Pferd ist doch was Nettes?« Emma lachte jetzt mit Jule. Als sie eine Weile gekichert hatten, wurde es ganz still und keine sagte mehr etwas. Dann atmete Emma laut ein und wieder aus und hob an: »Nein, du hast schon recht im Großen und Ganzen. Ich habe auch eine Idee, wie ich anfangen kann, etwas zu verändern: Ich werde verreisen. Für den Laden finde ich schon jemanden und ich muss, muss, muss einfach mal hier raus – aus Berlin raus –, und ich glaube, etwas wirklich anderes wäre mal wieder toll. Erst habe ich an Indien gedacht. Aber eigentlich wollte ich schon immer mal nach La Réunion oder Tahiti. Polynesien wäre ein Traum.«

»Das ist doch eine Superidee!«, rief Jule begeistert. »Wann soll es denn losgehen – und wie lange?«

»Na, die Details sind noch nicht ganz klar. Erst mal muss ich ein paar Dinge regeln, aber ich würde gerne im Dezember oder Januar los, je nachdem, und dann für sechs bis acht Wochen. Das müsste ich finanziell hinkriegen. Ach, und es sind übrigens auch ein paar Sachen passiert, die ich dir noch gar nicht erzählt habe!« Emma wurde ganz aufgeregt, und als sie ihrer liebsten Freundin von der Agenturbesitzerin und ihren Ausstellungsplänen für Ricks Fotos erzählt hatte, war Jule zwar zunächst nicht so angetan, dass Rick sich immer noch in Emmas Leben herumtrieb, aber mit dem Ergebnis konnte sie nichts anderes als zufrieden sein. Die Fotos fand sie großartig. Und so saßen die beiden bis Mitternacht im Atelier. Inzwischen hatten sie sich Pizza und Bier bestellt und schmiedeten Zukunfts- und Reisepläne für Emma, die sie zumindest ein bisschen aus dem Laden herausziehen würden. Als kreative Pause quasi, wie Jule anmerkte. Und Emma war glücklich.

*

Am nächsten Tag machte Emma etwas ganz und gar Untypisches: Sie buchte sich einfach einen Flug nach Tahiti. Ohne zu wissen, ob Magdalena den Laden für die Zeit übernehmen konnte, ohne zu wissen, ob das jetzt wirklich das richtige Ziel war, eben einfach so. Und es fühlte sich gut an! Als sie sich die Flugdaten ausdruckte, lief sie einmal durch ihre ganze Wohnung und jubelte: »Polynesien, ich komme!«

Sie dachte an die Farben und die Gerüche, den Ozean, die Blumen und Tikis; auch an die bunten Stoffe und Tattoomuster, wie sie zugeben musste. Geld hätte sie für drei Monate in Berlin übrig. Die Gesellschaftsinseln waren nicht billig – trotzdem müssten ihre Ersparnisse sicher für sechs Wochen dort reichen. Und bis Mitte Dezember würde sie auch genug vorgenäht haben, damit der Laden bei ihrer Rückkehr nicht geplündert wäre. Drei Wochen könnte sie auch einfach mal wegen Urlaubs schließen. Den Rest würde sie schon hinkriegen, wenn nicht nur mit Magdalena, dann eventuell auch mit Elisa, ihrer ehemaligen Praktikantin, die ihr schon zwei

E-Mails geschrieben hatte, um zu fragen, ob sie mal wieder bei Emma arbeiten könnte.

Es war kurz vor elf, als sie runter in den Laden ging und Magdalena ausgesprochen fröhlich begrüßte. Die saß ganz klein und krumm auf ihrem Stuhl und war in eine Stickerei vertieft, die Emma ihr nicht in Auftrag gegeben hatte. Es war eine rosa Lilie, die sie da anfertigte, wunderschön.

»Magdalena, was machst du denn da?«, fragte sie voller Anerkennung.

»Ach, ich war fertig mit den Etiketten und fertig mit den Beuteln und dann war da nichts mehr auf dem Haufen hier.« Sie zeigte auf das leere Tischchen neben ihrem Arbeitsplatz. »Und da habe ich einfach angefangen, etwas zu sticken, und es wurde zu dieser Blume.« Sie griff neben sich und holte eine Lilienblüte hervor. »Und jetzt mache ich weiter«, sagte Magdalena und lächelte Emma schmal an. Es war das erste Mal, dass sie einen eigenen Entwurf bei Emma anfertigte, und Emma war begeistert. »Brauchst du die Blume für etwas Bestimmtes? Ansonsten ließe sich damit ja vielleicht etwas anfangen …«

»Nein, nichts Bestimmtes«, erklärte Magdalena. »Kannst du gerne verarbeiten.«

»Das mache ich!« Emma nahm die fertige Blüte zur Hand. Sie sah aus wie echt, als würde sie duften. »Mache ich gerne! Die ist wirklich toll!«, sagte sie und dann setzte sie sich Magdalena gegenüber, um mit ihr über ihre Reisepläne zu sprechen. Und Magdalena war gar nicht unglücklich darüber, drei Wochen lang mehr arbeiten zu können, denn ihr Mann ging in der Zeit auf Kur. Sie konnte nicht mit, und ein bisschen mehr Geld konnte sie auch gebrauchen. Dann rief Emma noch Elisa an, um sie für einen Tag die Woche als Aushilfe einzustellen, damit Magdalena nicht ganz alleine war. Sie konnte! Wie ein Wunder fügte sich alles und als Emma den Laden ein bisschen zu spät aufschloss, stand schon die erste Kundin davor.

*

Eine Sache wollte sie noch klären. Eine Sache lag ihr noch auf dem Herzen. Es war Nachmittag und keine Kundin in Sicht, also bat Emma Magdalena, den Laden im Auge zu behalten, während sie kurz nach oben in die Wohnung ging. Dort setzte sie sich an ihren kleinen Küchentisch und wählte Ricks Nummer – dabei unterdrückte sie ihre eigene. Kurz bevor sie schon wieder auflegen wollte, weil noch nicht mal die Mailbox ranging, nahm er ab. »Hallo?«, fragte er müde.

»Hey Rick, hier ist Emma. Wie geht's?«

»Emma ... hallo! Ja, ganz gut und dir?«, fragte Rick hörbar verstört über ihren Anruf.

»Mir geht es gut, aber ich habe da irgendwie noch was auf dem Herzen. Ich habe auch schon ein Mal probiert, dich anzurufen, aber du bist nicht rangegangen. Also: Wieso hast du mich am Samstag versetzt?«, fragte Emma nicht unfreundlich.

»Ach, Samstag ... Ja, das tut mir echt leid, Emma, aber das passte mir nicht so in den Kram. Ich hatte viel zu tun und alles«, versuchte er sich herauszureden.

»Absagen ist ja eine Sache, aber das ›Wie‹ die andere. Es wäre schon nett gewesen, mich persönlich anzurufen und mir zu sagen, was los ist. Ich hätte mir ja auch Sorgen machen können.«

»Ja, nee, war blöd, tut mir leid«, druckste Rick ein wenig herum. Dann zündete er sich eine Zigarette an, holte tief Luft und sagte schließlich: »Mir war das einfach zu heftig, Hochzeit und so. Mir war das vorher nicht so klar, aber ich konnte das einfach nicht.«

»Okay, ich wollte es nur wissen.«

»Nimm's mir nicht übel, ja?« Rick pustete Rauch aus. Emma hatte keine Lust, sauer zu sein.

»Nein, tue ich nicht. Aber dich irgendwohin einladen, werde ich auch nicht mehr, du unzuverlässiger Hund. Das hast du jetzt davon«, sagte sie und lachte.

Rick wusste nicht, was er sagen sollte, und nach einer kurzen Pause bellte er leise: »Wuff, wuff!« Emma lachte noch mehr und jetzt lachte er auch, und dann hörte sie eine Frauenstimme im Hintergrund, die ihn anbrüllte: »What are you doing? Who are you talking to?« Ein Kind schrie dazu laut auf, als hätte man ihm sein Lieblingsspielzeug weggenommen. Emma war ein wenig erschrocken und wollte gerade etwas sagen, als die Frau an Ricks Ende das Telefon in die Hand nahm und in den Hörer schrie: »Fuck off, bitch!« und gleich danach auflegte.

»Das war aber nicht nett«, sprach Emma etwas bedröppelt in das tutende Telefon und legte ebenfalls auf. Dann guckte sie aus dem Fenster in den Herbst und dachte nach. Irgendwas in ihr drinnen wurde ganz, ganz ruhig, und am liebsten hätte sie ewig hier gesessen und nach draußen geguckt, aber sie musste wieder runter in den Laden.

*

Drei Kundinnen waren da, und Magdalena half einer von ihnen bei der Umkleide, reichte Wäsche hinein und nahm Wäsche entgegen. Ein wenig genervt rollte sie mit den Augen, nur ganz leicht. Emma ging sofort auf sie zu und nahm ihren

Platz ein. »Da bin ich wieder. Danke, Magdalena«, sagte sie, und zu der Kundin in der Kabine gewandt: »Brauchen Sie noch etwas?«

»Ja, ich habe da beim Reinkommen auf dem Schrank im Schaufenster so einen schönen Stoff gesehen, aber Ihre Kollegin meinte, das wäre das letzte Teil gewesen, das da lag. Haben Sie nicht vielleicht doch noch einen BH davon in Größe 80 C?«, fragte die halbnackte Frau hinter dem Vorhang.

Emma war sich nicht sicher, worauf die Kundin anspielte: »Meinen Sie den grünen mit den Paradiesvögeln? Oder den ganz roten?«

»Nein, nein«, sagte die Frau und schob den Vorhang ein wenig zur Seite, sodass sie Emma sehen konnte. »So einen blauen mit Vögeln drauf.«

»*Magic Me*!«, ging es Emma durch den Kopf und ihr Herz machte einen Sprung.

»Wie, das ist nicht mehr da?«, fragte sie etwas zu laut, legte die ganzen Dessous auf dem Sessel ab und ging nach vorne zum Fenster. Tatsächlich, der Beutel war weg, und die Wäsche auch. Emma versuchte, Magdalenas Aufmerksamkeit zu erregen, aber die stand gerade auf dem Hocker und holte für eine andere Kundin BHs aus der obersten Lade, den Rücken zu Emma gewandt. Also ging Emma zurück zur Umkleidekabine und sagte zu der Frau: »Tut mir leid, das war ein Einzelstück, davon habe ich nichts anderes mehr.«

»Schade, dann nehme ich nur diese drei.«

Emma trug die Teile zum Tresen, packte die Wäsche in ihre passenden Beutel und machte die Rechnung fertig. Sie fragte sich, wer ihre Wäsche gekauft hatte, und auf einmal ärgerte sie sich, dass sie sie überhaupt in den Laden getan hatte.

Aber nun war es zu spät. Als die Kundin den Laden verlassen hatte und auch die anderen beiden wieder weg waren, ging Emma nach hinten zu Magdalena ins Atelier. »Wer hat denn die taubenblaue Wäsche mit den Vögelchen gekauft? Meine Wäsche, meine ich!«, fragte sie und Magdalena schaute sie etwas verwundert an.

»So ein netter junger Mann. Er wollte eigentlich von dir bedient werden, aber ich habe ihm erklärt, dass das nicht geht. Du warst ja nicht da!«

»Was für ein Mann?«

»Ein Tscheche!«, strahlte Magdalena über das ganze Gesicht. So ein Strahlen hatte Emma noch nie an ihr gesehen. »Ein netter Tscheche«, fügte Magdalena hinzu und tätschelte den weißen Häkelstoff auf ihrem Schoß. »Seine Mutter hat doch tatsächlich in der Straße in Prag gewohnt, wo ich geboren wurde!«

Emma schüttelte den Kopf. »Ja, wirklich? Ist ja interessant, aber was war denn das für ein Typ?«

»Ich sag doch: Tscheche, jung, gut aussehend, nett. Ich habe ihn, glaube ich, schon mal hier gesehen im Laden. Mit so Locken«, Magdalena zeigte mit ihren beiden Händen am Kopf, wie weit die Haare bei ihm abstanden.

»Milosch!«, platzte es aus Emma heraus.

»Ja!«, Magdalena tippte sich mit dem Finger an die Stirn, »›Milosch Stastny‹ hat er gesagt.«

»Und der hat die Wäsche gekauft?«

»Ja, Emma. Er kam in den Laden und hat nach dir gefragt. Ich habe ihm gesagt, dass du nicht da bist und ich nicht weiß, wann du wiederkommst. Da hat er gesagt: ›Hovno!‹, das heißt … äh, so was wie ›schlimmer Mist‹ auf Tschechisch. Also habe ich ihn gefragt, ob er Tscheche ist, und so haben wir uns ein bisschen in unserer Sprache unterhalten. Dann kam aber diese Kundin, und ich musste ihr helfen, und er wollte warten. Gut, soll er warten, habe ich gedacht. Und ich habe die andere Kundin bedient, und dann kam er zu mir mit der Wäsche aus dem Fenster, mit deiner Wäsche! Er sagte, das ist die schönste von allen, und die wollte er kaufen. Und ich war sehr verwundert, warum die Sachen überhaupt zum Verkauf sind. Aber ich dachte, vielleicht hast du noch ein Ensemble gemacht, aber ich war so erstaunt, da hat er mich gefragt, was los ist, und da habe ich gesagt, dass das deine Lieblingswäsche ist, die Lieblingswäsche der Chefin. Er kennt dich doch, oder?«, fragte Magdalena, und Emma wusste überhaupt nicht, was sie sagen sollte; also nickte sie nur.

»Und dann hat er sie gekauft und ist gegangen, das war's. Aber ein wirklich netter Junge. Und so charmant.« Magdalena kniff ein Auge zu und lächelte mit ihrem schmalen Mund, so sehr sie lächeln konnte.

»Ja, das ist ja …« Emma schob ihren Stuhl ran – sie musste sich erst mal setzen. Jetzt hat er meine Lieblingswäsche für seine Freundin gekauft, das ist doch nicht zu fassen, dachte sie. Die Freundin, von der er noch nicht mal wusste, was ihr gefiel. Emma war wütend. Wütend über sich selbst, dass sie *Magic Me* in den Laden gelegt hatte, wütend über Milosch, der hinter ihrem Rücken ihr schönstes Stück gekauft hatte, wütend über seine ominöse Freundin, die jetzt *Magic Me* tragen würde, und wütend darüber, dass Milosch sie ihr perfekt öffnen würde!

»Habe ich etwas falsch gemacht?« Magdalena war verunsichert, als sie Emma so zerknirscht auf ihrem Stuhl sitzen sah.

»Nein, nein. Alles okay. Ich ärgere mich nur, dass ich das Ensemble verkauft habe.«

»Es war auch wirklich so schön, Emma.«

»Hätte ich doch wenigstens ein Foto gemacht…«, sagte Emma noch, während sie aufstand und wieder nach vorne in den Laden ging. Auf dem Weg strich sie kurz über Magdalenas Schulter. Es war ja nicht ihre Schuld. Vielleicht ist es aber auch besser so, dachte Emma bei sich, als sie am Tresen stand. Jetzt ist es wirklich vorbei: Der Typ wird nie wiederkommen, weil er endlich, endlich etwas für seine Freundin gefunden hatte, und ich brauche nie mehr auf den passenden Moment für *Magic Me* zu warten, weil ich die Wäsche nicht wieder anziehen werde.

Emma räumte im Laden auf und rief Jule auf ihrem Handy an. »Ich habe die Reise gebucht! Tahiti!«, sagte sie stolz und erzählte ihrer Freundin von den Plänen für den Winter. Das war gestern.

*

Und jetzt liegt da dieses Päckchen. Emma schließt den Laden auf und vor der Tür findet sie ein unfrankiertes weißes Paket, auf dem ihre Adresse steht. Sonst nichts. Vorsichtig trägt sie es in den Laden, es ist ganz leicht. Emma ist allein, als sie das geheimnisvolle Etwas auf dem Tresen öffnet. Ein Umschlag kommt zum Vorschein, darauf steht »Für Emma«, und darunter liegt ein Beutel, der ihr sehr bekannt vorkommt. Sie legt den Umschlag auf dem Glas ab und nimmt den Beutel vorsichtig aus dem Päckchen. Es ist *Magic Me*. Voller Spannung zerreißt Emma aus Versehen den Umschlag, um so schnell wie möglich an den Brief darin zu kommen. Es ist nur ein weißer Zettel, auf dem in kleiner, fast unleserlicher Schrift eine Telefonnummer steht. Sie dreht den Zettel um:

Liebe Emma,
es tut mir leid, dass ich Dich belogen habe. Ich habe keine Freundin. Mir fiel damals leider keine bessere Ausrede ein, um in Deinen Laden zu kommen und Dich kennenzulernen. Vielleicht gibst Du mir auch mal außerhalb Deines Ladens (der mich ganz kirre macht!) eine Gelegenheit dazu, zum Beispiel am Freitag, den 7. Oktober, 20 Uhr bei Gino. Ich freue mich, wenn Du kommst, Milosch.
PS: Sie gehört Dir. Niemand anderem.

Emma braucht lange, um die Zeilen zu entziffern, aber dann liest sie den Brief wieder. Sie kann nicht glauben, was da steht, liest es sich laut vor, Wort für Wort, immer und immer wieder, und dann drückt sie den Zettel an ihre Brust und jauchzt ein »Ohhh«, wie es Mädchen machen, die süße Babys oder Welpen sehen und deren Herz zuckt. Dann rennt sie zur Tür, macht sie auf und läuft auf die Straße, schaut, ob er noch irgendwo zu sehen ist, rechts, links, rechts, aber da ist kein Lockenkopf.

»Das ist doch unglaublich!«, sagt sie vor sich hin, als sie langsam wieder in den Laden geht. Da liest sie den Zettel noch einmal und ein weiteres Mal und schüttelt dabei langsam den Kopf. Aufhören zu grinsen kann sie aber auch nicht.

Die Autorin

Annika Hennebach, 1976 in Hamburg geboren, studierte Neuere Deutsche Literatur und Kulturwissenschaften in Berlin und Paris. Sie schreibt für verschiedene Magazine und Zeitungen, darunter *Zitty* und *Tagesspiegel*, sowie für die Sex- und Partnerschaftsseite der *B.Z.*, der größten Tageszeitung Berlins.

Einschlägige Lebenserfahrungen sammelte sie in einer WG in Berlin-Prenzlauer Berg, die sie nach vielen Jahren gegen Kreuzberger Nächte und Tage eintauschte. Aus dieser Zeit stammen auch die meisten Inspirationen für ihren Debütroman »Emmas Laden«.

Heute lebt Annika Hennebach mit Freund und Tochter in Berlin-Friedrichshain.

Annika Hennebach
EMMAS LADEN
Roman

ANAIS Band 15
ISBN 978-3-89602-562-3

Lektorat: Ulrike Fischer
Titelbild: © Victoria Alexandrova / shutterstock.com

Katalog
Wir senden Ihnen gern kostenlos unseren Katalog
Schwarzkopf & Schwarzkopf Verlag GmbH | Leserservice ANAIS
Kastanienallee 32 | 10435 Berlin
Telefon: 030 – 44 33 63 00 | Fax: 030 – 44 33 63 044

Internet | E-Mail
www.anais.de | info@anais.de